金陵全書

丁編·文獻類

詠物詩

（元）謝宗可 著

全室外集

（明）釋宗泐 撰

夢觀集

（明）釋守仁 撰

南京出版社
南京出版傳媒集團

圖書在版編目（CIP）數據

詠物詩 /（元）謝宗可著. 全室外集 /（明）釋宗泐撰. 夢觀集 /（明）釋守仁撰. -- 南京 : 南京出版社, 2023.6
（金陵全書）
ISBN 978-7-5533-4169-9

Ⅰ. ①詠… ②全… ③夢… Ⅱ. ①謝… ②釋… ③釋… Ⅲ. ①古典詩歌 - 詩集 - 中國 - 元代②古典詩歌 - 詩集 - 中國 - 明代 Ⅳ. ①I222.74

中國國家版本館CIP數據核字（2023）第059543號

書　　名　【金陵全書】（丁編 · 文獻類）
　　　　　詠物詩 · 全室外集 · 夢觀集
作　　者　（元）謝宗可　（明）釋宗泐　（明）釋守仁
出版發行　南京出版傳媒集團
　　　　　南　京　出　版　社
　　　　　社址：南京市太平門街53號　　郵編：210016
　　　　　網址：http://www.njcbs.cn　　電子信箱：njcbs1988@163.com
　　　　　聯系電話：025-83283893、83283864（營銷）　025-83112257（編務）

出 版 人　項曉寧
出 品 人　盧海鳴
責任編輯　嚴行健
裝幀設計　楊曉崗
責任印製　楊福彬

製　　版　南京新華豐製版有限公司
印　　刷　南京凱德印刷有限公司
開　　本　889毫米 × 1194毫米　1/16
印　　張　36.25
版　　次　2023年6月第1版
印　　次　2023年6月第1次印刷
書　　號　ISBN　978-7-5533-4169-9
定　　價　800.00元

用微信或京東APP掃碼購書
用淘寶APP掃碼購書

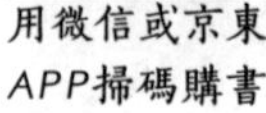

總序

南京，古稱金陵，中國著名的四大古都之一，是國務院首批公佈的國家歷史文化名城。

南京有着六十萬年的人類活動史，近二千五百年的建城史，約四百五十年的建都史，享有『六朝古都』『十朝都會』的美譽。南京歷史的興衰起伏在某種程度上可以説是中國歷史的一個縮影。在中華民族光輝燦爛的歷史長河中，古聖先賢在南京創造了舉世矚目、富有特色的六朝文化、南唐文化、明文化和民國文化，爲中華民族文化的傳承和發展做出了不朽貢獻。然而，由於時代的遞遷、戰爭的破壞以及自然的損毁等原因，歷史上南京的輝煌成就以物質文化形態留存下來的相對較少，見諸文獻典籍的則相對較多。南京文獻内涵廣博，卷帙浩繁，版本複雜。截至一九四九年中華人民共和國成立，南京文獻留存下來的有近萬種，在全國歷史文化名城中名列前茅。以六朝《世説新語》《文心雕龍》《昭明文選》，唐朝《建康實録》，宋朝《景定建康志》《六朝事迹編類》，元朝《至正金陵新志》，明朝《洪武京城圖志》《金陵古今圖考》《客座贅語》，清朝《康熙江寧府志》《白下瑣言》，民國《首都計劃》《首都志》《金陵古蹟圖考》等爲代表的南京地方文獻，不僅是南京文化的集中體現，也是中華民族優秀傳統文化的重要組成部分。這些南京文獻，積澱貯存了歷代南京人民的經驗和智慧，翔實地反映了南京地區的社會變遷，是研究南京乃至全國政治、經濟、軍事、文化、外交和民風民俗的重要資料。

歷史上的南京文化輝煌燦爛，各類圖書典籍琳琅滿目。迄今爲止，南京文獻曾經有過三次不同程度的整理。

第一次是距今六百多年前的明朝永樂年間，明朝中央政府在南京組織整理出版了《永樂大典》。《永樂大典》正文二萬二千八百七十七卷，凡例和目録六十卷，分裝成一萬一千零九十五册，總字數約三億七千萬字。書中保存了中國上自先秦、下迄明初的各種典籍資料達七八千種，是中國古代最大的類書。

第二次是民國年間，南京通志館編印了一套《南京文獻》。《南京文獻》每月一期，從一九四七年元月至一九四九年二月共刊行了二十六期，收入南京地方文獻六十七種，包括元明清到民國各個時期的著作，其中收録的部分民國文獻今天已經成爲絶版。

第三次是二〇〇六年以來，南京出版社選取部分南京珍貴文獻，整理出版了一套《南京稀見文獻叢刊》點校本，到二〇二〇年，已經出版了六十九册一百零五種，時代上起六朝，下迄民國，在學術普及方面做出了一定的貢獻。

中華人民共和國成立以來，尤其是改革開放以來，南京的政治、經濟、文化建設飛速發展，但南京文獻的全面系統整理出版工作一直没有得到應有的重視，這與南京這座國家歷史文化名城的地位頗不相稱。據調查，目前有關南京的各類文獻主要保存在南京圖書館、南京市檔案館，以及全國各地的高等院校、科研院所、圖書館、檔案館、博物館，少數流散於民間和國外。一方面，廣大讀者要查閲這些收藏在全國各地的南京文獻殊爲不便；另一方面，許多珍貴的南京文獻隨着歲月的流逝而瀕臨損毁和失傳。南京文獻的存史、資治、教化、育人功能没有得到應有的發揮。

盛世修史（志）。在中華民族和平崛起和大力弘揚民族傳統文化、全力發展民族文化事業的大背景下，在建設『文化南京』的發展思路下，中共南京市委、南京市人民政府於二〇〇九年十二月做出决定，將南京有史以來的地方文獻進行全面系統的匯集、整理和影印出版，輯爲《金陵全書》（以下簡稱《全書》），以更好地搶救和保護鄉邦文獻，傳承民族文化，推動學術研究，促進南京文化建設；同時，也更爲有效地增加南京文獻存世途徑，提昇南京文獻地位，凸顯南京文獻價值。

爲編纂出能够代表當代最高學術水平和科技成就，又經得起時間檢驗的《全書》，我們將編纂工作分成三個階段進行。第一個階段爲調研階段，主要對南京現存文獻的種類、數量、保存現狀以及收藏地點等進行深入細緻的調研，召集專家學者多次進行學術論證和可操作性論證，撰寫出可行性調查報告，爲科學決策提供依據，此項工作主要由中共南京市委宣傳部和南京出版社組織完成。第二個階段爲啓動階段，以二〇〇九年十二月二十四日召開的『《金陵全書》編纂啓動工作會』爲標志，市委主要領導親自到會動員講話，市委宣傳部對《全書》的編纂出版工作作了明確部署。在廣泛徵求專家學者意見的基礎上，確定了《全書》的總體框架設計，確定了將《全書》列爲市委宣傳部每年要實施的重大文化工程，確定了主要參編責任單位和責任人，並分解了任務。第三個階段爲編纂出版階段，主要在全國範圍內進行資料的徵集、遴選和圖書的版式設計、複製、排版及印製工作。

爲了確保《全書》編纂出版工作的順利進行，中共南京市委、南京市人民政府成立了專門的編纂出版組織機構。其中編輯工作領導小組，由中共南京市委、市政府領導以及相關成員單位主要負責人組成；《全書》的編纂出版工作由市委宣傳部總牽頭；學術指導委員會，由蔣贊初、茅家琦、梁白泉等一批全國著名的專家學者組成，負責《全書》的學術審核和把關。

《全書》分爲方志、史料、檔案和文獻四大類。自二〇一〇年起，計劃每年出版四十册左右。鑒於《全書》的整理出版工作難度較大，周期較長，在具體操作中，我們採取了分工協作的方式。市委宣傳部和南京出版社負責《全書》的總體策劃，其中方志部分，主要由南京市地方志編纂委員會辦公室和南京出版傳媒集團·南京出版社共同承擔；史料和文獻部分，主要由南京圖書館承擔；檔案部分，主要由南京市檔案局（館）承擔。《全書》的編輯出版，得到了江蘇省文化廳、江蘇省新聞出版局、江蘇省檔案局（館）、南京大學、南京圖書館、南京市文廣新局、南京市社科聯（社科院）、南京市文聯、金陵圖書館以及各區委宣傳部和地方志辦公室等單位及社會各界的熱情鼓勵和大力支持，尤其是得到了中國國家圖書館和全國各地（包括港臺地區）高等院校、科研院所、圖書館、檔案館、博物館等藏書單位的鼎力相助，在此表示深深的謝意！

我們相信，在中共南京市委、南京市人民政府的長期不懈支持下，在各部門、各單位的積極配合和衆多專家學者的共同努力下，這項功在當代、利在千秋的傳世工程一定能够圓滿完成。

《金陵全書》編輯出版委員會

凡例

一、《金陵全書》（以下簡稱《全書》）收録的南京文獻，分爲方志、史料、檔案和文獻四大類。

二、《全書》按上述四大類分爲甲、乙、丙、丁四編，以不同的封面顔色加以區分；每編酌分細類，原則上以成書時代爲序分爲若幹册，依次編列序號。

三、《全書》收録南京文獻的地域範圍，包括了清代江寧府所轄上元、江寧、句容、溧水、高淳、江浦、六合。

四、《全書》收録的南京文獻，其成書年代的下限爲一九四九年。

五、《全書》收録方志、史料和文獻，盡量選用善本爲底本。《全書》收録的檔案以學術價值和實用價值較高爲原則，一般選用延續時間較長、相對比較完整的檔案全宗。

六、《全書》收録的南京文獻底本如有殘缺、漫漶不清等情況，必要時予以配補、抽换或修描，以保證全書完整清晰；稿本、鈔本、批校本的修改、批注文字等均保留原貌。

七、《全書》收録的南京文獻，每種均撰寫提要，置於該文獻前，以便讀者了解其作者生平、主要内容、學術文化價值、編纂過程、版本源流、底本採用等情況。

八、《全書》所收文獻篇幅較大時，分爲序號相連的若干册；篇幅較小的文獻，則將數種合編爲一册。

九、《全書》統一版式設計，大部分文獻原大影印；對於少數原版面過大或過小的文獻，適當進行縮小或放大處理，並加以説明。

十、《全書》各册除保留文獻原有頁碼外，均新編頁碼，每册頁碼自爲起訖。

總目録

金陵全書
丁編·文獻類

詠物詩

（元）謝宗可 著

南京出版社
南京出版傳媒集團

提要

《詠物詩》二卷，題曰『元謝宗可著』。

謝宗可，生平不詳。元人孔齊《至正直記》卷一有云『金陵謝宗可』，《詠物詩》卷首汪澤民至正十三年（一三五三）序則稱『本朝金陵謝宗可』，明人高儒《百川書志》、清人褚人獲《堅瓠集》等亦稱『元金陵謝宗可』，可見謝宗可乃元時金陵（今江蘇南京）人。

关於《詠物詩》的作者，曾有争議。楊鐮率先於《元佚詩研究》（《文學遺産》一九九七年第三期）一文中指出署名謝宗可之《詠物詩》與薩都剌《永和本薩天錫逸詩》、何孟舒《詠物詩》互見之問題。薩都剌確曾擅作詠物詩，或正因如此，好事者見其傳世詩集僅收録少量此類詩作而不成規模，同時又因謝宗可曾效仿薩都剌而詠物賦詩，故有意將謝詩『歸於』薩都剌。至於何孟舒《詠物詩》，僅見於《詩淵》《永樂大典》等兩部明代典籍，前者收其詩一〇三首，後者收録二首且皆見於前者。此一〇三首詩中，八十四首見於文淵閣四庫本《詠物詩》，又有《和劉先輩憶山中》《寄鄭檢討》《芙蓉篇》等十餘首見於宋濂《蘿山集》，其中，《芙蓉篇》亦見於《永樂大典》卷五四〇，並署作者及出處云『宋濂《羅山集》』，可見何孟舒《詠物詩》亦是明初傳世的一部僞書，嗣後便湮没無聞。自元至清，言稱謝宗可《詠物詩》者不乏其人，該集又傳承有自，故《詠物詩》的作者，據現有證據，只能是謝宗可。

汪澤民《謝宗可詠物詩敘》作於至正十三年，此乃該集成書之下限。諸本《詠物詩》收録《蘆花被》一詩，此是依據貫雲石蘆花被典實而來。酸齋貫雲石乃元曲名家，但一首七律《蘆花被》天下喧傳，故又稱『蘆花道人』或『蘆花散人』，謝宗可《蘆花被》所詠之『清』與貫氏尚清一脈相承。貫雲石延祐初離開大都，返回江南，途中作《蘆花被》，嗣後成典，故延祐年間正是《詠物詩》成書之上限。

所謂『詠物』，即以詩歌描寫自然風物，包括動物、植物、天象、人造之物等爲吟詠對象，或就物論物，或借物詠懷、托物言志。謝宗可《詠物詩》一集，偶見對功名仕宦的期待，譬如《筆陣》尾聯有云：『攀蟾獨掃千軍退，功奪中書第一名』，全篇寫筆，褒譽筆中第一，實則落腳於對蟾宫折桂的希冀，又如《書燈》亦有『明日金蓮供草制』之語，但更多的是謝氏其人日常隱逸生活與心態的呈現。具體而言，諸如《茶煙》《雪煎茶》《煮茶聲》等以茶入詩，文人雅趣與佛禪隱逸之情思兼具，《無弦琴》用陶淵明故事、《松釀酒》寫采松釀酒，皆是遠離功名、縱意自適之意。謝宗可心態之所以由出仕轉向隱逸，或許原因正在於借唐李德裕故事而寫就的《醒酒石》所揭示的世事無常，而《半日閒》『坐看雲起晝停午，靜聽泉流日未斜』正是作者最爲超然闊達的狀態。

關於謝宗可《詠物詩》之評價，孔齊《至正直記》卷一『薩都剌』條稱其『拘於形似，欠作家風韻，且調低，識者不取』，沈德潛《説詩晬語》卷下更是直斥『彼胸無寄託，筆無遠情，如謝宗可、瞿佑之流，直猜謎語耳』，不過，汪澤民《謝宗可詠物詩敘》則譽其『詞必新，理必正，事必工，字必謹，綺靡而不傷於華，平淡而不流於俗』。謝宗可詠物賦詩頗爲工整，亦有寄興，諸如集中首篇《睡燕》等詩可稱佳作，汪敘不算過譽，只是詩作往往囿於自身生活，境界稍顯偏狹，『筆無遠情』亦可謂確論。

至於謝宗可《詠物詩》之流傳，通行的一卷本包括單行本及叢書本。傳世單行一卷本包括：明蔣氏抄本，北京大學圖書館藏；清抄本，國家圖書館藏。收入叢書的一卷本包括：明天啟二年（一六二二）朱之蕃刻《三家詠物詩》本，收入謝宗可、瞿佑、朱之蕃三家之詩，上海圖書館、台北『故宫博物院』圖書館有藏；清康熙五十三年（一七一四）賀光烈編《三家詠物詩》本，收入謝宗可、瞿佑、張劭三者之詩，國家圖書館、河南省圖書館等有藏；还有清乾隆年間所抄《四庫全書》本。此外，二卷本則僅見單行本，譬如南京圖書館便藏有三帙，本書即是其中之一；該館又藏有清末翁長森家抄本一部，雖僅一卷，實則收録規模與内容與二卷本基本相同。

《金陵全書》收録的《詠物詩》以南京圖書館藏清乾隆五十六年（一七九一）冰絲館刻本爲底本原大影印出版。本書卷上收詩一七〇首，卷下收詩二四〇首，基本涵括一卷本内容，另外亦收録較多他人詩作，包括朱之蕃詠物詩百余首。换言之，這是一部基本涵括謝宗可傳世詠物詩，同時也孱入他人詩作的詩集。

施賢明

乾隆辛亥年刊

詠物詩

冰絲舘藏板

謝宗可詠物詩敘

詩大序曰在心爲志發言爲詩則詩其心乎詩自三百篇降漢晉以來至唐宋而聲律悉備沿至于今蓋以義理正之風雅其道然矣本朝金陵謝宗可爲詠物詩數百篇涵蓋精微詞必新理必正事必工字必謹綺靡而不傷於華平淡而不流於俗於是求公之心槩可見焉予居宣城或見之亟以念誦記而後已竊爲之評曰晉謝眺幽襟逸懷故詩多清新李賀唐王孫故詩多富貴觀公之於詩又能兼之

至正癸巳五月五日汪澤民題

詠物詩目錄

卷上

詠物詩卷上

元 謝宗可 著

睡燕

補巢啣罷落花泥困頓東風倦翼低金屋晝長隨蝶化
雕梁春盡怕鶯啼魂飛漢殿人應老夢入烏衣路轉迷
却怪捲簾人喚醒小橋深巷夕陽西

鴈賓

地北天南萬里身驚寒昨夜過邊塵暫隨沙漠秋來夢
留得湘江社後春水宿雲飛同是客風嘹月唳自相親

荒汀斷渚年年路應認蘆花作主人

蝶使

頒紅降紫繞芳菲催就東風錦萬機採訪有心香外舞
指揮無計日邊飛曉穿竹徑應持節煖駐花房欲繡衣
可解黃華驚別夢折楳休恨寄難歸

仙槎

曾作河源萬斛舟塵根已斷臥蛟蚪無心下上承烟雨
有路層霄犯斗牛破浪遠衝銀漢曉凌風徑度碧天秋
歸來帶得支機石誰識人間博望侯

鶯梭

自織春風金縷衣穿紅度翠往來飛柳隄暗捲絲千尺
花塢橫抛錦萬機時見枝頭捎蝶去不愁壁上化龍歸
羞同杼軸勞紅女一擲遷喬願有違

龍杖

鱗甲光搖玉一枝幽宮躍出袖中持多應掌握提攜晚
休恨飛騰變化遲緩策不愁山雨滑醉橫長有野雲隨
會看挂壁風雷起莫待詩翁過葛陂

虎枕

縛取南山白額兒鼻如雷吼臥支頤牀頭夜嘯威長在
帳底風生醉不知探穴捋鬚應有夢寢皮食肉未爲奇
何如敔伏重華地笑綰金符便策師

遊絲

長日飄揚欲送春天涯何處有迷津莫嫌踪跡渾無定
爲斷縈牽自出塵偶入蛛簷添結網還過漁艇引垂綸
飛花舞絮同虛幻且共浮空聽屈伸

鶯簧

新鶯出谷滿皇洲清晝嚶鳴友欲求競逐飛英頻囀急

閒樓眠柳一聲悠嬌傳度曲來深院巧合調筝入畫樓
睡起呼童供酒盞東風有意送歌喉

蛙鼓

徑滿蓬蒿沼滿蘋產蛙相怒復相親中宵傑格連清曉
過雨喧闐送晚春獨聽鐃歌矜戰勝共徵散部樂延賓
郊坰寂靜偏憐汝伴我書齋不厭貧

螢火

中宵露坐數飛螢隱映牆陰復廣庭風動花林生野渚
池搖雲影度疎星天街扇撲流光亂書屋囊開夜色青

乘化未容隨草腐非關慧質弄惺惺

蚊雷

梛塘竹塢暑堪消怪底蚊雷破寂寥隱隱林梢疑起蟄
轟轟屋角漸驚飈燈光掣電隣初震葉韻飛霖勢更驕
何得簟紋凉似水醉歌白苧謝喧囂

蜂衙

蜂黃羣擁擇安居彷彿蒼黎托聚閭房結纍纍環拱衛
花開采采樂供儲排將亭午春風暖放出晴空化日舒
辛苦自知終歲計分甘誰惜蜜脾虛

蟻陣

縱横鬭向穴中觀兩隊須臾力共殫土捲烏江憑竹渡鼎分閣道藉槐安應連首尾頻馳壁合聚攻圍各建壇牀下牛鳴爭正劇幾同蠻觸競眉端

蟬琴

穠陰遠水接檐櫳一枕南薰兩腋風欲鼓更停傳絶句無弦有韻别梧桐不堪嵇散聊爲適誰謂鍾期遇已空寄語螳螂休奮臂吾方游目送歸鴻

蛛網

簷際蛛絲巧自攢林端漁網曬江干忽飄細雨收春水更拂狂飈下急湍未許蚊蝱驚睡穩生憎蜂蝶妬花殘冥飛鴻羽須羅俊爲報絲綸閣上看

鵲橋

天上佳期歲歲新浮空烏羽作通津投鞭漫擬流堪斷驅石難逢海有塵牛飲渚雲閒臥月鸞停機錦暗生春愁催曉發河梁别乞巧徒勞綺席陳

虹采

雨後晴虹燦有章紛綸繪繡競呈祥想因帝釋施銖縠

似與嫦娥製錦裳斷處飛空雲幻影渴來飲澗樹含光
還收麗藻歸文囿奮筆輝騰萬丈長

蝸角

閒庭觀化長青莎緣蝕蝸涎宿雨過與角由天供逞怒
出頭有地欲稱戈升高自負崢嶸甚粘壁令人慷慨多
爭鬭方酣亡所寄虛名相誤欲如何

蛾眉

春蛾脫繭赴聰明香閣新粧翠黛成秀拂遠山雲半斂
光搖柳葉月初生入宮淡掃人偏妒敧枕低顰意已傾

攬鏡徘徊慵自畫深深雙蹙鎖愁城

螢燈

微螢閃閃拂晴波幾度黃昏誤舞蛾銀粟無烟棲碧蘚
玉蟲留影綴青莎秋空雨歇寒光墮晚徑風閒冷燼多
欲喚紗囊車武子爲渠還賦短檠歌

寒蛩

夢覺山齋寒氣侵泠然高枕足清音悠揚流響相賡和
宛轉同聲費咏吟曲徑廻塘風斷續虛牕短砌月升沉
耳根喧寂由塵境不改元冥靜者心

野鶴

勁翮凌風掠遠雲一聲清唳九霄聞巢松不戀乘軒寵
警露時留篆籀文注項丹成迎日彩昂身玉立出雞羣
朝元應待仙真御隱映青山白雪紛

孤鴈

江南塞北誓相隨中道分攜痛莫追烟鎖汀洲迷故侶
月明蘆岸照長離清流顧影憐岑寂午夜哀鳴攪夢思

爲惜羽毛警矰繳冥冥軒舉漸于逵

鷺羽扇

立烟睡雨白蒙茸盡付驅炎掌握中暑退沙頭千點雪
涼生頂上幾絲風曾聞異物陪修靜莫染纖毫障庾公
揮動袢衿詩夢醒誰憐拳足蓼花叢

鼠鬚筆

夜逐虛星上月宮奮髯奪得管城公橐中不攬吟牎夢
指下先爭翰苑功莫笑硯池濡醉墨絕勝倉廩飽陳紅
平生齧盡詩書字散作龍蛇落紙中

龍涎香

瀛島蟠龍玉唾凝輕氛飛繞博山青焌浮蛟窟潮聲怒

清徹驪宮蟄睡醒碧腦杵霜收海氣紅薇滴露洗雲腥
雨牕篝火濃熏被夢駕蒼鱗上帝庭

蝗螂筆

螵蛸枝上化薰風飛掠詩翁短帽中鬢雪冷侵霜斧落
髮雲寒壓翠裳空爲裁象齒形如在試插蟬冠氣尚雄
開卷尋行煩一指不須當轍怒莊公

蟾蜍水滴

三足爬沙飲海歸案頭飛墮曉風吹慣看毛穎臨池浴
不借嫦娥入月騎蓄潤鑿開金𤻊𠪨分涓滴盡墨淋漓

胸中一掬恩波在自有龍蛇遶筆時

螺殼酒杯

香醅浮蟻入旋渦半殼蒼瓊費琢磨應愧美人盤寶髻
且供豪客捲金波尊中綠照珠光潤掌上春擎海氣多
安得滄溟俱變酒垂涎終日飲無何

龍形松

天矯拏雲海上來蜿蜒蛻骨老莓苔蒼髯夜鼓千山雨
鐵甲春生萬壑雷影動欲翻平陸起聲號如卷怒潮迴
蜷枝冷挂巖前月猶似擎珠照九垓

鴛鴦菊

秋入金塘脫錦裳芳心並倚紫紗囊韓憑枕上情難了
陶令門前夢更長深院霜清宮瓦冷東籬月落繡衾香
誰知連理枝頭恨還有西風晚節芳

柳眼

媚睓窺春淺碧浮欲開還閉半顰羞露垂烟縷秋波溜
雨歇風條曉淚收上苑困酣興廢夢灞橋看盡古今愁
五株彭澤回青否應是生花雪滿頭

荷錢

青蚨飛繞半池蓮化作波心萬點圓白水眞人應愛寶
上清童子解流泉買空太液繁華夢占斷西湖富貴天
一把藕絲穿不起五銖衣冷碧波烟

蟠梅

縈青絆碧裂蒼苔歲晏寒香宛轉來蛟蟄凍雲氷骨瘦
龍眠夜月玉鱗開風霜氣勢從千折鐵石心腸亦九廻
祇爲東君甘自屈不教枉占百花魁

掛蘭

江浦烟叢困草萊靈根從此謝栽培移將楚畹千年恨

付與東風一縷開湘女久無塵土夢靈均元是棟梁材
午牕試讀離騷罷却怪幽香天上來

花霧

倦紫酣紅總未醒暗熏芳淚滴無聲羅幃隱繡迷春色
綺縠籠香護曉晴薄暝枝頭留睡蝶輕陰樹底咽啼鶯
東風捲到闌干曲半濕遊絲舞不成

茶烟

玉川鑪畔影沉沉澹碧縈空杳隔林蚓竅聲微松火暗
鳳團香暖竹牕陰詩成禪榻風初起夢破僧房雪未深

老鶴遲歸無俗客白雲一縷在遥岑

綠陰

萬樹東風湧翠瀾遮藏芳恨料應難入簾蒼靄暮春晚
滿地碧雲清晝寒柳暗池臺烟乍濕槐深門巷雨初乾
堦前花落無人到又染苔痕上石闌

紅樹

楓塢梨園醉曉霜纈衣零落舞金商半山留日樹無影
一徑有風花不香蕭寺烟晴秋易老御溝水急恨空長
詩人自愛停車晚還記清陰六月涼

橙杯

薺穰初碎擘輕䤈一飲何須大白浮瓊液曉凝滄水露金波夜浸洞庭秋寒香噀手醒初解霜氣浮尊煖未收酩酊敲棋呼二叟夢中同作醉鄉遊

楳杖

紫玉槎牙餖蘚痕黃昏扶醉倍精神一枝冷曳孤山雪七尺横拖庾嶺春江路策雲香在手溪橋挑月影隨人歸來却笑林和靖還現堂中上座身

白蓮

三千宮額翠雲房洗褪鉛華淺淡粧仙掌月明應自怨
東林夢遠爲誰芳波澄夜靜花無影露冷風淸玉有香
舞罷霓裳誰得似六郎淸瘦比何郎

紅菊

錦爛重陽節到時繁華夢裏傲霜枝晚香帶冷凝丹粒
秋色封寒點絳狌淡映淺霞迷老圃濃拖斜照落東籬
靈砂換却淵明骨倦倚西風醉不知

藕絲

絆玉纏金吐未齊蓮房繅出蛹初肥纖毫何補寸心苦

幾縷空縈七竅飛園客可能抽翠繭靈均難爲製荷衣
年年五月無人買欲織鮫綃不上機

蓴絲

鮫人繡滿水仙裳地軸天機不敢藏冰縠冷纏青縷滑
翠鈿清綴玉絲香江湖有味牽情久京洛思歸引興長
欲翦吳淞縫不得謾拖秋思繞詩腸

松濤

歷落長松萬壑間時傳天籟到柴關飜空乍覺波光轉
入夜渾添澗水潺雪捲廣陵飛八月鼇來東海湧三山

歸雲巢鶴鷲無定我欲乘槎任往還

竹粉

籜龍初振拂春雲剖出琅玕色未分疑有繁霜凝直節
還如飛絮積清芬縞粧欲染湘娥淚素質堪投渭水紋
雨過新林淨于洗閒看萬玉舞繽紛

榆錢

滿園榆莢巧如規何事天工鼓鑄奇窮巷旋添誇露積
閒堦細數任風披枝間累貫渾無用樹底成泥不拾遺
青帝有權零落易村酤莫惜杖頭貲

榴火

天付炎威與祝融海波如沸沃珍叢飛將寶鼎千重焰
煉就丹砂萬顆紅自抱赤衷迎曉日應慚艷質媚春風
農家穎實需甘雨愁擬焚林望碧空

草茵

青葱初向曉痕分陌上池邊積漸殷風落繁英舒蜀錦
雲連遠岫蹙湘紋佳人鬬草披香徑狂客揮杯藉夕曛
不待蛩吟秋露冷閒眠先自惜芳芬

蒲劍

萍化芹香水國春蒲抽鋩鍔劒光新不資淬礪能全德
常合雌雄若有神浴鷺忘猜時振羽潛蛟懼截欲存身
江干森立非無意待剖雙魚慰遠人

秧針

連朝甘雨遍江鄉社鼓村歌促布秧水溢陂塘搖匹練
波衝泥坂織流黃合將跬步彌縫巧望入平疇錯繡長
倚市漫嬌羅綺艷農家作苦任耕桑

藕絲

獨憐素質絶纖塵臂綰機絲巧入神海客鮫綃光欲滴

天孫雲錦色偏新氷蠶不上香閨箔甕繭無煩綺陌春
端擬凌波製羅襪月明遺贈採珠人

柳綿

鋪徑沾衣亂拂隄柳眠初起絮凄迷輕隨驚蹟游龍塞
暖送飛花逐馬蹄自喜陽烏施背曝不堪風露滿幽棲
一簾晴雪春光暮點硯詩成嶺日西

荷蓋

翠華避暑向甘泉濯影傳將玉井蓮驟雨翻盆仍嬌嬌
驕陽鑠石自田田應逢解佩臨湘浦為覆驚鴻駐洛川

返棹半遮游女面盈盈持傍阿誰邊

松釀酒

大夫何事亦餔糟自恨爭名爝火勞春色未香浮蟻綠雨聲先沸老龍膏不須琥珀供靈藥且作珍珠滴小槽傲却歲寒銷一醉涼州空自換葡萄

雪煎茶

夜掃寒英煮綠塵松風入鼎更清新月團影落銀河水雲脚香融玉樹春陸井有泉應近俗陶家無酒未爲貧詩脾奪盡豐年瑞分付蓬萊頂上人

松枝火

蘚骨誰教刼火侵欲將春意破窮陰鱗鬣光動紅雲起
膏液香融紫霧深餘燼尚留霜後節殘灰難滅歲寒心
有時焰起隨風轉猶似蒼龍澗底吟

藕花風

舞落紅衣起未休水雲鄉裏正颼颼五更清逼銀塘露
六月涼生玉井秋颭浪低翻霞影亂凌波輕弄錦香浮
莫教吹醒鴛鴦夢好送眞人一葉舟

絮化萍

點綴離人恨已多水流雲散爲消磨半篙晴浪星無數
兩岸東風雪幾何脫白定知沾化雨取青應是謝恩波
滿池好護蒼天影休逐東歸繞汴河

松化石

苔痕蘚幹勢稜層不向山中變茯苓傲雪心頑龍蛻骨
嘯風聲斷虎留形特堅節操磨今古肯獻瑰奇列丙丁
底用區區梁棟具直須鍊補老天青

半日閒

閒處光陰未有涯偶然一晌到山家坐看雲起晝停午

靜聽泉流日未斜槐影正圓初破睡竹陰微轉罷分茶
也勝忙裏風波客十二時中老歲華

醒酒石

子孫猶自問監軍醞藉千年跡已陳蒼骨冷侵酣枕夢
苔痕清逼醉鄉春西風別墅啼山鬼落日朱崖泣海神
牛李相傾果何得太湖甲乙更誰人

無弦琴

獨繭長繅底用抽蛇紋空鎖鳳枝秋落星留暈繩光斷
凍瀑無聲練影收別鶴那聞風外泣孤鸞不向月中愁

多情只有柴桑老寂寂高山水自流

琉璃簾

澄光搖碎一庭秋瑩碧瓌瓏破浪浮淨練懸風晴未落明河接地曉難收氷痕半捲銀鉤冷繡帶低垂玉縷柔纖手怯寒輕揭處不妨月影上南樓

走馬燈

飈輪擁騎架炎精飛遶人間不夜城風鬣追星低弄影霜蹄逐電去無聲秦軍夜潰咸陽火吳炬宵馳赤壁兵更憶雕鞍年少夢章臺踏碎月華明

蘆花被

白似楊花暖似烘纖塵難到黑甜中軟鋪香絮清無比醉壓晴霜夜不融一枕和秋眠落月五更飛夢逐西風誰憐宿鴈江汀冷贏得相思舊恨空

蓮葉舟

穩棹紅衣泛渺茫風帆浪檝水雲鄉曉撑太華半峰月晚載西湖十里香藕放雪絲應作纜荷欹翠柄若爲檣不須更捧金仙足太乙真人夢正涼

玉壺冰

白似中乾滿不傾是空是色凍無聲十分瑩潔瑕疵淨
一樣光輝表裏明雲母夜藏珠暈冷水晶寒孕月華清
美人睡起銷金帳折得梅花插未成

碧筩酒

擎波老柄折蒼瓊酣飲何如吸海鯨象鼻捲氷收玉醴
翠盤承露落金莖幾絲香溜葡萄滑九竅春融琥珀傾
莫戀醉鄉心更苦獨醒衣上爲誰清

茶筅

此君一節瑩無瑕夜聽松聲漱玉華萬縷引風歸蟹眼

半瓶飛雪起龍芽香凝翠髮雲生脚濕滿蒼髯浪卷花
到手纖毫皆盡力多因不負玉川家

酒旗

水村山郭酒初香紵影青青字一行壚畔低懸花霧濕
簷陰斜揭柳風涼指揮意馬銜愁陣搖曳心旌入醉鄉
惆悵步兵招不起半竿空自舞斜陽

詩瓢

雨蔓霜藤老翠壺吟邊不是酒葫蘆剖開架上輪囷玉
著盡胸中錯落珠滿貯苦心留宇宙深藏精氣付江湖

誰家半腹能千首爲問山人果在無

筆陣

授策登壇拜墨卿霜毫不用鐵爲兵戰酣已拔三都壘
奏捷還攻五字城怒捲龍蛇雲霧泣長驅風雨鬼神驚
攀蟾獨掃千軍退功奪中書第一名

紙帳

清懸四壁剡谿霜高臥梅花月半牀藹靄有天春不老
瑤臺無夜雪生香覺來虛白神光發睡去清閒好夢長
一枕總無塵土氣何妨留我白雲鄉

紙衾

雪擣溪藤一幅新醉來高臥付詩人松牀夜暖雲生席蕙帳香融雪滿身翡翠多情嫌寂寞鴛鴦無分樂清貧枕邊不作紅塵夢睡足梅花玉洞春

網巾

烏紗未解滌塵衿一網清風兩鬢寒篩影細分雲縷滑棋文斜界雪絲乾不須漁父燈前結且向詩翁鏡裏看頭上任渠籠絡盡有時華髮亦衝冠

胭脂

仙花和露搗芳塵駐得宮娥不老春香暈紅潮生玉頰
暖融絳蠟點櫻唇渭流漲膩人應遠宮井流斑恨愈新
鏡倚綠牕嬌夢醒素纖微蘸曉粧勻

泡燈

熖吐蘭膏映水晶泓澄不動一渥輕天星影落氷壺夜
神秉光凝火齊明碧暈浮春丹氣濕紅雲泛煖玉華清
遊魚不覺三更冷飛入琉璃井底行

雪燈

一炬燒寒照夜長玉蟲飛入白紗囊氷壺吞月涵秋影

海蚌懷珠吐夜光六出自隨飛燼落寸輝不受積陰藏
渾疑凍壑寒崕底忽見東風轉太陽

蓮燈

萬點芙蓉午夜芳醉看疑是水雲鄉蘭釭照破西湖夢
火樹燒殘太液香熖暖應愁擎夜雨燼寒不爲倒秋霜
元宵庭院東風曉零亂紅衣落畫梁

水燈

波明睒暖晚風閒泡影飛來鏡裏看萬點芙蓉開碧沼
一天星斗落氷盤珠浮赤水光猶濕火浴丹池夜未乾

照破魚龍波底夢，幽宮不怕五更寒。

書燈

咿唔聲裏漏初長，願借丹心吐寸光。萬古分明看簡冊，
一生照耀付文章。芸編清逼蘭膏暖，花燼時粘竹汗香。
明日金蓮供草制，幾人風露在秋堂。

天燈

龍逐炎精下紫宮，夜深不肯落雲中。光分霄漢三更黑，
影亂星辰萬點紅。玉柱倚天擎火齊，金繩繫日挂瑤空。
照開仙闕朝元路，絳節霓旌穩駕風。

塔燈

拔地燒空寶炬長燭龍挂影照穹蒼七層火樹雲生燄
九曲珠神夜吐光霞點彤幢歸淨界星隨絳節下西方
如來應到天壇上萬斛金蓮繞步香

新綠

閒看甲折與凋枯山木年光幻景殊最愛連空青藹合
恍疑幛日碧雲鋪巉巖秀掩峻嶒骨老幹勻籠慘裂膚
竚望長林時雨至牕涵潑墨米顛圖

樹影

層枝疊葉點苔斑深院重垣總莫闗夾道窨移須按轡
滿庭交匝可怡顏月穿池岸連浮藻日射園林幛遠山
斜拂花牕來枕簟清陰合處鳥聲閒

冰花

旋空風急暮雲平幻出飛花下玉京頃刻粧成欺楮葉
郊原踏遍勝瓊英光搖書幌人忘寐香藉庭梅夜轉清
吟就不妨消渴甚天應付與點茶鐺

月露

庭院深沉月墮空沾襟清露灑天風涼生金井流輝潤

影落銀河夜靄濛蟬吸澄波浮柳葉螢含冷熖耀花叢
瀼瀼曉瀉宜新釀仙掌無勞羡漢宮

荷珠

翠羽亭亭碧沼中凭欄珠濺錦香叢露華融漾迎朝旭
雨色霏微弄晚風瓊液光浮青玉案鮫人琛獻水晶宮
方舟蓮女煩纖指垂柳千絲綴未工

麥浪

寒生麥隴報秋成披拂和風入望平波影排山來秀色
西疇縮地接南瀛兩岐穗吐雙流合千畝雲連一水盈

漁父驚濤輸牧豎笛聲牛背傲舟横

簷馬

燈暗羅幃月正中簷前鐵騎戰西風馳驅不定從誰鼓
步伐還推若箇雄盡力戈矛非有意垂名竹帛愧無功
破除枕上紛紜夢蹤跡何妨類轉篷

屏山

銀屏曲曲座間分小閣簾垂酒半醺五嶽卧遊來几席
三神遥望入氤氲誰開孔雀環鮫帳自掩溪藤擁被薰
倦倚不知清夢到飄颻幽興逐巫雲

香篆

水沉初試博山時吐霧蒸雲復散絲忽漫書空凝錦織相看掃素傍燈帷縈紆細縷蟲魚錯斷續殘烟柳薤垂幾向螭頭聞閶闔殿羅襴攜出鳳凰池

香塵

游冶三春興劇增東城南陌氣如蒸飛花爲惜芳魂散拾翠偏憐暖靄層輕襯馬蹄驕蹀躞微烘醉眼動曹騰何當夜雨添新漲洗出溪山霽色澄

燭淚

絳蠟燒殘夜若何簷櫳虛敞晚風多照將嬌舞身全側
催得新詩刻半過影疊繡幃襟積恨花翻綺席眼横波
頻啼似惜芳菲去秉向春園達旦歌

花影

幾枝搖落幾枝開半拂幽牕半拂苔舞蝶東西爭下上
啼鶯去住總低回出墻嬝娜招游騎依沼娉婷對鏡臺
爲謝春雲深愛護晚風吹得月華來

柳烟

隋堤吳苑鎖春光淡抹輕籠萬綠楊朝暮晴陰從變幻

䀹眉顰笑暗相將鶯梭怴織綃紋薄燕剪平分匹練長
不辨離亭曾折處遥連芳草斷柔腸

梅雪

纔見南枝景候新何堪羌笛起比鄰條風故作顛狂舞
冷艷偏隨浩蕩春東閣吟成迷曲檻壽陽粧罷積重茵
氷澌月影同零亂送爾餘香入去津

雞聲

斗帳香濃睡味閒鄰雞咿喔夢初還朦朧甩枕搔蓬鬢
檢點銅壺破醉顔起舞中宵扶晉鼎長鳴五夜脫秦關

龍樓茅店同殘月却憶滄洲路幾灣

鴈聲

長空列陣過樓臺叫徹金閨錦字裁簷鐵和風飄短韻
銀缸伴影落殘煤書傳塞上迎秋至夢繞峰頭帶月囘
兩岸蘆花湘水濶稻粱無意任徘徊

鴈陣

渡江秋影又南征折葦銜枚夜不驚冷聚圓沙盤地軸
曉浮寒水落天衡風馳截破湘烟闊雲擁斜衝塞月明
洲渚網羅應有伏橫空千里不留行

蛙聲

落花飛絮午風暄何處池塘鼓吹喧問入華林迴輦路
詩裁青草步江村浮鷗浴鷺渾無倦荇葉蒲芽似競繁
共向園亭宜枕簟聽來清晝欲忘言

砧聲

榆關地迥早驚秋欲寄征衫萬結愁刀尺挑燈勞夢寐
杵砧和淚擣更籌月明閭巷傳偏遠寒雨荆榛韻轉悠
飄墜井梧停翠袖不堪羌笛起高樓

賣花聲

春光呌遍費千金紫韻紅腔細細吟幾處又驚遊冶夢
誰家不動惜芳心響穿紅霧樓臺曉清逐香風巷陌深
妝鏡美人聽未了繡簾低揭畫簷陰

煮茶聲

龍芽香暖火初紅曲几蒲團聽未終瑞雪浮江喧玉浪
白雲迷洞響松風蠅飛蚓竅詩懷醒車繞羊腸醉夢空
如訴蒼生辛苦事蓬萊好問玉川翁

同根竹

競秀冰霜一種奇駢頭曾脫錦繃兒西山二子情依舊

湘浦雙娥影鎮隨高節元非連理樹虛心共是歲寒枝
莫教移作仙人杖恐化雌雄下葛陂

並蒂蘭

碧蕋連芳一蕚擎春風江浦對含情不妨燕姞重占夢
應愧湘纍獨解淸霜節百年期共老國香一點爲誰爭
詩人莫比雙蘩怨幸有離騷日月明

並蒂蓮

何事花神解獻奇聯芳並秀出漣漪紅霞萬縷分飛處
瓊玉一雙初剖時麗日共呈雲錦色光風齊泛杏桃姿

臨軒面面皆堪賞爲爾重傾綠酒巵

二色並蒂蓮

亭亭嬝嬝碧溪濱幻出同心兩洛神素質更添紅粉艷朱顔偏稱玉容新渾如合德隨飛燕不效梅妃怨太真半掩珠簾酣卯酒嫣然宜喜復宜嗔

紅梅

梨雲無夢倚黃昏薄倩朱鉛蝕淚痕宿酒破寒熏玉骨仙丹偷暖返氷魂茜裙影露羅衣捲霞珮香封縞袂温回首孤山斜照外尋眞誤入杏花村

鴛鴦梅

兩兩魁春簇錦機文衾夢覺月分輝枝頭交頸棲香煖
花底同心結子肥金殿鎖烟粧粉額玉堂環水浴紅衣
有情一種隨流去莫被風飄各自飛

苔梅

一夜蟠龍裂翠鱗土花深護玉精神蒼含滿樹黄昏月
碧老孤根太古春姑射紫熏荷製好逋仙青入草衣新
料應不爲天風冷自恐氷肌受點塵

梅魂

枝南枝北路迢遥飛入孤山夜寂寥水月浮香應自返
溪風弄影爲誰招縞衣夢裏和愁斷玉笛聲中逐恨消
似欠靈均歌楚些逋仙墳冷雨瀟瀟

梅夢

芳魂和睡倚南枝羞比梨雲蝶未知暖入羅浮春困早
香迷姑射曉醒遲不愁夜月青衣濕應怕霜天畫角吹
一點調羹心事在宵衣枕上覺多時

問梅

尋春踏雪過西湖試扣風前玉一株香影爲誰甘寂寞

精神何獨占清癯鐘殘角斷愁多少月落參橫夢有無
吟遶南枝渾不應好將心事喚林逋

挑梅

折取孤山玉雪花杖藜高掛踏烟霞負他白鶴看仙塚
伴爾青蚨到酒家有脚陽春詞可證無言姑射貌堪誇
相攜相伴歸時晚添箇隨人月一牙

雪月梅

苔枝擘重半朦朧漠漠梨雲夢不同香護嫦娥眠玉鑑
影隨姑射下瑤宮氷蟾光透南枝夜翠羽聲淒古樹風

天上人間渾一色幾分春意有無中

綠蕚梅

蕚綠仙人下玉堂清魂夜化雪芬芳荷衣薄襯霓裳冷蘭佩濃熏縞袂香曉額浮酥凝淺黛芳容點翠照新粧多因誤入羅浮夢愁絶黄昏鬢已蒼

月中桂花

金粟如來夜化身嫦娥留得護氷輪枝横大地山河影根老層霄雨露春長有天香飛碧落不教仙子種紅塵折來何必吳剛斧還我凌雲第一人

水中梅影

澄澄寒碧印氷條雲母屏開見阿嬌春色一枝流不去
雪痕千點浸難消臨風倚檻雲鬟濕帶月凌波玉珮搖
最是黃昏堪畫處橫斜清淺傍溪橋

水中雲

絮團冷蘸碧琉璃舒卷還如濕未晞蒼狗倒隨天影落
玉鸞低入鏡光飛濃遮晚浪搖秋月淡隔晴漪漾夕暉
莫怪巫山臺下雨凌波好向夢中歸

水中月

晴波浸月月波浮玉兎涼生萬頃流丹桂影沉江浦夜
白蓮光浴海天秋鮫人泣罷珠猶濕龍女粧殘鏡未收
應是廣寒眠不得水晶宮裏夜深遊

餅笙

爐頭莫爲熱中鳴且作松風入耳清火候抽添成別調
湯痕深淺變秋聲誰知冷暖情難盡自爲炎涼訴不平
何用絳唇吹玉管纖簧低咽夜三更

鐵硯

不用端溪割紫雲鑄來壯士鐵心存一方自出爐鎚巧

百鍊元無斧鑿痕金烝冷涵池水潤土花腥蝕墨烟昏
堅剛千古難磨了誰爲扶桑賦曉暾

漁蓑

翠結香莎付釣舟一竿風雨不須愁苔磯夜泊披寒去
葦岸昏歸帶濕收月冷籠衣眠柁尾天晴隨網曬船頭
羊裘莫笑狂奴錯也著烟波萬頃秋

釣絲

臨流纖影衆鱗驚消得長纅一縷輕鉤墜亂縈春水碧
竿垂斜裊晚風清牵回江上烟波夢掣斷人間富貴情

我欲笑攜千尺去桃花浪裏拔鯢鯨

雪珠

萬斛明珠滿地圓瑶龍吞蚌入雲邊淚含曉雨光猶濕聲碎天風孔未穿寒綴松腰聯玉珮冷攢棋臉結花鈿阿滕撒盡誰收拾爲買豐年不用錢

霜花

粲粲璚英借露浮日高還付水東流翦裁應費金神巧開落從教玉女愁有艷淡粧宫瓦曉無根寒壓板橋秋五更不怕樓頭角吹到梅花特地羞

紙鳶

孤騫穩駕剡溪雲多少兒童仰羨頻半紙飛騰元在已
一縧高下豈隨人聲馳空碧東風曉影度遥天化日春
誰道致身無羽翼迴看高舉絶紅塵

雪獅

幻出狻猊雪一團玉光如焰起毫端稜稜冰霰藏鋒鋭
颯颯風霜滿肺肝氣逼熊羆應股栗威臨犀象亦心寒
從人錯認鹽形虎莫向朝陽仰鼻看

硯冰

裂地層陰透馬肝墨花含凍鎖毫端一泓曉色元霜重
半夜天風黑水乾沼面烟凝星影暗潭心雲翳玉光寒
便將呵作清泠雨筆掃人間酷暑殘

海蜇

層濤擁沫綴鰕行水母含胎孕地靈海氣凍凝紅玉脆
天風寒結紫雲腥霞衣褪色冰涎滑璃縷烹香酒力醒
應是楚江萍實老誤隨潮信落滄溟

遊絲

搖曳春光百尺輕烟絹舞斷任縱橫暗縈芳恨應無力

亂綰花愁似有情一縷綠楊風正軟半痕紅杏雨初晴
莫教飛到天機上空誤龍梭織不成

江潮

靈胥怒闢海門開十萬神兵戰鼓囘龍決黃河銀浪湧
鼇翻坤軸玉山摧半江飛雪橫空起千里奔雷撼地來
欲駕雲帆滄海去秋風八月上蓬萊

醉鄉

曾笑三閭不解遊移家欲向麴城投入酣方外鴻荒夢
誰識塵中富貴愁夜月放船浮酒海春風扶杖上糟邱

相逢還似無何有喚起東皐爲贈侯

塵世

入海深藏混沌中非烟非霧遠空濛六街綺繡迷香紫九陌笙歌踏軟紅微步緩隨羅襪起清歌飛繞畫梁空南來一騎蛾眉笑又送長安荔入宮

曉色

遠似烟霏近又空非明非夜兩朦朧一天清露洗難退幾抹曙雲遮不窮斷角樓臺濃淡裏殘燈院落有無中蒼茫半逐雞聲散又被朝陽染作紅

水紋

新綠粼粼漾淺漪織成春色上苔衣一池碧暈雨初落
千疊翠鱗風更微淨縠光摇湘女鏡輕羅影動水仙機
何如袖取并刀去剪得吴淞半幅歸

沙書

元砂一握舞蛟虬草聖何須墨染頭鳥過篆文歸鐵畫
蟹行清響落銀鉤行間日射文星粲紙上風驚字跡遒
大手莫將成末藝論功寧媿管城侯

雙陸

彩骰清響押盤飛曾記唐宮爲賜緋影入空梁殘月在
聲隨征馬落星稀重門據險應輸擲數點爭雄莫露機
惟恨懷英誇敵手御前奪取翠裘歸

混堂

香泉湧出半池温難洗人間萬古塵混沌殼中天不曉
淋漓氣底夜長春波濤鼓怒喧風雨雲霧垂陰護鬼神
却笑相逢裸形國不知誰是浴沂人

温泉

沃焦移壑寄山阿石隙泉流漾暖波協氣偏教成化國

春風常鎮助狂歌林花麗日蒸霞變岸草含烟綴露多
濯罷火龍鱗甲奮留將靈液洗沉疴

寒火

騰空烈焰挾灰飛望裏熒煌煖氣微禪性定餘傳指滅
客心燃後御風歸烹來石髓涼侵齒着盡霓裳冷切闈
入化入元火不熱徒勞炙手借炎威

月鈎

碧空如洗界清光爲控疎簾照晚粧花柳有情渾弄影
魚龍何事欲深藏玉繩露濕斜臨檻銀漢星稀曲轉廊

怪底棲烏驚不定一灣早已落橫塘

瀑布

萬峰廻合欲叅天千丈驚看匹練懸素女浣紗搖皓月
鮫人曳縞漾輕烟匡廬色借香花散鴈宕聲隨鼓吹傳
何必瑶京餐沆瀣枕流終日聽潺湲

白鴈

翅老西風絶點瑕秋江難認宿蘆花雲邊字鈌銀鉤斷
月下箏閑玉柱斜影亂飛鷗囘遠浦陣迷宿鷺落平沙
聲聲叫起蘇郎恨爲帶吳霜染鬢華

曉禽

蘢葱曙色小牕明調舌山禽已弄聲香霧徊翔傳鳳吹
霞光縹緲咽鸞笙深林自擇枝棲穩窩舊應無弋慕驚
幽興滿懷清聽徹詩成枕上夢還成

竹夫人

胸次玲瓏粉黛羞宵征何必抱衾裯應無雲雨三更夢
自有氷霜六月秋盡節每曾陳諷刺虛心那解老温柔
專房不怕蛾眉妒只恐西風動别愁

湯婆子

藍田玉暖暗生烟綽約能欺氷雪天滿腹最宜冬日飲
鋪茵非藉肉屏妍温柔鄉在吾將老寂寞更長愛獨偏
總使心腸如鐵石還應抵足共君眠

睡鞋

約束吳綾惜玉寒紅蓮兩瓣裹來安燈明荷蓋更塵襪
帳掩芙蓉擁合歡波浴錦鴛游聚散雲迷巫峽步盤桓
曉來暗結同心縷深繫羅裙欲覓難

新柳

一夜東風入柳枝故園春信若爲期柔條曳玉宮腰倦

嫩甲含金睡眼遲旌露拂寒清漏曉堤烟鎖恨曲流澌
絲絲織就芳華色紫燕黃鶯總未知

桃實

輪囷蟠根植海濱紛敷瑤草駐長春迎將萬里雲霞合
閒閱三千歲月新西極宴餘期更種東方探得肯辭頻
重遊莫向元都觀避世仙源好問津

古松

特立喬柯自鬱然女蘿劃斷息縈牽籠明片月來高嶺
棲泊孤雲度遠天翠藹當軒延秀爽濤聲中夜醒閒眠

春華秋實尋常事氷合霜凝節轉堅

老梅

空巖詰屈掛蒼虬骨幹崚嶒韻致幽闇淡輸香來斗帳
森疎濯影向溪流懶隨艷冶榮千樹獨葆清真隱一邱
自有松篁深結契江天春柳任輕柔

黃葉

曾題幽怨付流紅額尚塗黃出漢宮攝念環中風撼栗
步虛金井露飄桐鶩雛引隊依芳砌鶯羽呼朋住密叢
葵赤楓丹呈異彩須知色相總歸空

秋茉莉

素娥相競炫新粧丹臉朱唇注妙香袂擁綠羅明艷質
步搖瓊珮雜萸囊霞舒曉色千枝秀日麗秋容萬蕋芳
彭澤當年能賞識東籬堪伴菊花黄

秋牡丹

三春富貴屬花王未若秋原清興長艷色何須誇魏紫
錦心端可勝姚黄歌傳玉樹留餘韻影舞金風擅晚芳
堤上芙蓉籬下菊交光那更怯新霜

秋葵

淡黃裁服曳輕裾不慕濃華步玉除赤日傾心仍衛足還丹貯腹欲逃虛鶯花易老春歸後蜂蝶難喧夢覺餘方外水雲尋道侶虀金開笈證元書

秋萱

堂北深叢瘁復榮還沾玉露茁金莖菊芳媲美呈中色鳳嘴含香振秀英不羡妖姿明艷景惟迎涼月助秋淸瓊芝瑤草稱靈瑞安得緣堦遍發生

秋蘭

閩嶺蕘茖楚畹深芳蘭觸處恣探尋植來盎缶辭幽谷

茁向軒牕勝遠林散馥九秋娛鼻觀盍簪千里得同心
不須紉佩輕攀折湛露涼飈粲苧襟

橘柚

秋光飽玩不須悲好景終年屬此時南國根荄原自固
洞庭霜霰漫相期實中對局真仙駐林表明金碩果垂
莫憶傳將酺宴樂筠籠香色寄深思

行根筍

琅玕林立拂雲高詰屈盤根茁土膏龍尾掛崖鷹攫爪
鳳咮啣石蟹舒螯清陰只擬過隣屋玉板何期飫老饕

好待春雷抽犢角長鑱不用費爬搔

白雞冠

絳幘傳呼曉色新白綸何事亦司晨霜華侵鬢初凝露月彩盈眸不染塵翠羽潛身依玉蕋青虬昂首耀銀鱗綠牕睡醒秋宵夢勝看梅開雪裏春

筍

龍孫頭角奮春雷驀徑穿林破綠苔已放琅玕磨碧漢聊從玉版薦金罍煮泉香入詩脾健噴飯聲傳笑口開淸味不妨頻作供萬竿烟雨爲栽培

菜

蔬畦韶景轉春陽膏雨平添韡韡光葱蒨似窺瑤圃玉
肥甘不羨大官羊啜來頓覺胸懷啓啖後還餘齒頰香
明志謾言從澹泊美芹端擬獻君王

絡緯

誰遣繅車徹夜鳴頻催雲錦織當成送來枕上縈詩思
聽向牀頭繫旅情露濯籬英增絢爛風傳隣杵和凄清
氷蠶蘢繭知難覓何似秋蟲弄巧聲

鵞

黄庭書罷換鵞歸伴取新流繞釣磯曲檻長鳴驚鶴唳
清溪鼓翼挾鷗飛栖栖不厭樊籠困濯濯非甘粱稻肥
桃柳交加莎草緑蘭亭静掩對春暉

鹿

西池瑶草踏芳春弄影時臨碧澗濵濯濯奇姿分月魄
呦呦清韻合天鈞遲回好共青牛駕馴擾偏於緑髮親
騎向千峰深結屋野苹眠食歳華新

詠物詩卷下

元　謝宗可　著

風箏 十首

憑依片紙得天飛，何故聲揚欲作威。瘦骨幾莖徒遠舉，柔絲千尺總危機。雲晴日暖春初好，雨驟風狂事漸非。高樹上林須引避，牽纏到底不能歸。

半紙浮名寄太虛，御風列子竟誰如。高從自致非攀附，道在因時作卷舒。聲徹瑤京傳鳳吹，影飄仙侶曳霞裾。一絲不掛兒童手，浪跡天涯樂有餘。

自負雲霄早致身安排線索靠他人摩天手段乘風展
掉尾精神逐日新暫聳觀瞻喧里巷終嗟破碎委埃塵
捧來拽去成何用驟雨淋頭斷送春
一番春事一番空放却風箏逐斷蓬博得飛翔纖指上
逞將聲勢半天中同花輕薄流溪水學絮顛狂落草叢
皮骨飄零絲絡在相看拍手笑兒童
共仰高風不可攀幾回放去便收還絲綸何必全施設
骨相從知避險艱飄若素雲浮碧漢翩然白鶴度青山
春光遠覽應無限勘破飛騰只等閒

驀地翻空在眼前糊塗片紙任高騫看來仰面人無限
避去全身雨滿天直上難防抛死墜暗中返照帶燈燃
春風催促清明到棲止園林没掛牽
誰解風雩繼點狂鳶魚飛躍見天章五絲續命能冲舉
一葉横空入混茫俯仰塵寰何擾擾仰探璇宇但蒼蒼
神遊八極求歸宿斗帳虚飃藉紙張
蹴罷鞦韆鬬草慵紙鳶浮動寄遊踪翩翾似逐尋巢燕
聲響如傳度嶺鐘小大隨宜俱活躍高卑無意較騰衝
卷懷偃息乘春曉縱爾穿雲第幾重

空外秦箏何處聞遥看片片起巫雲霓裳逶邐飄羅帶
翠袖招摇曳練裙舞柳飛花呈幻景和風麗日動星文
仙眞控鶴來蓬閬相與徊翔趁逸羣
浮游踪跡等雲萍御氣憑虛賦物形蕩蕩飛空無阻礙
蕭蕭委運自淸寧絲聯繩引終須斷律改春歸畢竟停
法界依然舒曠望消除點綴湛青冥

落花三十韻

一春花事盛江東九十韶華轉盼中貯罷阿嬌金屋冷
載歸西子館娃空題評幽韻憐騷客描寫芳容仗畫工

到底枯榮都任運吹開吹卸聽東風 一東

園林生色競華穠無奈春風作陣攻點徑飛來多綽約緣溪流出轉從容看將散綺飄千縷欲掃成茵積幾重蝶懶蜂慵簫鼓歇蒼巖無恙鬱長松 二冬

春宵花月照春江瀉影流香繞客艭廣野芳魂招不得一天愁緒總難降啄餘燕嘴歸高棟粘向蜂鬚入小牕燈下簾垂寂無語似隨紅燼墜銀釭 三江

拂拂霏霏不自支翩翩嫋嫋下高枝無聲近藉蕭蕭竹有艷平連焳焳芝暫可遲留將盡處追思歡賞半開時

東皇若遣春光駐淡日輕雲好護持 四支

輕烟零落曉霏微花朶紛披漸欲稀柳綰青絲垂寶鬘草搖綠綬着緋衣狂風無賴驚林薄新水留情繞釣磯須信春光容易老一枝猶趁醉斜暉 五微

記得鶯看破萼初何期轉盼碧牕虛紅桃白李紛相錯艷質繁英落漸疎雜遝泥香馳去馬飄搖波影躍遊魚遠留醉客同延佇未忍呼童遽掃除 六魚

照眼花光委路衢分明塵界謫仙姝香風尚嬝辭臺榭丹粉全銷入畫圖搖曳臨溪穿柳線斕斑隨雨點蘼蕪

林翁倍覺憐春去會結飛英杖共扶

七虞

水滿池塘草色萋風花如雨散長隄珠簾掠燕香凝翅
玉勒嘶驄艷襯蹄潦倒揮杯沾綺席相思和淚灑幽閨
誤撾羯鼓催歸急肯惜村村日杖藜

八齊

桃蹊柳陌任青蘩怨雨愁雲約未諧瓣瓣辭柯難繫戀
枝枝匝地勝安排白頭細數渾驚眼紅袖貪尋欲壓釵
暖日烘簾春晝永添將新綠映書齋

九佳

日向花間步屧來青尊不惜對花開深杯乍點珠璣唾
雜坐交飛錦繡堆擺脫龍鱗歸碧漢飄蕭鶴羽返蓬萊

東風歲歲供遊宴綵繒何須費剪裁　十灰
滾滾征鞍觸畫輪鋪堦繞砌委香塵坐深林靜飄來緩
欄倚池平着處匀鳳竹搖風翻彩翮虬松耀日振金鱗
探珠拾羽渾難盡驚踏新枝鳥鵲頻　十一真
春色朝來減二分篝林香霧尚氤氳纖纖轉壑明殘照
嬝嬝垂泉落斷雲紅袖洗粧燈半滅素娥呈舞雪初紛
江村幾曲漁樵路細草新蒲錯繡紋　十二文
摧頹無計返芳魂回首東皇怨變恩豈少春風舒灌木
空懸明月照前村迷離郊野潛文雉廻合池塘雜錦鴛

惆悵一番花事了香生幽谷覓蘭蓀 十三元

嚼蕋攀枝興未闌春陰忽送五更寒起看錦樹嗟搖落
投入淸流寄渺漫仙嶺瀑飛千尺練金鑪火轉九還丹
傷心草色連天碧一曲鸞簫憶合歡 十四寒

一聲杜宇響春山吽徹珊瑚滿地斑四十里收紅錦幛
三千姬整綠雲鬟遊絲有意牽難住逝水無情送轉潺
曾幾繁華常寂寞何如野老日開顏 十五删

瑤池春滿宴羣仙散得天花下法筵玉手拈來珠在掌
金鞭裊處錦爲韉粧窺臺鏡搖明月巧逗機絲鎖暮烟

屈指露荷霜菊後庭梅消息報來年 十六先
洛陽春色一肩挑賣斷韶光與寂寥紅杏碧桃羞媚態
稊楊垂柳弄柔條洗粧池閣抛脂水罷舞庭茵捲絳綃
莫上簾鈎舒遠眺漫空飛絮正無聊 十七蕭
春雲靉靆暗東郊悵望千林翠欲交紫蒂黃鬚辭去疾
嬌紅嫩白坐相抛增添淑景枝舒葉剖露生機子綴梢
莫怨香泥狠藉甚半隨車馬半成巢 十八肴
滋花春雨喜如膏只恐春風夜怒號打合繡幃連綠野
推排錦浪滙蒼濤短笻山下遊觀倦長笛樓中怨語叨

從此一枝栖較穩不愁攀折見牢騷十九豪

莫嫌花底夜徵歌預借來朝樹下多艷彩豈能常在眼華榮終竟到辭柯江干游女捐珠珮天闕羣仙散玉珂絕似廻風飄密雪遙同醉舞影婆娑二十歌

紛紛紅雨漫隨車騁望江天亂落霞御苑奩脂粧野渡仙源杯飯染胡麻閒追戲蝶過隣圃忙逐屯蜂報午衙更苦風生寒料峭青油幕底爲頻遮二十一麻

惜春端復爲春傷憭目迷魂對衆芳雨助啼痕辭上苑竹添斑淚泣瀟湘影移獨樹孤雲細望合稠林百鳥翔

倦聽鶯歌虛酒斝新泉瀹茗試旗槍二十二陽

雨霽名園景倍清飛花生態轉輕盈坐隅印月濃兼淡
屋角翔風縱復橫狂客闌珊歸錦里香閨幽寂鎖愁城
芳華凋謝君休怨爲報枝間子已成二十三庚

作陣爭飛不暫停深林景色剩晨星遮攔遊騎嘶芳甸
趁逐鳧雛泛野汀蒲柳較來凋更早松筠贏得晚偏青
終期獨抱芳姿老羞學顛狂絮化萍二十四青

春殘遊興尚堪乘坐見庭花墜疊層那更乍晴還易雨
不妨半醉再移燈招邀尊俎窺青嶂伴送鞦韆傍彩繩

沿遡桃花溪上路好停漁棹快攀登 二十五蒸
穿簾撲地總悠悠點水粧苔卒未休仙子忽看成羽化
醉鄉應可藉温柔方歡援蕊停金縷更愛餐英接素秋
緩步行吟沾屐齒林間眞自有丹邱 二十六尤
放浪乘風出翠林不分遠水復高岑潑醅好覓中山醉
紉佩聊爲楚澤吟陸海遭逢憑聚散天涯踪跡任浮沉
相看脫却濃華界月滿空庭淨道心 二十七侵
深林梅信早曾探萬卉生春戰漸酣杏臉桃腮塵冉冉
香車寶馬影鬖鬖平鋪水面增紋縠斜抹山腰點翠嵐

代謝古今皆幻跡勘來空色破嗔貪二十八覃
春寒雨重更風銛摧剝千葩令轉嚴滿樹盡飛過別院
幾枝留得背虛檐連天翠柳鶯同老繞澗青蒲絮共黏
詩酒心期酬未了荷亭枕簟夢初恬二十九鹽
摧花遣使憶新銜又報春歸燕語喃園月和烟霏曲徑
江風帶雨灑孤帆亂飄不羨吳姬舞遠寄無勞驛使緘
藉坐錦茵新釀熟待嘗櫻笋試羅衫三十咸

落花十二首

爭開紅紫占春先又見凋殘逐逝川散彩霏霙斜日外

吟風泣露落霞邊遲留蛛網知憐惜追殂驕驄大放顛
安得九還培萬卉朝朝無改色鮮妍
纔着蓓蕾報早春旋看爛熳識天眞飛來一片驚深坐
散盡千林隔去津有子暗隨愁共結無枝重見迹初陳
休因搖落傷春老且樂尊前泡幻身
條風駘蕩爲亭屯催促花殘倍愴神山外想應迷舊逕
枝間猶自露餘春園林綠蔭堪稱富簾箔紅稀莫厭貧
壓帽挿來遲放蕋韶光偏照醉歸人
不放春歸竟自歸花神無計駐容輝安排池沼添荷芰

想像巖巒長蕨薇二十四番風始定百千萬點雨同飛
年年九十春光滿莫嘆人生七十稀
花間臥起醉還吟轉眼飄零思不禁無奈韶華難久佇
頓驚時序棓相親鶯聲漸老林光合蝶粉都消草色深
爲報游人春欲去漫勞細數更重尋
輕暖方來又峭寒催花容易養花難黃昏歷亂星初散
淸曉飄揚漏共殘池畔洗粧臨寶鏡臺前擁翠拊雕欄
馬嵬狐塞沙塲草惹得千愁萬恨端
柳眠三起日平西萬點飛英欲委泥潦倒穿簾仍撲面

殷勤被壠復緣溪訴啼幽怨憑鶯語趁逐閒遊信馬蹄
把酒送春休太息綠陰深處聽黃鸝
望入郊原碧草齊鶯花狼藉漸成蹊香閨縱惜身慵起
游冶重探思欲迷紅粉玉容同寂寂朱簾繡戶亦凄凄
月明馬上歸來醉不忍頻聽杜宇啼
匆匆春至又春歸底事摧花片片飛風雨妒殘如有約
蝶蜂撩亂總無依御溝彷彿題紅句上苑分明見綠肥
何處避秦巖洞杳餘香新水繞漁磯
脫葉辭柯度別叢嬌黃淺白間深紅鋪堦錦綺蘼蕪麗

入戶香風竹栢通歷盡豪華成往事回看色相總歸空
樹頭樹底何須覓都在青溪紫陌中
和歌何處踏春陽深院飛花過女墻不肯化萍同舞絮
寧甘葺壘上雕梁愁窺蝶板開尊俎倦聽蛙聲鬧草塘
青杏紅梅消永日行看次第薦荷觴
飛花宛轉色偏嬌誰謂園林便寂寥步幛未須誇百里
錦茵端可藉中宵酒帘招颭來村店漁艇沿回泊野橋
移向畫圖詩句裏任隨塵土任隨潮

美人手 三首

春蔥皎皎映春羅撲蝶攀花態轉多笑托香腮蓮近藕
織成文錦玉交梭戲題幽句傳紅葉巧鬬新粧掃翠蛾
爲倩夜深重秉燭不妨扶醉按笙歌
寶釧雕闌倚玉人雲鬟輕掠暈朱唇金巵笑捧歡情洽
粉淚偷彈别怨新嚲袖太眞初罷舞藏鬮鈎弋未全伸
粧成繡閣薰香坐斑管時拈寫洛神
薄羅新試下粧樓自摘花枝插鳳頭紈扇頻揮爭潔白
玉簫時弄見温柔同心綰帶仍偷解獨坐垂簾更上鈎
推起枕來針繡倦招將女伴棹蓮舟

美人 十二首

朱樓縹緲綺牕開仙子粧成離鏡臺繡幕徐搴舒玉腕畫欄閒倚托香腮花光柳色供流盼蝶板鶯簧待舉杯咫尺遊韁凝竚久恍疑蜃結起蓬萊 樓上

晴波澄澈飲垂虹忽訝明河有路通羅襪步來塵襯玉纖腰嬝處柳隨風多因感遇臨湘浦只恐凌虛上蕊宮照影憑欄紋縠皺沉魚應是避驚鴻 橋上

爲厭鈿車愛玉驄絲韁輕綰御追風帶隨柳線飄蕭綠顏並花枝綽約紅寶鐙飛揚弓月掩雕鞍馳驟鬢雲髼

芳隄綏踏殘英去香逐龍媒散遠空馬上

瑶堦層累出塵氛蓮步升躋颭翠裙繚嶺烟霞簫引鳳
巫陽朝暮雨連雲玉欄干倚顔同潔金鴨香飄語共芬
登望頓忘風露冷月中歌吹正繽紛臺上

約赴乘舠共採蓮分開蘭槳水中天錦鴛鴦睡離還合
荷露傾珠碎復圓相和清歌翻翠袖遥憐遊冶媿金鞭
霞明遠浦風生晚帶月遲歸鬬淨娟船上

客坐傳觴夜向深櫻唇微啟發清音霞生雙頰嬌紅燭
雲過新聲叩玉簪絕勝催花喧羯鼓何須拜月理瑶琴

洛川烟水巫山夢難比青樽托素心　席上

谷成錦繡貯花光曉起仙姝玩衆芳笑倚一枝同嬝娜
步穿千樹各輕揚自知素質欺繁蕊誰謂紅英勝艷粧
更是徘徊歸未得鞦韆遥望出雕牆　花下

寶月流輝天宇淸麗人貪玩晚粧明零瀼玉露羅襟薄
寂歷瑤階步屧輕纖指劃牆移素影星眸瞻桂燦金英
衷情難共嫦娥語聊試霓裳按拍聲　月下

紗牕靜掩暝烟横試點銀釭向短檠慵整殘粧臨寶鏡
閑看香篆嬝雲屏頻挑堷卜花成穗默對愁聽漏轉更

却憶羅幃調笑處幾從吹滅弄微明 燈下

霞旌浮動映湘鈎恰露紅粧半面新待月光來鈎欲上

賣花聲過揭應頻放垂坐擁笙簧炙捲起愁生海燕嗔

飛絮落花撩亂處春風微度隔香塵 簾下

林出新梢解籜時佳人愛玩碧參差嬌歌宛轉縈千挺

翠袖蹁躚撫一枝玉佩緩搖偕振響金釵輕刻自題詩

青鸞本是飛瓊馭應爲遊仙動遠思 竹下

曉日曈曨上鎖闈粧成顧影愛晴暉繡牀欲近頻移榻

彩縷時拈自掩扉不分嬌花能並蒂生憎語燕只雙飛

停針倦倚渾如醉想見腰肢減翠圍 聰下

宮人入道 十六首

乞得當熊報主身白雲深處避紅塵銀箏卸甲敲金磬
寶鏡收奩拜月輪蕊笈靜探嬰姹合丹經默証虎龍馴
餐英不歠胡麻飯緊閉桃花洞口春

竹枝羞插引羊車蘿磴烟巒別有家拋却金珠簪偃月
辭將羅綺剪明霞松風萬壑聞清籟桃雨千林數落花
鶴背鸞笙吹午夜閒看銀漢犯星槎

暫謫塵寰下玉京夢魂猶自繞蓬瀛金鋪應讓瑤壇月

蓮炬還輸术火明戴得星冠雲鬢薄曳將霞袂雪芽生
同宮女伴休相憶萬里滄溟紫氣橫
監宮引叩至尊前願洗鉛華謝夙緣朝下五雲樓一壑
臥遊十岳養三田九還烹鼎丹須熟萬刼成灰性自全
月桂氷桃椿老大餐英啖實不知年
辭居金屋慕雲霄舞袖歌鐘付寂寥臥聽松風宮漏斷
行看水月翠華遙蒲團藉體忘趨召竹麈揮談罷放朝
天上謾言官府列地仙踪跡認飄颻
不向簾幃逞艷粧披莎紉葉製荷裳一眞獨抱空諸相

六氣時調守禁方妒寵豈能參妙果爭妍何似爇名香
飛瓊引侍西王母親賜蟠桃一顆嘗
長信宮中雨露深雲霞過眼鳥投林消除熱惱三生夢
注想清虛一片心縞袂欣同鸞鶴舞玉簫學得鳳皇吟
朱輪冲舉遊蓬島瑤草瓊芝自可尋
卸却宮粧理道粧紫宸辭向玉宸傍珠經誦徹瑤臺靜
法曲宣騰寶篆香禮斗竹風鏗玉珮步虛松露灑霓裳
洞房深掩雲屏暗紙帳光生月滿牀
夢覺游仙志不移同儕苑轉爲陳辭仁施湯網開三面

頤息祇林借一枝瓶鉢澄光分耨水龕燈幻影示摩尼
朱輪頓漸歸眞境早異隨行拜舞時
珠歌翠舞總歸空多少繁華一瞬中避却鴛鴦眠浦溆
放將鸚鵡出樊籠孤峰月勝昭陽月幽澗風清太液風
散步瑤壇棲斗室置身已在廣寒宮
玉陛金鋪早退身月巖雲洞葆元神朱顏好共蟠桃駐
綠髮常同松栢新採得紫芝餐石上斸將黃菊煮溪濱
懸崖騰躍來毛女爲說幽棲自避秦
想共仙眞夙締盟不將金屋換瑤京三花五炁朝元路

弱水神山出世情鳳吹翻成雲水曲鶯喉囀出步虛聲
跏趺靜對香燈永從降鸞軿罷送迎
似逐飛花出上陽遥同孤鶴快軒翔心隨境靜離宮掖
身比雲閒寄道場紈扇辭秋揮羽扇象牀驚夢憩藜牀
六時禮後遊三昧那復聽傳玉漏長
登峰栖谷白雲層蒸朮炊藜製葛藤物外烟霞從變滅
壺中日月自升恒黃花翠竹圍欄幕鶴唳猿啼遠弋矰
回首塵勞迷向往分明覺路指金繩
愁見驚心寵辱深翩然鴇舉向青林繁華隊裏求寧澹

嬌艷叢中念陸沉翠帶解餘裁布素鸞釵散去剗荆簪
皈依亟證無生忍開閲雲萍自古今
珠光玉艷委塵沙鳳輦何如御鹿車不向青山消粉黛
難辭白髮怨年華蘿穿畯月明棲鳥松度微風助散花
伴取楞全逃世網上林烟樹隔天涯

愛妾換馬十六首

緑楊飛鞚望鞦韆大宛神姿月殿仙馬足偶然通一笑
解鞍酬贈屬前緣香肩偎倚香堤繞玉勒嬌行玉貌妍
莫較千金珠十斛相憐蹀躞與褊躚

妖娆神駿各稱雄歌舞馳驅寄興同好擁青蛾深醉月
獨乘赤驥快追風威名萬里應無敵雲雨今宵付太空
錦帳雕鞍饒樂事揮鞭那復顧啼紅
生憎駿足與嬌娃流盼馳情競肆誇聲徹嘶風歌窈窕
色舒雲錦燦名花絶纓朱尾空麥厲贈策分恩屬當家
迢遞陽臺迷鴈塞遠遊調笑各天涯
誓馳鳴鏑報恩輝先遣佳人得所歸騏驥豈爲紅粉困
鸞凰難並玉驄飛博來龍種輕鴛侶逐取連錢下繡帷
異日翠樓瞻意氣擁將千騎思依依

芳姿逸足兩難全眷注安能免棄捐一笑據鞍辭寶髻
雙啼掩袂送金鞭青驄驟處紅顏遠畫閣凭看汗血漣
繫向文君沽酒肆餘香猶自襲孤眠
休從俠客問行藏指點驕驄付艷粧交閱一言因以定
分攜兩地笑相將飛揚似電供馳射嬝娜如花佐舉觴
醉別怡然還固有風流千載壇當場
洛川漄水濯精神艷質雄姿並可人繡閣粧成清紫塞
鹽車困役脫風塵千回歌舞三生願萬里功名七尺身
各抱深心同取適相將調御一番新

騰驤逸足謝娥眉好作行雲罷遠思柳眼鶯看俄歷塊
櫻唇何用更歌驪渥洼促去䰟應斷城國從傾駟莫追
金屋玉闕分袂處兩般得意共稱奇
鞋生天駟隔參商不道離筵啟醉鄉抖擻朱纓辭舞袖
輝煌寶鐙解鳴璫碧蹄蹙踏金蓮步絲尾飄飖墮髻粧
豪客言歸翻作主九花虬畔別檀郎
龍脊乘風不動塵駕幃今夕滿懷春憑馳冀野空羣足
笑擁秦樓絕代人剪出三驤神氣逸歌來一曲曉粧新
忘情本是多情客各遂心期得趣真

歌笑當筵憶昔年踏花聯轡幾周旋樽前櫪下逢來慣
注盼留神意各專物我都忘堪共適有無相易頓行權
舊歡馳去新歡醉羞看青樓白馬篇
何來飛騎太權奇况是夫君性不羈恩義都緣鞭弭奪
誓盟旋向轡銜移只期馳騖三千里豈信相思十二時
泣别紅顔眞薄命遥憐旗鼓奮熊羆
生憎薄倖愛空羣欲得霜蹄散彩雲花貌輕于燕市駿
錦韉偏勝石榴裙金羈引惹紅樓閉玉勒摧殘翠袖分
舊恨新歡總愁絶但期千里建殊勳

按轡揮鞭迅海龍攜雲握雨下巫峰東風灑淚看游騎
夜月離魂逐舊蹤翠袖香浮春苜蓿錦障穩讓褥芙蓉
狂夫無暇分人畜自負方皐愛獨鍾
鶯歌燕舞樂韶光何物驊騮引輿狂白玉輪將紅叱撥
綠鬟拚取紫遊韁惟思一日行千里不念雙栖判兩鄉
泣向花驄惜花貌風生雲散忽分張
笑靨光凌白鼻騧蓮開雙臉勝桃花從知尤物移人易
詎料鍾情肆志奢對鏡整粧揮兩淚嘶風振鬣向天涯
龍媒今日成何事馳逐狂夫不憶家

決明甘菊枕八首

決明成實菊垂芳堦下籬邊次第黄曝以秋陽收化育
藏之囊括傲羲皇吟肩高倚清魂夢鼻觀香浮沁肺腸
雲散楚天巫峽遠室涵虚白夜生光
採得決明秋實熟兼收菊蕊晚香舒琴囊滿貯肩相稱
蠒帳横欹髮懶梳不羡珊瑚偕艷冶還同溪石藉安居
黑甜便是華胥國擁被齁齁免哂書
顆顆元珠熣熣金聚囊供枕石同琛曲肱不藉推移力
帖耳渾忘恐怖心風撼竹牕宜靜聽雪封梅屋發孤吟

眠雲臥月初醒後細吐幽香斗帳深
警枕神勞石枕寒無如藥裏最相安剖來珠蚌光堪掬
採積金英秀可餐布被煖香欺錦帳竹牀清氣敵蒲團
休論返黑方瞳炯熟寢通宵即大丹
野圃疎籬集衆芳閒搜藥品證岐黃兼收華實滋元液
一枕虛游識上皇懶逐笙歌成醉夢惟甘晏寢索詩腸
安和骨節書慵讀不借鄰家鑿壁光
夢醒化蝶尚蘧蘧腹坦肱橫兩足舒青炯雙瞳還映水
綠添短髮漸盈梳地鍾靈卉充高枕天付幽香媚隱居

供帳從今誇雅麗牀頭閒刼讀殘書
擷取編珠拾碎金披沙倒海總非琛菊潭曾授餐英訣
蔬圃難忘採實心熟睡放懷遊五嶽獨醒搔首動長吟
枕流漫爾稱高潔躭向巖居歲月深
蒙頭絮被敵嚴寒肩擁秋芳枕藉安物外幽棲忘旦暮
山中生計只眠餐香浮石鼎烹雲母聲沸茶鑪煮月團
欲起將推仍偃仰不須青鏡照顏丹

漁

逃名何必效元眞照鬢波光轉眼新碧柳青蒲閒放棹

白蘋紅蓼靜垂綸江湖自適魚知樂城市空勞扇幛塵
浪說避秦遊世外迷津今已屬通津

樵

行歌伐木隱林中平楚高原四望通愛踏春山縈碧草
醉眠秋壑舞丹楓惟留松柏團成蓋不許荆榛競作叢
半嶺夕陽歸路穩乘風破浪爲誰雄

耕

誰分磽瘠與膏腴播種勤勞即令圖風拂來牟驚雪浪
雲屯黍稷樂黃壚一犂但借羸牛力千里慵誇老馬途

童叟陶然籬落下不知何處是康衢

牧

擇地求芻兩得宜欣看茁壯望蕃孳薰風永晝蓑堪枕
殘日荒村笛任吹海上平津對已晚窖中屬國節空奇
長原淺草清流繞倒跨徐歸信犢兒

梅六首

不爲三春報艷陽聊從幽谷擅孤芳氷霜漫自凌寒質
蜂蝶安能識妙香貌寫竹牀清入夢光浮書幌玉爲堂
褊褼鶴馭來仙侶攜手瑤臺有底忙

東風轉律向初陽幾樹庭梅漸吐芳潤玉皎如仍孕碧
還丹渥若更生香氷融曲沼枝橫檻月上空堦影入堂
領略園林花事早不驚鶯語喚春忙

輕雲淨歛麗朝陽梅蕊先春壓衆芳低掩草痕三徑合
欹臨野岸一溪香和歌不待驢衝雪遲客時看鶴繞堂
都是氷輪輸萬玉難從剪綵較誰忙

浪說宮粧擬壽陽氷姿月彩玩年芳移將姑射仙家種
帶得羅浮舊日香伴雪供詩添野興探春嘯侶集仙堂
泛來酒盞還堪嚼倚樹頻看肯閒忙

東皇着意布三陽點綴疎枝弄早芳刻玉鏤氷無俗韻
鉤簾汎座有餘香臥遊庾嶺雲横路夢到西湖雪映堂
相對傾尊明月上行吟繞樹不知忙

早放南枝識向陽旋驚滿眼繼芬芳霏微素雪風摅影
錯落明珠月送香憶遠題緘憑驛使棲幽種樹繞溪堂
幾番嗅蕊成延竚滌盡塵襟謝却忙

沾泥絮　四首

雨撲香塵紫陌融楊花無力奈春風憑虛到底升還墜
浪跡從前西復東漫擬鋪毡盈徑路無緣點硯入簾櫳

萍繫櫸弱皆乘化心事枯禪未許同

漫空飛絮地衝泥細雨斜風拂漸低本欲騫騰翻委棄無端濡染便卑棲顛狂舞態三生夢零落容光故苑西惜錦驕驄休踐踏葺巢新燕好提攜

飄飄隨意繞天涯辭却長條處處家紅雨乍驚丹間粉滂池旋見墨生花離亭野店徘徊久屋角牆陰點綴加不怨易汙因皎皎兒童爭捉厭喧譁

一番花事跡初陳歸路難尋錦繡春車碾香堤迷舊質草披曲徑悟前因硯池點點都成幻玉屑霏霏總喪眞

何苦林鳩仍喚雨縱晴已屬馬蹄塵

池蓮二首

藕花層疊點迴塘映日隨風遠送香翠被玉顏眠錦帳
緑鬟紅粉舞霓裳承將曉露珠傾斛照徹晴波對鏡粧
鷗鷺徘徊知眷戀可無觴詠荅韶光
十畝横塘列芰荷虚亭開向綺霞窩嬌花浥露紅粧擁
密葉翻風翠袖多越女翩翩偕巧笑湘娥冉冉共凌波
不勞玉井峰頭覓坐對傾杯發浩歌

雞冠海棠二首

庭際交花艷質雙芙蓉空自對秋江薄施朱粉明瑤珮
高擁瓘瑜列寶幢零落濡沾縈柳岸清風鼓動媚松牕
天雞唱徹朝霞燦舞影昂霄意未降

海裳叢簇更婆娑林立雞冠絳幘多錦步障邊迎妙舞
碧油幢下佐嬌歌粉香雜遝停芝蓋朱紫繽紛曳玉珂
白露初霑秋未老月明清景勝春和

秋海棠 二首

瀼瀼湛露浥芳叢麗蕊輕盈弄素風脂粉不汙顏皎潔
綺羅難稱態丰茸舞酣並倚纖腰嫋酒暈微添笑頰融

俯首含羞嬌欲語移燈照徹玉玲瓏

牆角幽花翦絳綃分叢合艷鬭妖嬈莖抽絲縷鈴成綴蕊簇金星錦作標微雨濯來紅玉潤輕風拂處粉香飄西施舞罷楊妃倦閒倚雕闌醉未消

梨花白燕二首

銀海乘風報歲華瑤臺移種向山家林光映帶參差羽翅影翻飛綽約花各抱天眞成比玉同舒素艷勝蒸霞依稀雪月交輝處巧語嬌香較更嘉

梨雲淡蕩暗輸香玉燕褊褼燦有光帶雨一枝迎剪掠

舞風雙尾逗芬芳不教弄色棲黃鳥任取銜春上畫梁
只恐瑤英易零落杏泥芹水滿迴塘

白燕二首

入聽呢喃舊語譁驚看玉質點簷牙烏衣國裏誰同侶
白板扉中自一家掠水影隨氷盡泮穿簾光逗月初斜
上林來往翻飛處嬝嬝梨花更柳花
春燕重來顏倍幽淡粧縞袂自風流舞翻素月梨雲冷
棲隔珠簾蝶夢愁剪雪飄飖迷野鶴裁氷錯落亂輕鷗
多情似共韶光老歸羽天涯玉露秋

梅影二首

斗帳香浮月欲斜縱橫疎客遍牕紗恍疑姑射仙姬步
來訪西湖處士家轉盼含情仍逞態全欺琢玉更蒸霞
溪藤點筆留芳韻書幌銀釭不用遮

爲愛梅開萬玉花和燈移藉曲屏遮幽姿不染清眞見
艷質何勞點綴加紙帳頓生忘色相衾裯擁出任欹斜
夢醒倚枕吟懷暢驢背休尋雪徑賒

鴈來紅葉二首

休將春色比秋光寶樹盈堦鬬艷粧玉露沾濡凝錦爍

金風披拂綺雲張聰明佛土莊嚴界檻倚仙姝刺繡牀
映徹霄霞橫鴈陣漫誇七十紫鴛鴦
紅樹啼鶯春久歸綠陰飛燕送炎暉堦前碧草西風染
葉上丹霞湛露晞未向御溝傳麗句先從蘇錦織新機
神工片片雕瓊玖富有園林錯繡幃

天干

俯仰乾坤一覽餘塵寰花甲暗居諸休勞負巳丁寧計
莫著辛勤丙夜書遠却僉壬淸世路罷呼庚癸靜田廬
農家作戊無閒曠人力天工兩不虛

地支

往來日月幾寅賓卯戌朝昏迅轉輪子半天心應自見
亥終地氣又更新陽隨巳極陰停午斗柄春回景向辰
二酉探書雞報丑休嗟未遇志當申

卦名 二首

乾行不息見天心塞兌觀空領會深漫自移山成艮嶽
何勞坎水作淵沉春林震秀明韶景淨界離塵豁素襟
物忤都捐常巽順坤柔應地復誰侵

欣欣巽木向榮辰喔喔村雞欲震隣坎坎鼓聲催漏箭

離離草色散陽春艮山安止非躭靜兌澤乘流解入神
畤物總資乾健力坤維永奠寄閒身

列宿 二首

危婁虛室翼房廊金井參差柳線長星斗天心垂素壁
女牛畢會軫琴張胃充觜角無偏嗜昴錫奎光敢自亢
箕踞匡牀搖麈尾破除鬼蜮屏氐羌

虛心調胃軫危防奎壁輝騰斗室祥翼尾氐垂棲井幹
參橫角觜任鵾張飲牛亢志尋箕韻事畢星飛慕子房
少女有風生鬼柳婁頭昴色動明光

建除 二首

閉戶何人破綠苔爲看月滿對花開入松風定收碁局刻燭詩成執酒杯濟世阽危非我事乘時建樹有羣材平川一帶連茅屋竹繞堦除間野梅

梅花破蕚竹成林除却塵勞酒滿斟緊閉柴門無剝啄剷平山徑待登臨執竿收釣歸來早定息開顏得趣深徒建空名攖世網危機蹈處總驚心

八音 八首

垂名竹帛振英風大木將求作棟隆胙土分茅勛業懋

鏗金戛玉賦才雄綵綸展布夌烟閣談議宏敷碣石宮

三就革言同世運幾從匏繫美冥鴻

貫革穿楊成底巧依林擇木自能諳壺中欲隱匏須種

巖下宜棲石可龜曲弄絲桐聊寄聽羹香土釜爲分甘

九還金鼎慵參訣竹榻清風睡正憨

素絲褾節俗難撓介石先幾見不淆裹革志堅矜矍鑠

懸金印重任咆烋扶行且仗龍頭竹劇飲還傾鶴頂匏

一木漫勞支大厦聊耕瘠土小誅茆

石室讐書淚附名支離散木謝時英陶匏信口粗成韻

果腹蓴絲亦可羹革面已知羣小態揮金堪景鉅儒行
裁詩刻竹消清晝掘土開池貯月明
土牛鞭後見春回羣木勾萌早放梅吹徹匏笙鳴瑞鳳
撾將革鼓隱輕雷竹抽新笋穿堦出花惹遊絲隔苑來
採得茶歸烹石鼎不妨中夜醉金杯
烈日行空欲鑠金土田龜坼望雲陰偶來風送飛絲雨
何處雷鳴破竹音徒繫匏瓜難碩大如焚木葉減蕭森
精誠貫石桑林禱廣沛甘霖革帝心
火流金勁戰西風坐石披襟望碧空蟬韻彈絲傳斷續

雲陰覆竹轉龍蔥鉋垂巨實壺堪製芋掘魁根士奏工
變革時成農事畢乘閒伐木向林中
雪積郊原濕土膏撼風古木更牢騷詩裁竹屋吟偏壯
酒煖匏尊興轉豪指跡分明穿革履腰圍增減試絲條
衾裯抱石難成寐聽徹金雞午夜號

十二生相二十四首

風虎雲龍會合時放牛歸馬際昌期雞鳴犬吠常安枕
鼠伏蛇藏不拾遺元兔禎祥頻却獻白猿劒術詎煩施
神人胥悅烹羊豕八蜡潛消歲事宜

海底龍蟠虎在山兎營三窟草叢間牛羊原隰宵同下
雞犬柴門夜不關鼠嚙倉箱豚臥柵蛇驚菹澤馬安閑
猿聲十二時堪報巫峽何須叫月還

歷過羊腸識畏途噬人狂犬競嗥呼猿啼鼠竄形聲苦
兎走雞飛歲月徂牧豕飲牛甘隱遯斬蛇搏虎靖艱虞
應龍信是多潛德河馬還期再負圖

鬭雞走馬控雕鞍黃犬奔馳兎膽寒石射虎形雄李廣
火燒牛尾智田單肆欺黠鼠眠筒底競巧獮猿刻棘端
筆下龍蛇分豕亥羊欣白練擅奇觀

郊牛豈料逢鼷鼠伏馬何如養木雞蛇足畫添形轉謬
虎皮文炳質難稽封羊技比屠龍拙顧犬神隨見兎迷
攫箭老猿終到殪只宜斗酒醉豚蹄
行空天馬寂無譁吹浪江豚故作花虎守杏林馴若犬
龍安禪鉢小於蛇哀猿詎擇牛眠地脫兎寧從鼠挈家
舞雨商羊雞唱曉相關時序總無差
龍蟠虎踞信神州好景憑將兎頴收但向高臺尋戲馬
懶從河渚望牽牛山雞露尾來盧犬黃鼠藏身避夜猴
豚苙羊牢追更補靈蛇在握早行休

伏虎降龍呈變幻木牛流馬運神奇寧馨豚犬生來異
鼠耳蛇睛性不移一兎四衝爭趁逐十羊九牧轉紛披
家雞隣釀供賓至果獻山猿有栗梨
狙公何事狎羣猴羊棗宜同橡栗收月兎照臨窺穴鼠
晨雞催起伏箱牛龍蛇各爲存身蟄兩虎皆因鬬力休
安養王民資犬彘識途老馬得優游
龍戰元黃野未安眈眈虎視馬飛翰鼠吞蛇腹機難逞
雞割牛刀刃尚完杞化狗形能夜吠槐舒兎目耐朝看
豕孚蹢躅羊牽後不似心猿制獨難

兎搗元霜鼠上仙騰蛇奔馬柱廻旋幾鬻龍醯雞千距
滿甕羊羔𦍩一肩猿掛古藤相換飲犬從上蔡憶重牽
匡牀聞蟻如牛鬭未審鴛幃抱虎眠
何處重逢白兎公谷尋烏鼠萬山中碧雞金馬神非幻
封豕長蛇勢各雄刺虎卞莊屠狗易豢龍劉累弄猿同
峰西叱石羊皆起牛背眠歸一笛風
化蛇當道斬來休馬鬣崇封卧虎邱戰勝羣羊飛赤兎
經馱雞足度黃牛有皮相鼠儀當肅獖豕存牙氣致柔
嘯罷元猿籬犬靜香浮龍腦夜牎幽

騎馬棲雞度歲華牸牛歸晚臥山家鵙甘腐鼠貪聲嚇
虎陘孤豚猛力加徑轉盤蛇羊任跛草棲蹇兎犬無譁
難馴龍性泥蟠久通臂猿猴捷漫誇
閒看兎魄幾升沉蛇鼠形潛毒暗侵牛犬自雄權炙手
雞豚必察利薰心馬猿任縱馳還躍龍虎生憎嘯且吟
會見三羊逢運泰威行斧鉞蕩羣陰
牛犢閒眠嚙草陂犬思顧兎逐雞時聞人談虎色猶變
抱志攀龍數乃奇廐馬信能馳峻坂檻猿常樂挂高枝
蛇奔鼠竄羊爭狠豢彘孫宏出處遲

相期龍虎榜中人恐敗羊羣德日新莫恃兎罝能鼓勇
須知雞唱解司晨狗偷鼠竊機徒巧襟馬裾牛詈逼眞
信及豚魚蛇早放嶺猿淸韻伴吟身
沙蟲難比化猿身鬬法晨雞客度頻汗血馬生龍有種
五羊皮鬻虎成秦鼠鬚兎穎鋒同利牛鬼蛇神事匪眞
桀犬逢堯聲遽吠遼東豕白色難純
方摘驪龍頷下珠又探虎穴捋髭鬚甘爲雞口羞牛後
厭著羊裘策馬駒捕鼠打蛇聊戲劇拴猿擒兎歷崎嶇
屠猪磔犬休相誚爲給椎埋舊酒徒

莧生馬齒藿淫羊黑白牽牛吐蔓長珠頂斑龍孳虎掌
金毛狗脊倚蛇床兎絲附合鼠黏子口角含咀雞舌香
莫問猪苓年可引骨堪碎補待猴姜
掣將馬兎不知休虎旅威稜敵九牛龍躍蛇騰同起蟄
猿驚豕哭總含愁亡羊應是從歧路走狗安能效首邱
充量河流羣鼠飲祝雞翁自愛元修
喪狗歸豚道固窮青牛白馬旨難同沐猴枉費冠裳具
翼虎徒矜氣槩雄莬逐黃牛荒塞外驅除鼯鼠野田中
烹雞縛兎聊爲樂運任龍蛇付太空

遇境生心由聽覩聞猿下淚雞起舞耳旣無憑見亦疑
馬牛莫辨河之滸羝羊觸藩豕負塗喚龍作蛇鼠變虎
走狗烹將兎死餘得失紛紜何足數
馬足不如牛背穩攖龍馴虎防招損蛇驚打草敢行遲
兎逐張羅去宜遠鼠豕羣然穢且殘犬羊何怪驕仍蹇
朝三暮四休弄猿試聽天雞號旦晚

花魂 五首

幻出仙姝步蕊宮迷離幽思繞芳叢伴將眠柳疑安枕
趁取游絲共御風暖靄連雲浮碧落麴塵和雨入鴻濛

欲知倩女真消息七返丹邱跨彩虹

交枝低亞蕊紛披舞影飄香化日遲紅頰曉酣微困酒
粉痕宵褪苦搜詩追從蜂蝶應難定倦聽笙歌有所思
尋遍天涯芳草路三生石上月明時

蓓蕾含處兆胚胎長育精英次第開受令東皇呈幻質
暗隨風信顯仙材神遊八極誰拘繫興滿千林任往來
莫嘆飄飖從逝水還乘元化共春囘

青油幕底粉墻西淡蕩梨雲拂檻低歡洽樽罍成潦倒
妒深風雨任凄迷愁囘思婦啼鴛帳怨逐王孫信馬蹄

紅紫葳甤空轉眼餘香猶上燕巢泥

芳韻悠閒自性成倚欄無力抱深情輸香斗帳天初曉
顧影雲溪月半橫斷處洗粧紅雨亂游來吹袂素風輕
飄零爭奈春狠藉化作啼鵑帶怨聲

鳥夢　五首

怨雨愁雲欲訴春落花飛絮總傷神綠牕喚早芳心倦
紅樹啼頻睡態新聊借一枝栖上苑戲游三昧賞良辰
閒看無語含情思有客沉酣臥錦茵

東風庭院惹春愁飛繞芳叢卒未休歛翼投林栖始定

凝神觀化臥堪游吟風舌捲雲籠幕叫月聲殘霧擁樓
玉漏迢遥天欲曙紛紛鶯語若爲儔
穿花拂柳點春烟托宿枝頭倦翅還乍覺晝長偏易困
偶因風暖頓安眠如巢海上三珠樹更集雲中五嶺巔
喚醒非緣塵慮擾喧闐士女競鞦韆
百囀千呼報好音雙棲並宿暢靈襟尋芳不覺迷深塢
嘯侶那辭向遠林戢羽倦開窺柳眼藏頭難改惜花心
一番春困無聊賴何事鳴蛙遽見侵
叫徹金閨度碧山偷安擇木自知還心形定後棲方穩

喉舌停來境倍閒遠害幾番驚矰繳全身無用語綿蠻
慵將勁翮臨風舉又落塵埃耳目閒

蛛絲五首

飛揚一縷逐風高簷際花梢著足牢費盡迴環腸九曲
抽來經緯繭千遭疑疎實密收羅易似斷仍連締造勞
莫訝橫空施設巧蚊蠅引類正呼號

婆娑大腹本坤成滿貯經綸變化生宵小雄行應罹網
賢良奮跡待羅英輕風舒素連雲幕湛露懸珠逗月明
飲食衎衎常自得聊從蠶織佐農耕

誰懸一髮引神丹忽墜虛庭下鼻端蕩漾不緣風嫋嫋
晶熒渾勝露漙漙鮫人綃就氷絖剩帝女梭停彩縷殘
更協簷牙乾鵲噪門闌歸騎欲生歡
足躡輕綃思欲仙結同漁網曬江天浪遊蜂蝶從牽繫
肆毒蚊虻任倒懸掩映驕陽籠霽月低回暮靄集朝烟
潛身緘口依元默不學吟蛩與噪蟬
擅巧能藏體若浮潛施罟擭伺簷幽迎將細雨晉初舉
翻向斜風幕未收組織盤旋圓中矩機緘布置智深謀
經營口腹生吞噬何得湯仁解勿留

藕絲 五首

玉質頻繅困指尖金刀雪處引來纖鮫宮飛杼成綃幅
龍女拈針紝素縑小艇收綸勤製芰一鈎懸月細穿簾
迎風漂泊無牽罣不用鸞膠斷復粘

瓌瓏玉質裹氷紈混跡泥塗欲浣難波上步來雙襪冷
池頭風起六銖寒藏將素節誰窺見蘊取靈心自鬱盤
竅妙剖開飛繞處月光如水照無端

不須叢箔飼柔桑靜裏彌綸亦擅長隨遇卷舒無染著
因時隱見善行藏飛騰數縷從風舉牽引千端與化忘

獨有歸根堪繫念池塘蔓衍暗浮香

曾聞碧海網珊瑚未若洿池產玉膚捧出波心氷骨壯
舒來具眼素雲敷徘徊花外多飛舞曲折風前化有無
常保不淄天質在何須紆紫與拖朱

練濯銀河剪素襟餘材散落碧波沉分來白璧無瑕色
發出元機七竅心細逐隙駒遊象外輕隨香篆絕塵侵
荷盤珠走誰穿得洛浦雲深不可尋

鴈字 三首

不藉蒙恬筆力嘉數行書破楚天涯風前斷處眞連草

月下歸來整復斜硯水半泓迷霧雨錦箋千尺掛雲霞
分明寫出瀟湘景懊惱聯翩又落沙

長空清迥淨秋雲杖倚斜陽數鴈羣吹隔狂飆存斷簡
翔依沙激見廻紋霞江點綴摩崖碣蘆岸聯翩白練裙
衡嶽峯高歸羽急疑探二酉發奇文

蘆花月底寄秋情陣影南飛勢不停一畫寫開湘水碧
半行草破楚天青雲箋冷印蟲書迹烟墨濃摹鳥篆形
題盡子卿心事苦斷文無數落寒汀

燈花 二首

誰分春色上銀臺小草梢頭吐燼煤丹萼擎烟深夜結
朱猊噴火背陽開吟牕對酒分詩罷旅館敲棋待客來
願得東君膏澤滿芳心一點不成灰
銀釭鳳髓灩金波繡閣挑燈玉漏過的爍露滋秋穎穗
晶熒珠吐夜舒荷遲眠靜對開仍落暗卜幽期結更多
爲照歸來歡未足和歌酣舞影婆娑

睡蝶二首

不趁遊蜂上下狂閒舒倦翅怯尋芳花房舞罷春酣重
蕙徑栖遲曉夢長貪困有誰憐褪粉返魂無力去偷香

漆園傲吏忘形久莫到蘧蘧枕上忙
花霧溟濛暖復寒南園蝶粉潤初乾深深乍見棲還隱
栩栩如驚宿自安拚却香魂迷艷冶憑教幽夢繞雕欄
鶯聲喚起探春色幾欲雙飛鼓翅難

春草 六首

閉門何處覓春回庭草萋萋覆綠苔景色平添縈短徑
生機綽約遍枯荄承將細雨明珠綴忽被迴風玉剪裁
任爾深叢忍除却從侵香案映經臺
春風吹雨弄霏霺細草偏滋暖氣潛隱約燒痕分疊嶂

低迷秀色合疎簾縈將書帶閒情愜引惹歸鞭旅夢恬
滿藉梅花零落處池塘不遣燕泥霑
誰言梅柳占春先早見芊芊草色連郊野風來輕染翠
池塘雨過淡生烟飛英竚待舒紅錦黏絮行看疊白毡
枕藉高陽多勝侶王孫何事綏歸鞭
閒堦幽砌漫相侵闇淡偏傷惜别心拾取瑤華成大藥
伴將麋鹿卧長林山頭野燒消痕跡客路平原辨淺深
流水桃花迷短棹天台洞杳徑堪尋
芳菲蹤跡遍天涯金谷休誇萬樹花屐齒雨閒三徑合

陌頭塵淨一溪斜平斷蹀躞雕鞍騎巧襯繽紛碧海霞
鬭向園林羅袖卷池涵新綠聽鳴蛙

陽回四野被東風淺茁匀鋪見化工常自用柔隨偃仆
誰能知勁寄菁葱全經細雨抽新碧不逐流波送落紅
牕外莫除簾許入得將佳句夢魂中

秋柳　六首

幾樹依然傍曲欄蕭疎無復綠陰繁風枝舞影腰圍減
露葉低眉黛色殘鴈陣直從營外見芙蓉不礙月中看
江潭莫漫嗟搖落棲托寒鴉意自安

憶見垂金架忽飛濃陰鬱鬱障炎威梧飄共戰西風急
蕉破同零白露晞彭澤門閒籬菊秀靈和殿靜暮螢微
長條愼勿輕攀折留拂霜江舊釣磯
千條萬葉鎖輕烟草偃荷披各闇然曾向龍池青映水
空憐漢苑綠參天絲垂罷翦辭雙燕林靜無聲抱亂蟬
莫訝風流憔悴盡和梅弄色早春前
折向離亭葉落時涼飈吹雨灑疎枝一溪水淨蒹葭老
十里堤長霧露垂自分萎黃眠弱質不堪蛾綠畫愁眉
鶯梭抛置春歸久任道先凋已較遲

陌頭景色入荒涼一縷能牽客夢長月澹邗溝垂野艇
霜摧吳苑落横塘黄花差比腰肢瘦白髮慵追故態狂
旅鴈閨砧相和切楓飄丹葉倍凋傷
金絲雨瀝更風披折盡臨岐第幾枝蟋蟀微吟聲瑟瑟
賓鴻斜度羽離離氷霜歲晚供愁緒鶯燕春來結故知
最愛高堂涼月下澄清相對影蛾池

秋雪 六首

風鳴蕉葉戰東墻城壓秋雲接岫長簾影霏微驚墜粉
簷牙漸積異飛霜氷紈忽掩芙蓉艷玉楮全欺柳葉黄

遥憶禪房開竹杪毫端生白照迷方
苔合秋霖上苑墻臥聽簷溜助更長竹牕聲撲俄飛霰
鴛瓦光摇誤認霜著樹粧成梅早白侵堦消處草初黄
小春暖律江南舊忍令雲屯似朔方
秋雨秋風冷驟加故將飛雪鬭霜華潤滋麥隴開黄犢
粧點漁磯擁玉沙應使素娥迷月魄何來白鴈遍天涯
化工未便催林樹枝上先開六出花
經冬望雪雪不作今歲深秋忽早飛江海飄飄連粉絮
田疇錯落燦珠璣黄花緑竹渾空色衰柳殘荷弄晚菲

更陟高臺看霽景重攜萸酒醉斜暉

風撼疎林雨送秋寒威陡作逼衾裯聽來瑟索聲添窖

起看瀰漫色漸稠叢菊承將金間玉殘荷積處鷺兼鷗

農家預識豐年瑞樓畝何妨稻未收

纔過重九雪先飛此景江東見者稀想被西風移地軸

故凝秋雨變天機迷將樵客丹楓徑封却僧家翠竹扉

整頓圍鑪覓松火菊花新釀敵嚴威

雪和蘇長公原韻

寒空星炯淨埃纖縢六俄傳令倍嚴鬼斧傾崑齊剖玉

神工煮海盡成鹽祇堪擁被欹高枕何事攤書映短簷
爲報梅花連夜發蛾眉呵筆畫春尖
號徹寒雞噪凍鴉途窮逸足困鹽車酧將萬里三農望
幻出千林一夜花粉蝶月光迷野戍殘蘆燈影亂漁家
調工白雪應難和雙聳吟肩手欲叉
瀌瀌飛雪競濃纖酒力難禁氣轉嚴望入龍沙光奪月
嚙來瀚海味非鹽疑施白氎鋪原野喜露黃綿射屋簷
遥憶江南春信早草痕融凍茁新尖
珠林數點露棲鴉竚待纖阿御玉車遲客溪頭迴釣艇

探春驢背見梅花翱翔白鳳雲中闕縹緲瑤臺海上家
大地河山成坦蕩漫勞臨路泣三叉
枯楂纔見點毫纖朔吹號林勢遽嚴光奪隋□□□□
□□□□□□□□□□□□□□□□□□□□□
□□□□□□□□□□□□□□□□□□□□□
□□□□□□□□□六出鬬新尖
林明鶯噪鵲兼鵶種玉藍田載滿車圖繪河山先素地
傳經乾竺墜天花高陵深谷渾忘險白屋朱門總一家
氷合寒潭魚亦樂老漁無計設綸叉
曉𦗟飛霰集徵纖冷入重衾夜氣嚴鶴載吳船惟見素

井非蜀郡忽成鹽清香細嚼槽間釀虛白橫生室外簷
醉眼模糊天一色彤雲劃斷玉峰尖
梅花光射鬢邊鴉孤影寒燈映紡車照夜霜蹄馳白馬
滿園玉樹吐銀花無端皓彩連天塹何處青帘覓酒家
甕有新醅煨芋熟錢從掛壁不須文

昆蟲十二首

偶從腐化得微生隱現隨時百不營撲扇影移牛女燦
聚囊映徹簡編橫看來有焰燭煩熱聽入無聲啟妙明
到處熒熒成覺路玉街茅店總閒行 螢火

雲輕四翼鼓褊褼軒舉清風遠避烟幻質江頭同渡葦
直躬林表不驚弦盈盈止息微枝上款款飛翔欲雨前
一任繁花開更落耻隨蜂蝶共留連 蜻蜓

閒堦聲徹瑣牕中暗送梧桐落葉風高韻不緣矜戰勝
微吟端欲助機工雨餘切切昏鐘動燈下叨叨午漏通
催得疋成輸稅早貽人安枕不言功 促織

秋容雅艷勝春光粉蝶乘秋亦换粧身際風雲還苑囿
翅明錦繡燦文章時游紙帳清虛夢不採林花旖旎香
栩栩輕飛隨倦宿盤窠釀蜜笑蜂忙 蝴蝶

漚麻曝絮歲功成蟲語潛催布縷征籬落聲宏眠詎穩
草叢響切聽偏傾連綿欲伴孤燈炯淒惻還偕細雨鳴
幾度停車增悵結悠悠不斷似離情 紡績婆

昂頭雙眼映林明曾出當車奮臂行利口信難防雀啄
狂鳴端是惱蟬聲蓬蒿滿徑堪孳息榆柳成陰寄化生
靜默非關能養勇慕羶羞與蟻爭衡 螳螂

東方欲白曉霞明底怪鳴蟬已弄聲吸露餐風新伎倆
轉丸推糞舊經營驕陽亭午威偏壯鬱熱中宵勢更轟
寄柳高梧棲托穩只愁流火早涼生 蟬

微蟲何事與秋娘只爲趨炎體態狂聒耳最嗔喧若沸
驚心偏憎巧如簧螳螂怒臂難廻避冷露臨頭怎抵當
不識斜陽天欲瞑殘霞映樹更飛揚 秋娘

渺小微生解害人乘機附熱逞精神吮來膏血時充腹
費盡鑽求欲進身聚合雷鳴聲自厲潛藏蜂螫巧相親
縱然斗帳能安寢見爾喧轟亦可嗔 蚊子

生從汙穢忽雄飛鼓翅搖唇覓已肥剩酒殘羹沾醉飽
青絲白璧妒光輝營營引類來同惡戀戀依人不暫違
驅逐雖嚴還易集持將麈尾莫停揮 蒼蠅

撓人懷抱嘬肌膚柔裏藏奸寂若無黑白各分生處色
縱橫總向縫中趨攀緣襟領愁人見隱匿褌襠欲自腴
捫爾狂談當世務□□□□□□ 蝨子

室隅塵積始生渠醜類繁多未易除鼠輩潛形同窟穴
人孳溷跡入襟裾趦趄難避奸如蜮跳躍何堪狡似狙
盆水清冷看及溺誅行齒頰唾其餘 跳蚤

金陵全書

丁編・文獻類

全室外集

（明）釋宗泐 撰

南京出版社
南京出版傳媒集團

提要

《全室外集》九卷《續集》一卷，明釋宗泐撰。

宗泐（一三一九—一三九一），字季潭，號全室，俗姓周，浙江臨海人，元代臨濟宗高僧釋大訢之徒，入明後長期爲南京大天界寺住持，極受明太祖信重。洪武十年（一三七七），奉敕校勘《心經》《金剛經》《楞伽經》古注。洪武十一年，奉敕前往印度取經。洪武十五年歸來，任僧録司右善世，管理天下佛教事。洪武二十四年，被卷入『胡惟庸案』，是年九月圓寂於南京江浦石佛寺。對於宗泐在禪宗史上的地位，錢謙益曰：『禪門五燈，自有宋南渡已後，石門、妙喜至於高峰、斷崖、中峰爲一盛，由元以迄我國初，元叟寂照、笑隱至楚石、蒲庵、季潭爲再盛，二百年來，傳燈寂蔑。』認爲明代自宗泐之後，二百年來無傳燈之人。宗泐亦是明初禪林文學的巨擘，明人朱右、徐一夔、王達、吴性等人皆對其予以極高評價，清代《四庫全書總目提要》亦認爲：『皎然、齊己，固未易言，要不在契嵩、惠洪下，與句曲外史張羽，均元明之際方外之秀出者也。』宗泐的文學創作主要影響了日本禪林，其曾向日僧絶海中津傳授釋大訢撰寫四六文的『蒲室疏法』，絶海中津歸國後成爲五山文學代表人物，推動了日本佛教文學的發展。釋宗泐著述有詩文集《全室外集》《全室西游集》。

《全室外集》十卷，多爲入明後作品，首二卷爲應制詩及樂府、供佛贊佛諸曲，三卷至八卷爲古近體詩，九卷爲疏及題跋，續集爲詩文合編，衆體皆備，涵蓋樂府、五古、七古、五律、七律、五絶、六絶、七絶、疏文、題跋，内容豐富，以唱和、贈别、寫景、題畫爲主。《全室西游集》應爲宗泐記録西行取經之詩文，明代黄虞稷《千頃堂書目》著録『《全室西游集》一卷』，清代陸漻《佳趣堂書目》亦著録『《全室西游集》一部』，清代乾隆年間修《四庫全書》時館臣已不得見該書，稱該書『存佚殆不可知矣』，今亦未見傳本。

《全室外集》存世版本較多，主要有日本建仁寺兩足院藏抄本、『中研院』藏抄本、明永樂刻本、明嘉靖補修本、《四庫全書》本、日本五山刻本、日本寬文刻本。

日本建仁寺兩足院抄本《全室藁》在各版本中最爲特殊，其以『藁』爲名，收録詩文不見于其他各版本《全室外集》者多達二三〇餘首，且僅有朱右序，或是源自宗泐稿本。『中研院』藏抄本收録詩文與永樂刻本大致相同，但略有出入，疑源自早期抄本。

《全室外集》最早爲永樂元年（一四〇三）宗泐從子永祚所刻，國家圖書館藏有該本，前鈐『結一廬印』『徐乃昌印』，僅存九卷，續集已佚。書板經過長期使用與流傳，嘉靖時期出現了殘缺，吴性組織進行了修補，并撰寫《題補刊全室外集後》於書後詳述經過，由此形成嘉靖補修本。『先是版已流落他寺，琝購得之，亦竊有志，而謝事以來，力莫之逮，乃因循至今耳。余聞而感焉，因以重修之役，諗之省中諸大夫，諸大夫僉曰然，遂令僧録道果、住持成霆遍訪諸山舊本，募工補刊如幹葉，始成完書。』這兩個版本存在細微不同，如嘉靖補修本卷一卷端題『補刊全室外集卷之一』，永樂刻本則無『補刊』二字；嘉靖補修本卷三闕《臨溪釣隱爲太僕少卿祝孟獻賦》。故各圖書館存在着將嘉靖補修本誤認爲是永樂刻本原本的現象。

嘉靖補修本後成爲清代乾隆年間編纂《四庫全書》的底本。今南京圖書館藏四庫底本原爲清末藏書家丁丙舊藏，鈐翰林院印，書前浮簽上有丁丙手寫題跋，概述宗泐生平、書籍内容、詩歌風格等，書中有大量的館臣塗乙痕迹，文獻價值極高，但其續集部分闕四頁，誠爲小疵。《四庫全書》本在抄寫時存在較爲嚴重漏抄與改動：漏抄内容爲書前的朱右、王達序，續集部分的十五篇題跋；改動内容主要爲書中所用的『虜』『狄』等字，如《欽和御制大將徵回朔漠空虚二首》中的『一朝白狄無遺種』改爲『一朝白草無秋牧』。故《四庫全書》本雖通過《影印文淵閣四庫全書》流傳極廣，却絶非善本。

宗泐在日本禪林影響極大，日本也曾刊刻其詩文集。日本五山本《全室外集》九卷，與永樂刻本、嘉靖補刻本相比僅有徐一夔序，且無續集，文本字句上略有不同，疑是源自早期抄本。寛文本《全室外集》或是翻刻自五山本，二者内容幾乎相同，但寛文本將九卷合并爲二卷，并有較多的訛脱現象。

《金陵全書》收録的《全室外集》以南京圖書館藏嘉靖補修本爲底本原大影印出版。

孫海橋

別集類

明

全室外集十卷　明永樂刊本　四庫館底本

天台釋宗泐季潭

宗泐字季潭，臨海人。洪武初，舉高行沙門，居首，命住天界寺，尋往西域求經，還授左善世。先是太祖幸天界，泐方住持，嘗與儒者知禮義，命為此[illegible]數十，欲授以官，固辭。太祖亦作免官說。時宋濂好佛，太祖目為宋和尚；泐好儒，太祖呼以泐秀才。嘗奉詔製讚佛樂章，蒙嘉嘆，賜和早日所作詩。晚歸老鳳陽之槎峰，勅曰：寂寞觀明月，逍遙對白雲。沙彌往[illegible]後智聰坐胡惟庸黨，詞連泐及來復，詔泐西域所經，惟令從[illegible]為外，近有司奏當大辟，詔免死，[illegible]知者深[illegible]此集[illegible]第一卷[illegible]旨欽和御製[illegible]及應制之作，首冠以刊二字，蓋以有所諱而編以冠於篇。二卷為樂府，讚佛樂章皆在焉。三卷五古，四卷七古，五卷五律，六卷七律，七卷七絕，八卷六言五絕，九卷[illegible]，十卷疏集。前有[illegible]一序及序。季潭嘗傳[illegible]詩，不渝於林[illegible]於江湖，於山林，殊方異域，眾所見美。朱右序云：泐公識地高，而邁調超諸古，風度悠揚[illegible]日居老[illegible]九集[illegible]宋濂[illegible]三嘆[illegible]章渾涵汪洋[illegible]而一以理為主。卷末題蓋翰林院印，且經人塗乙之筆，當為館中底本也。

欽定四庫全書總目

全室外集九卷續集一卷安徽巡撫採進本

明僧宗泐撰宗泐字季潭臨海人洪武初舉高行沙門命住天界寺尋往西域求遺經還授左善世太祖欲授以官固辭太祖為撰免官說其後胡惟庸謀逆詞連宗泐特原之是編題曰外集益釋氏以佛經為內學故以詩文為外猶宋釋道璨柳塘外集例也首二卷為應制詩及樂府供佛讚佛諸曲三卷至八卷為古近體詩九卷為疏及題跋續集詩文合編而詩文之閒闕四頁其原數遂不可考今所存者凡詩三十六首題跋十五篇千頃堂書目作全室外集十卷蓋合此一卷言之耳宗泐

雖託蹟緇流而篤好儒術故其詩風骨高騫可抗行於作者之閒徐一夔作是集序稱其如霜晨老鶴聲聞九皋清廟朱弦曲終三歎彷彿近之皎然齊己固未易言要不在契嵩惠洪下與句曲外史張羽均元明之際方外之秀出者也千頃堂書目載宗泐尚有西遊集一卷蓋奉使求經時道路往還所作見聞既異其記載必有可觀今未見其本存佚殆不可知矣徐禎卿翦勝野聞謂宗泐奉使西域未至其地塗遇神僧幻化而歸者蓋未知宗泐有此集故造是齊東之語與所謂宗泐蓄髮同一謬妄也

全室外集序

往予客金陵今中竺季潭禪師從龍翔廣智業與余同里閈情誼驩合且以遠大相期待日切劘於文事游從薦紳宿德間往復聞問為甚盛也師嘗厭世之為文辭者識性不高則見地膚陋體裁無度則鋪叙失倫且曰學固弗如是已也乃杜門坐一室取古人載籍矻矻讀之至忘寢食將求其制作之體與所以立言之要其志可謂大矣既而師上徑山掌記室元叟端公會下復歸龍翔予亦還留中吳教學廣業比載晤金陵而師之學已充然有得沛然不可禦矣自是遭時多故予避地姚虞間師出主宣之水西寺風塵修阻欲見無由俛仰二十餘年已兹獲遇西湖之上握手道舊因出其平日所

著全室藁若古詩樂府歌行唐律凡若干卷讀之終夕不厭惟見其高古温厚風度悠揚燁然若翔空之孤鳳覧德来儀欲快睹而不可得也昂然若霜晨之老鶴聲聞九皐欲近之而不可即也追乎黄流之玉瓚縝栗而有章也澹乎清廟之朱絃一唱三歎而有遺音也是非其識之高工之精而趣之妙能若是乎置諸古人未易甄别詎不可以行後也哉尤足以副予夙昔之望矣抑予嘗觀晋唐以来高僧以詩名者固不少也若支遁之冲淡惠休之高明貫休齊已之清麗靈徹皎然之潔峻道標無本之超絶惠勤道潛之滋腴雖造詣不同要適於情性寓意深遠至于今傳誦不衰季潭師識地高邁調趣清古導揚規諷有風人託物之思得三百篇遺意

傳之將来豈居澈休輩下尚當有知音者矣

前翰林編修友生朱右序

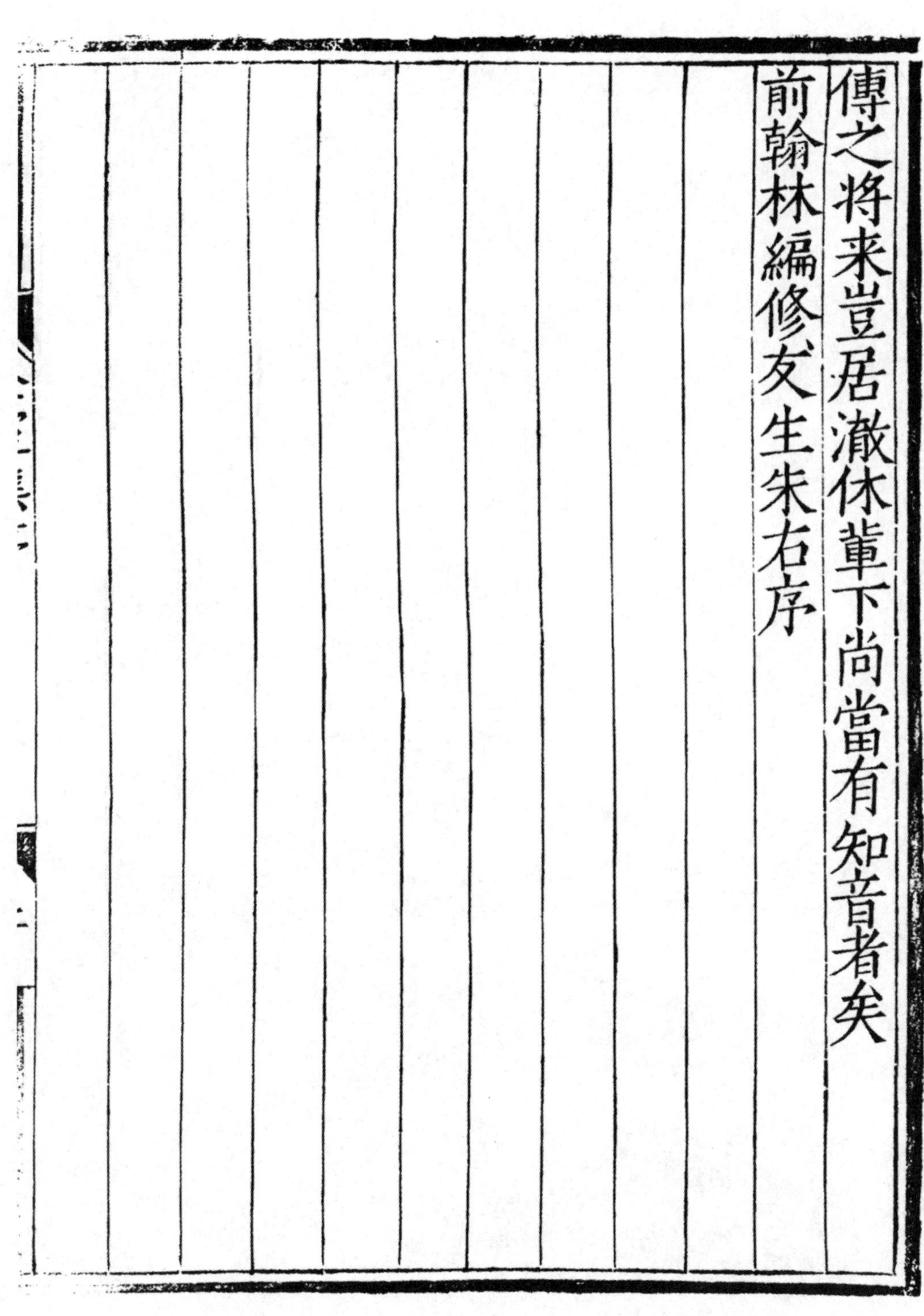

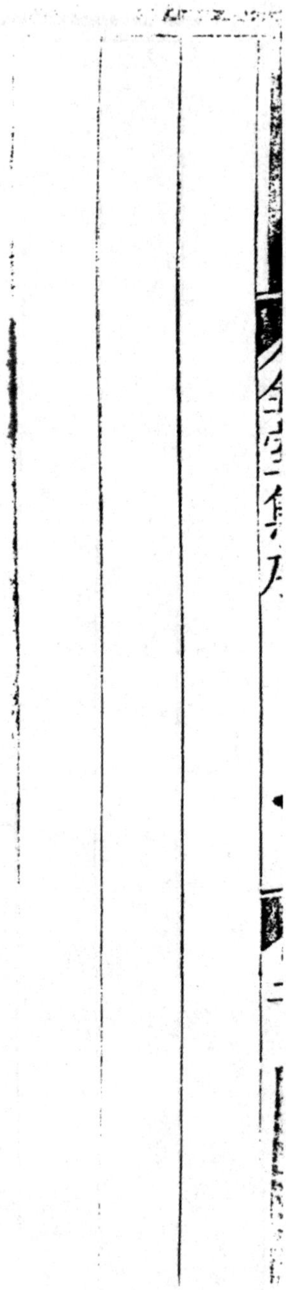

校前叢

全室集序

昔者文物之盛士有高世之志託迹桑門者既有得於其宗而亦以操觚染翰為事以與海內作者齊驅並駕使其教益大以顯有若天台季潭泐公者焉初公負聰明特達之資既釋士服翺翔大方擇所依歸之地時廣智禪師訢公學貫儒墨肆筆於文事卓然成一家言施之著作之廷而無媿天曆至順間光膺帝眷說法金陵官寺緇素向往得其片言隻字以為秘寶馳騁出入以應其請如羣飲于河各滿所欲聲譽赫然泐公既自得師當是之時金陵亦東南都會內而臺閣名流外而山林遺老至其地者莫不折節而與廣智交泐公衆請之餘又得博其聞見凡六籍之所存百氏之所粹名家巨集

之錄日務記覽涵揉停蓄而後吐出其胸中之奇辟之築九仞之臺其基既厚何患其不崇且大也故公學甚辯博才甚瓌偉識甚超邁而皆發於聲詩其詩不淪於空寂推叙功德則發揚蹈厲可以薦郊廟褒賛節義則感慨激烈可以厲風俗至於緣情指事在江湖則其言蕭散悠遠適行住坐卧之情在山林則其言幽奧簡澹得風泉雲月之趣在殊方異域則其言慨而不激直而不肆而極山川之險易風俗之嬡惡其詩衆體畢具一句一字滌去凡情俗韻一趣乎雅有一唱三歎之意焉故其大篇短章之出四方萬里爭相傳誦震耀耳目皆曰泐公猶廣智也余與公同里閈及壯而游又託方外之好公軀幹魁碩音吐洪暢其與人交也意度豁如望

之者知爲法門偉踞初出世李白題詩之寺值天下亂
入山益深入林益密以養其高會
大明混一肇隆像教之事令　京師第一禪林即廣智
說法之地桑門上首非有宿德重望爲
上所知者不以授之公以廣智大弟子繼席據猊座揮
麈之日四衆雲會莫不榮之而公處之不以爲泰佛有
遺書在西域中印土有　旨命公往取既銜命而西出
没無人之境往返數萬里五年而還艱難險阻備嘗之
矣而公處之不以爲戚定力所至出乎世相之表夫豈
庸流之所能窺哉若其見諸語言文字則又特其寓者
耳公之從子永祚得公詩法之傳既彙萃其所爲古樂
府歌行五七言近體爲若干卷公别號全室因總題曰

全室集以集示余意欲得余言以引其首者嗚呼廣智
之集虞文靖公序之謂如洞庭之野衆樂並作鏗䡴軒
昻蛟龍起躍物怪屛走沉宜䜿興至於名教節義則感
激奮厲老於文學者不能過天下以爲知言有如余之
昬鄙庸陋得而觀之如以賤目而窺群玉之府但駭其
光采之粲爛而莫能枚指其名也悪足以言之哉余不
敢咈其從子之意因以區區之見彷彿其槩若論其至
則必有能言之士如虞公者爲之言也同郡徐一夔序

全室外集序

釋皎然曰詩有六迷七德以虛大爲高古以緩慢爲淡竚以詭差爲奇以錯用意爲獨善以爛熟爲隱約以氣劣弱爲容易此六迷也識理高古典麗風流精神質幹體裁此七德也余以爲論詩若皎然者可謂知詩矣夫六迷者世之恒病七德者罕見其人余嘗歎息詩雖爲道之末藝然有道者之詩則七德無不備也季潭泐公愽大之德圓融淵偉之道陶鑄龍象出而爲天下叢林師間作詩章渾涵汪洋千彙萬狀而一以理爲主抑所謂七德者歟

太祖皇帝恒稱爲福慧僧且和其詩百四十五首美其兼通儒學而神不妄馳夫以

太祖皇帝之明聖猶眷寵賛誦若此草茅之士其敢致訾於其間哉今將鋟梓其徒永祚如昇求余序之嗚呼成康殁而頌聲寢王澤竭而詩不作非不作也作而不出乎性情失中和之道也詩能出乎性情則中和自萃而無六迷之病矣此集也皆根乎性情而七德具備詩之所用雖同於皎然得君闡教則非皎然之所及也憶余少時頗嗜辭章公一見之大加獎譽謂如風行水面自然成文余之感公非一日矣今讀公詩敢不贅一言以報公哉雖然其徒鋟梓流行者義也余之序公集者禮也若公之圓融淵儒之道如春行大地而無滯迹則豈能以文詞而名狀之哉

永樂元年龍集癸未仲冬初吉翰林侍讀學士王達序

補刋全室外集卷之一

天台　釋　宗泐　季潭

欽和

御製暑月民勞律詩一首

田夫豈暇納微凉赤日流金數畝秧自是吾皇能體物極知黎庶有飢腸萬家共仰秋成富百世先培國本強白首方袍無用客獨於林下和

欽和宸章

御製思親懷古律詩二首

玄堂冬日尚玄衣獨有思親外萬機虞帝泣天當雪鬢漢皇歸沛度河磯中都勝地踈遊幸

大孝終身靡間違天下蒼生欽

聖化老臣寧不念庭闈
海内承平有底愁
皇陵松柏老園丘滁山南去關門壯淮水西来郭外
流轉眼光陰三十載興王事業百千秋｜中都父
老頭如雪長望
龍興此地遊
○○欽和
御製大将征迴朔漠空虛二首
萬姓謳歌朔漠清都緣存謳脫
聖主有經營北邊自古防驕虜瀚海于今屬
大明鴻鴈三秋随入塞風雲萬里擁歸旌漢家曾奏
無人曲未若｜天朝此一征草
百萬旌旗蔽野陰聯翩戈甲耀南金一朝白狄無

秋牧遺種千里黑松空舊林追虜不知飛騎遠下營俄
見湧泉深将軍功業過前代刻石天山第幾岑 欽和

御製江東橋詩

玉作闌干石作梁銀河清夜共輝光經營自出天
工妙鎪琢仍歸匠者良
大駕親臨觀氣象羣臣載拜獻詞章誰知千古不磨
跡地久天長轉更彰
右梁高架奠長江要路通津摠
帝鄉一代規模天廣大萬年功業日昭彰吾
皇製作親曾賜臣下賡歌孰敢當
聖子神孫承大統頓言
鴻祚永延昌 欽和

唆和

御製山居詩賜靈谷寺住持

松風蘿月淌禪房物外高情孰可當島爲銜花渾不恐兎因暖足自相忘峯巒重繞何深邃樓閣新開更煒煌勅賜良田供萬衲不須日糴太倉粮

城外重岡一逕微中開寶刹獨巍巍松根燕坐雲生石廡下經行月到扉問荅箭鋒能破的嚬呻師子不藏威幾多不解知端的水潦鶴云諸佛機

紺宮勝槩自天工大士中居鏡佺容松頂月来多伴鶴巖前雲起忽從龍奎文勝似珠千斛寵賜過於粟萬鍾僧遠不知

天伏到時人錯道有高風

刹幢高出衆峰巔禪者家風静處便世上塵埃千

市合谷中花木四時鮮幽深共仰慈光溥愚懦咸

資

化力全為報學流心是佛著鞭當在祖生先

山林槃㮣性相便稱意何須負郭田掛樹猕猴常

近席散花仙侶不離筵半窓梅月清宵梦一榻松

風白晝禪慧約草堂渾忘却獨扵相府住多年

鍥錫初将壁上懸

聖恩容我此安禪晓看草木霑多露夜聼星河近

九天石與道心無逈日樹同僧臈不知年請看八徳

池中水一洗勞生累刼愆

丨誰識千峰頂上幽羚羊挂角没踪由談玄自折松
為拂遇困聊将石枕頭寒谷花開多向日空岩葉
落始知秋莫言與世相踈甚此是山居道者流〻
丨偶向溪頭坐石磯水禽沙鳥自相依敢言有道忘
人境秖欲無心契祖機莎草似茵迎日軟荻芽如
王到春肥邑扉半掩歸来後歩屧脩廊月色微〻
丨新到山居興趣多松門盡日客稀過經行偶見邑巖
花落聽起忽聞山鳥歌捷徑固非今世有移文争
柰昔人何老来已得安心法一念總生即是魔〻
丨開善堂前長緑蘿欲探遺跡與蹉跎一千年事猶
堪舉十二時辰尚可歌送供天人曾雜沓分身街
市自婆娑今朝寶塔移東嶺更覺山林氣槩多〻

通玄有路好追遊須踏毘盧頂上頭薦福古公言
莫莫桐城投子道油油溟濤終見鵾鵬化枳棘徒
聞鳥雀啾一墮聲塵忘歸客寒岩虛坐幾春秋
○○欽和
御賜詩一首 奉
詔歸来第一禅禮官引拜 玉階前
恩光更覺今朝重
聖量都忘舊日愆鳳閣鐘聲催曉旭龍池柳色弄晴烟
有懷報效慙無地智水頻澆道種田○○欽和
御賜詩廿字
宮殿雲霄近山林雨露深 九重
明主意一寸老臣心 ○○欽和

御賜淮遊行

丨初作淮南賓空山隔蹄輪烟霞淡為侶水石清相親結茅有餘地風雪忘苦辛或來野人服亦有居上巾饋粮稍相繼倏忽踰三春雨露滋萬彙豈若壑容此身常欲息諸見以之空六塵種蓮一池小引泉清澗濱丨丹書俄遠

召殊

恩異兩人再瞻鴛鷺序永辭麋鹿隣不願東歸越不願丨西入秦但願居轂下終身荷

皇仁大哉乾坤內何物非陶鈞。○欽和

御賜詩

丨天街春曉踏微霜觀闕差峩首屢昂品彙撼承陽氣

仍作賀

早賡歌敢頌
聖躬康　御溝綠轉千條柳齋室烟浮百和香有道年
年登黍稷歲星不獨在金穰　欽和
御賜復住善世新寺詩一首
松下閒居幾度秋燈前顧影獨無儔遺情不似圓
通葦談病何如積翠流毋愧向來多
寵賜豈圖今日更推優此恩此意誠難報惟演眞乘
讚
化猷
○○奉
御賜靈谷寺住持濬天淵三首
聖朝新建鍾山寺此日禪翁奉

詔居雲漢載瞻　仙關近山林大啓法筵初世緣隨
順心無著靜地熏修趣有餘萬籟不生鐘鼓寂一
堂松月夜窗虛
五年　闕下預朝班新奉
綸音又住山覺苑喜逢今日盛道林行見古風還豈惟
行業高流輩更有才名運世間　五色奎文曾賜
與朝回擎出
九重關
入門撾鼓便陞堂龍象筵中聽舉揚最上宗乘開
後學無邊壽量祝吾
皇人心都與天心合法運將隨　國運昌從此山林增
氣槩松頭白鶴也低昂

○○應
制詠鍾山老僧雪中早朝
鍾山禪客早朝
天毳衲披来雪半肩好似解空無住著庬眉皓首
玉階前

○○應
制賦無事出山
白雲巖壑自幽閒偶被天風引出山本是無心亦
無事曉来只欲近
龍顏

○○應
制賦甘露詩十二韻

天地清寧日時和歲又豐側聞甘露下近自
禁城東淅瀝浮松上晶熒絢日中圓明珠的皪透
暎玉玲瓏喜訝霜初結驚看雪未融奇祥慶雲類
嘉應醴泉同競采千官合高擎衆騎叢獻當　青
瑣闥覆以碧紗籠勝味醍醐劣清光沆瀣空薦登
先祖考分賜及　王公載筆歸青史歌詩付樂工敢
隨鴛鷺序稱頌　未央宫

全室外集卷之二

天台　釋　宗泐　季潭

樂府

長安道

長安大道八達分道旁甲第連青雲夜月長明七貴宅春風偏在五侯門貴侯勢熖不可炙烈火射天天為赤家僮盡衛明光宮侍史皆除二千石一朝盛衰忽顛倒夜月春風亦相咲鳳笙龍管坐不來又向東家作新調東家車馬日已多向來賓從無經過貴賤交情捴如此翟公何事嘆雀羅

戰城南

進兵龍城南轉戰天山道烽烟漲平漠殺氣霾荒徼将

軍重爵位天子尚征討不辭鬭死多但恨生男少

空城雀

啾啾空城雀戀戀空城曲朝傍空城飛莫向空城宿草窠乳子成埒土翻身浴不隨鳳凰遊不畏鷹鸇逐野田豈無粟太倉豈無粟食粟遭網羅食黍傷箭鏃丁寧黄口雛飲水懐止足歲晩雖苦飢全軀保微族

風入松

高堂初宵山月明長松飂飂奏清聲清聲希微坐獨聽援琴細意寫得成調弦轉軫聲方起忽覺松風生繞指更深鬼哭岩前雲夜半龍吟澤中水一彈一奏聲緩促有似松風時斷續含商流徵清復哀能使幽人聽不足聽不足琴忽罷此時寂寂松無風明月滿天凉露下

桂之樹行

桂之樹桂生一何偏兩株分立於庭前西株憔顇東株妍桂之樹桂生一何蠹西株方來采其榮東株又復無人顧桂兮桂兮非汝憐縱觀萬事無不然武安堂上席方暖魏其門前秋草芊莫道榮枯長異勢從来反覆無根蔕高歌感激君不聽請君試看庭前桂

俠客行

平生重然諾意氣横素秋拔劍悲風吼上馬行報仇報仇向何處堂堂九衢路突上秦王庭直入韓相府回身視劍鍔血漬霜華薄敢持一片心為君摧五岳五岳即可摧此心終不灰恥沒兒女手完質歸泉臺

西極天馬歌

天馬來自西極流汗溝朱蹄踏石眴目逕度流沙磧天子見之心始降九州欲省民瘼瘠宛王何人敢私有貳師城堅亦難守等閒騎向瑶池前周家八駿争垂首天閑飽秣玉山禾苜蓿春来亦漸多感君意氣為君死一日泛君行萬里

盛唐樅陽歌

漢家天子天馬良羽林十萬何煌煌山川望秩禮孔彰誰言此竟成搖荒舳艫千里長江水江平浪穩頑蛟死摐金伐鼓海上過驚散蓬萊幾仙子朱衣急走傳詔書乗輿所至除田租載拜頓君千萬壽歲歲望君一巡狩

交門歌

不其山頭月將午交門沉沉夜擊鼓慱山火爇凝絳烟

覔旌導騎来容與玉顔綽約含春花向坐分明君自覩
君心有欲神不遠側耳傾心聽好語雲收雨散意不傳
起望星河獨延佇明朝更入芝房齋神其相之復来下
茂陵新樹起哀風五柞宮中淚如雨

江南曲

泛舟出晴溪溪廻抱山轉欲采芙蓉花亭亭秋水遠心
非檣上帆随風豈舒卷但得紅芳遲何辭歲年晚

隴頭水

隴樹蒼蒼隴坂長征人隴上廻望鄉停車立馬不能去
况復隴水鷩斷腸誰言此水源無極盡是征人流淚積
拔劍斫斷令不流莫教惹動征人愁水聲不斷愁還起
淚下還滴東流水封書和淚付東流為我殷勤達鄉里

春江曲

春江沉沉春水滿柳條拂水蒲芽短鴛鴦睡美不畏人
日色遲遲素沙暖

平陵東

運
赤制中微光不競奸雄竊比周公聖滿朝盡是豪漢息
忍為新家頌符命當時憤激惟義公挺身一呼生雄風
時我不偶命也窮至今人怨平陵東

猛虎行

雷霆為威電為目行處腥風動林木利牙如劍生食人
婦女獨在家中哭城東少年名射獵聞此揚鞭去還捷
却將羅網四散張擬欲當前氣先懾周郎膽氣何獨豪
等閒射殺仍斬蛟

上之回

瀶崇山堙鉅谷發軔甘泉狩維北屬車連連複道平離宮況有三十六蕭關無堠塞無烽單于稱臣月氏服上之回朝萬國

巫山高

巫山高望不極十二危峰倚天碧陽臺神女徒盈盈艷質妖容果誰識襄王荒恠不足徵宋玉傲辭豈堪惜至今雲雨自朝昏山鬼哀猿叫蒼壁

短歌行

白日去茫茫清川流浩浩有生能幾何少壯忽復老王母蟠桃花委紅不成好扶桑半摧枯枝葉隨瀛島仙人王子喬兩鬢如秋草況聞安期生形容亦枯槁漢武與

秦皇一生空自擾短歌詠至言庶以安懷抱

苦寒行

祝融峯南三尺雪黄河到底須冰結洛陽賈客船桅膠長安公卿馬蹄裂人言富貴即可避貧賤從来不相棄昨夜樹頭風蔌蔌東家孤子號天哭

挽歌

陰風起枯楊寒日照衰草丹旐辭中堂輀車即周道親戚及隣里送者皆素縞一歸長夜臺萬古不得曉憶昔盛容儀被服懷美佼今来朽腐餘復為螻蟻擾富貴與榮華滅迹空中鳥彭殤久已淪不知誰壽夭

古塞下曲

候吏過輪臺傳言敵可摧嫖姚揚旆出驍騎治兵来瀚

海鸞波湧陰山積雪開前軍正酣戰日暮氣雄哉

三臺詞二首

年去年来易老華開花落相催便是封侯萬户何如儘意三臺

采藥樓船久去傳書青鳥不来海水何時清淺蟠桃幾樹花開

銅雀臺

西陵樹色暮蒼蒼蒼蒼明月相將入御床寂寂帳前歌舞歇幾多含淚憶君王

楊柳枝詞

赤闌橋外有東風舞態委蛇學不工公子等閒来繫馬梢頭斜插酒旗紅

萬樹千株汴水隈春風青眼爲誰開錦帆曾拂中間過
只到楊州竟不迴
百花洲畔覆青坡第六橋頭蘸碧波鳳管龍笙春寂寂
綠陰終日伴漁歌

祖龍歌行

祖龍殛好長生者沉璧徒來華山下目斷樓船海氣昏
鮑車亂臭沙丘野驪山下錮三泉開泉頭宮殿仍崔嵬
當時輸作方疊疊函谷無關小龍死百尺降旗軹道傍
十二金人淚如水

長安少年行

日晚新豐醉酒迴玉鞭敲鐙萬人開綠槐馳道橫穿過
不管金吾道騎來

鬪雞贏得海東青辟向東街覓弟兄白馬翩翩相逐去灞陵原上曉雲平腰下青蛇鞘裊鳴一身長為鞢韄輕今朝莫共空街語京兆新賫廣漢名

從軍行

明月照孤營蕭條數聲角開門天宇高仰見妖星落撫髀一慨慷龍泉立鳴躍少壯方矜武克渠遠避威力全金鏑迅氣勇鐵鎗飛疋馬搜山去生擒探卒歸拾骨當炊薪淘屍作泉窟平野不見人寒雲鷹飛沒悄悄橫吹悲梅花為誰發草枯馬不肥風烈衣盡破建牙帳外立桄鞍雪中卧倉

皇火伴驚校尉點兵過

微霜下高城哀笳破新弄孰使耳邊來驚我還鄉夢家貧子尚孫寒衣復誰送

天雨雪

天雨雪出門何所之渡河正遇風浪惡回船少住溪水湄舉頭見飛鳥斂翮欲下無樹枝

武溪深

滔滔武溪載廣載深我今欲濟兮畏此毒淫武溪滔滔飛鳶跕跕我不先濟兮士不敢涉既濟既涉我師孔武蠢爾有蠻服我王度

楚妃歎

宮城禁兵夜簇簇君王不返宮中宿戎車彭彭雲夢林

獵火煌煌漢皋曲章華臺前江水流君心如水無日休
虎狼勍敵却不憂草間狐兔為深讎

寄遠曲

美人別時春尚早清池坐見芙蓉老湘江水滿鷓鴣飛
夢中歷歷相逢道黃金可變不可移此心皎皎終不欺

登高丘而望遠海

登高丘望東溟溟水方蕩激中有怒吼鯨徬脊類峯嶽
皷浪如雷霆噓涎噴沫雲霧冥揚鬐掉尾三山傾腹吞
巨舟著百十艘艣不是飢腸撐柰何驕悍當海橫侵漕
賈舶不敢行鮫人織綃機杼停神仙跼蹐居蓬瀛天吳
既辟易龍伯亦震驚徒為虫族長空有水神名制御一
顛倒含羞請尋盟吁嗟彼鯨何介獰恃其險惡雄勢成

若失此海水何以藏其形使居陸昇間轉眼遭剥烹海濵壯士瞋目瞪拔劍欲往心懸旌咼不許之於上帝天威下殛無遺生立見海水清且平海光不動遶青瑶璚

王子喬

王子喬好神仙吹笙駕白鶴遨遊上青天青天一去三千年七月七日緱山顛下士慕之空尒憐寧知有氣凝丹田

獨漉篇

獨漉復獨漉水深泥更濁水深終見底涅濁不見石翩翩者梟鳥引子遊水湄我豈無矰繳悵然爲尒悲南山有喬木北山有梓樹此物本無情俯仰如有慶羅幃空堂上塵暗蛛絲繞倚門久踟躕慷慨不可道床頭龍鱗

劍中夜躍鞘頻父雖不及報空愧七尺身　斑斑深山虎
白日下林藪豈敢避生獰人能食其肉

三閣詞

複道麗明霞阿房未當奢半空傳笑語長夜後庭華
檻車出城去望閣暫回頭昔道千年樂今成萬古愁

墓上華

墓上華開滿枝行人看花行為遲行人有恨花不知不
生名園使人愛却生墓上令人哀誰家此墓滿古道寒
食無人来祭埽莫是東君惜無主遣此開花伴幽屯聊
持一杯酒酹尒泉下客今日此花開正好但恐明日花
狼藉人生似花能幾時古人今人皆可悲

道傍屋

道傍誰家有古屋主人不在行人宿門户蕭條四壁空野草依然映階緑春燕歸来細相認繞屋低飛疑不定徒令獨客久咨嗟無復高堂樂繁盛一從兵火照坤維十家九家無孑遺頗留此屋行人宿莫問主人歸不歸

南鴈詞

胡鴈向南飛八月湘江道氷清菰米香兩岸被紅蓼棲息巳自安飲啄良易飽不憂羅網危方矜羽毛好故鄉窮漠陲歸夢空杳杳蕭條古塞春雪深沙浩浩

烏啼曲并序

天台王文起以故官例遷汴梁念其親老不得朝夕養思慕弥篤其寓邸旁有古槐樹俄群烏集啼其上久而弗去及文起以舍壞遷

其居烏亦隨之其孝感有如此者予聞而異之遂作烏啼曲一首

客舍門前古槐樹群烏啞啞啼不去烏啼觧知人意苦遷客思親朝復暮五年生死無消息一聞烏啼淚沾臆汴水東流白日飛老親在南兒在北南地靈鵲北地烏烏啼報有平安書

善世曲 迎佛

體虛凝兮真常妙應化兮無方啓崇筵兮日吉辰良禮孔修兮眇躬齋莊目眷眷兮遲望感必通兮在誠祥叶紫磨軀兮白玉毫光架雲車兮旌幡侍傍瞻閻浮兮斯格仰盛容兮洋洋

昭信曲 獻香幣

維此妙香五分普熏筐篚斯實有玄有纁物徵禮具敬奉慈尊賡祈鑒只展我殷勤

延慈曲 初獻供

泥連先饋純陁後供進茲肴饍間奏鼓鐘皿器斯絜粢稷惟豐無遠弗屆至誠迺通

法喜曲 亞獻供

仁風廣被春日載熙天人共仰顯幽靡遺豈惟華竺覃及島夷因齋以頌於禮攸宜

禪悅曲 三獻供

禮誠在敬三獻靡加釋尊燕喜樂奏無譁明徵瑞應昭著光華寘幽溥濟蒙被禎嘉

徧應曲 徹豆

飶馨既歆籩豆尚列始終匪懈肅雍以徹禮文有序樂舞有節洋洋在上無意弗達

妙濟曲 送佛

赫其臨兮優遊俄復去兮難留八部從兮如毛（音謀）儼先後兮靈輣凝睇兮夷猶巽慈雲兮遐周

善成曲 望燎

瞻燎于西祥焰騰空惟饌與帛遄達靈宫仰慈于玄祀禮有終企而眷之大地真風

獻幣

禮有至重無踰法施浩乎鉅海孰知其際欲致徽衷敬奉兹幣以報以祈式嚴祀事

獻茶

有茁者茗于彼先春泉甘且潔薦此芳新味相本空識含根塵不腆其物所獻惟寅

讚佛上

下兜率兮悲智融跡垂化兮誕王宮金園幽兮寶樹重浴聖軆兮香泉濛角衆伎兮伊誰同世所習兮殫精通覩四相兮心忡忡夜逾城兮登雪峰一麻食兮苦行工群魔却兮波旬降廓妙悟兮星曈曈託修證兮成厥功應世間兮月行空燭群幽兮開衆蒙海之鉅兮罔不容道無上兮稱太雄

讚佛中

成覺道兮坐寶蓮金容赫兮螺髻旋威德聖兮福慧全三身具兮萬行圓演一音兮龍象筵應群機兮施化權

由襆花兮至鹿園大小乘兮假蹄筌彼諸子兮悔應愆運大車兮等無偏屬王臣兮法流傳末拈花兮妙無言三百會兮五十年度弟子兮陳如先量虛空兮知其邊讚功德兮何由宣

讚佛下

猗正體兮住靈山順世間兮處泥洹雙林白兮浩漫漫天人憂兮發長嘆香樓成兮架寶椎火光煜兮設利繁應軀謝兮聲教存崇遺範兮集法言化周流兮亘五天後千祀兮來眞丹道無爲兮妙莫論顯幽利兮神明完資世治兮輔化源善以勸兮惡以悛佩聖謨兮矢弗諼願永劫兮垂無垠

歌福應

大哉覺皇秉悲願以度人視羣生如赤子運廣大之慈
仁降福垂祐若時之春有萌必達其生蓁蓁今日何日
漸漑膏澤愉樂且恂尚克均于衆庶匪獨萃于一身

全室外集卷之三

天台 釋 宗泐 季潭

五言古詩

寶訓堂

聖君體皇極建國封　親王全蜀形勝地西南控戎羌
劍閣天下壯象馬稱瞿唐保障千萬祀崇德乃安康
昭鑒有嚴訓寶之靡或忘服御既有節出入亦有常
上承宗廟重下垂衍祚長開門看天宇白日行穹蒼
中宵卷簾坐仰視北斗光羹墻契
王意一飯在斯堂

喜清遠兄至以齊己詩長憶舊山日與君同聚沙十字為韻

一別動二紀，黙念山海長。何期風雪裏，来此溪上舫。乍見如不識，大喜忽欲狂。燈花解人意，今夕爛生光。因亂阻殊邦，及見消往憶。始愛道貞清，復驚鬚毛白。論新無少驩，話舊有深惻。坐久忽忘言，芳梅照寒席。前年澍僧来，稍稍聞去就。持斧住越山，移幢入吴岫。高居既隣支，朗詠亦依晝。應世自無心，麻衣澹如舊。今年遠書至，念我戀茲山。如魚在池沼，江海忘往還。不未負高誼，此生多厚顔。惟思拂衣好，老去一身閒。昔事龍河師，法筵全盛日。童年與君居，衆許早入室。迴首白日飛，浩劫彈指疾。平生竟何為，志願良未畢。良友平生親，風塵散何許。草莽或零落，雲霄亦騫舉。天地日淒涼，折芳欲誰與。所思芙蓉花，白露下秋浦。

昔下廬山雲停橈宛氷濆只尺不我見千里長思君却
寄千金劍寒光逼星文至今在篋笥騰氣時絪緼
少年同居日聞君拂絲桐高齋月照席兩耳生松風當
時青雲士竒文詠空同往事春花歌江水今自東
人生空中雲東西散復聚古来賢達輩何曾定出處乘
流任所之遇險從自阻今日偶重逢相看復何語
同遊賞溪曲清興浩無涯澄潭美新淥芳蹊踏晴沙緣
崖采秋菊搴林摘春茶留連此中意當期歲月賒

懐以仁講師入觀圖

旭日千萬峯白雲三四朶一咲山容開獨自松下坐瀑
流天上来飛花面前墮此時中觀成無物亦無我

雪上題青山書舍圖為周伯陽作

春日遊茗雲復兹對畫圖青山白雲際緑樹幽人廬衆
芳生磵曲新泉落巖趺不見黄叔度東風忽愁予

襍詩十一首

少小薄世榮雲泉寄幽賞冉冉三十年誤身隨塵網流
形大化内萬古同覊鞅得中亾已安遺外非所强但望
還山雲時時結遐想婆娑雙桂樹芳枝春正長
自我来涇川星歲已再周託兹山水勝謂可成遅留奈
何外物牽撫事心悠悠久知世道惡奚事仍夷猶璚林
有竒鶴未嘗識羅罦翩然覓靈鳳接翅昆侖丘
羣邪可干正衆枉能矯直蕭條孤生篁隱忍在棘白
璧竟何愆青蠅自懷慝公論苟不存孰辨夷與跖
伯陽西度關仲尼東浮海道大無所容一身置何在蘭

中自怡安居無不適彼美西方人時時勞念憶

送裕上人歸天台

我家赤城東不識華頂嶠遠道送君歸昨夜夢中到崖泓有泉瓢竹室留茶灶珎重山中人拂衣願同調

梅詠

天寒清磵阿貞姿照氷雪幽賞衆莫同孫芳為誰發東園桃李春簫鼓夕猶咽君子天一涯徐香坐消歇

送銛上人省親

青山澹斜暉驚風在高樹行客起遐思雙親髮垂素雲飛滄海遥雁下寒空暮老來惟夢歸隨君故鄉路

題五龍山房圖

剡中東南奇若人緇侶勝一住忽十年禪房得深静高

扉敞重崖修橋入危磴林端識名香水際聞清磬微茫
度雲壑掩映披華逕長松支遁吟盤石曇雲猷定別來幾
夢思遊塵生麈柄晨窗對新圖蕭條發孫詠

春雨吟

驅車涉泥坂首路流大河河水際天白飄風激曾波神
龍不安處作横鯨與鮀（鼉）強暴相啖噬纖鱗其如何感此
吾安適旋駕西山阿碩人不敢儗考槃有遺歌
溪南有奇山不見二十日今朝雲忽去天高數峰出東
風晚生寒、細雨又復密坐觀微霧昇化作白練冪側想
岩居人林卧頭不櫛崖滑徑直暗何由采芝术

桓茂倫詩 并序

予所居水西寺右有山曰湖山晉宣城內史

贈太常桓簡公彝之廟在焉頃余嘗讀晉史愛其人致死王事志節可尚遂造其祠作詩吊之

晉氏中遷播期運仍遘屯奸雄覬周鼎聯翩起峻敦伊人抱中和勁節凌秋旻骯髒救國難捐軀遂成仁方其少孤日識鑑夙有聞高追郭許迹迥邁周庾塵迨夫職常侍密謀佐戎軒皇綱藉輔翼男爵示公勤簡才鎮宣郡王室得屏藩抗表非所任逦獲依先墳未幾豺虎橫長驅逼帝閽糾衆前赴敵誓欲如鷹鸇一聞王師潰流涕下沾巾偽和安忍垢壯氣雄九軍朱生既効力俞子亦懷恩時哉久失利力屈涇川濆玄兆誠不謬果尔符景純世和倡高義收骴歸下泉芭芭太常贈煒煒光前

文時有下都督方駕楊清芬後来冨氏族挾貴冑崇勛夫何忝令德送鄭生君門昔余探古史掩卷思其人茲焉董山寺華祠照西隣是邦足遺愛炳煥圖像存蘋蘩累登薦籥鼓無冬春私衷若神契酌水酹忠魂雲屏下襍沓徒御来駿奔微生久息影於世無戚欣因君潄五内慷慨著斯言

病中作

此疾從何生形容遽憔悴默默求其端體弱易為致始受寒熱攻恍然若沉醉兀坐強自持倒卧終不寐朝聞樹間蟬意覺秋風至夜窓月逾明悲蛩攪情思晉窺衛生術吐納運六氣呼童具杵臼稍復親藥餌今辰眼忽明展書識文字起繞中庭行兩足如重腿況逢亢陽災

高旻尚炎熾秔稻化爲茅糲食恐不偹一身固多患又復念時事不到無生域空爲有形累

雷氏逸清堂

逸人在山澤境静心自清樹堂不必廣取適三四楹几席何所有圖書浩縱横尊罍時復具客至輒與傾東風散庭樹衆鳥相和鳴髙歌有至樂所樂非世情食薇卧首陽空留苦節名舊衣起草廬勛業竟何成士師與乘田行義不在榮嗟嗟雷夫子吾知得其生

斵黄獨

雨歇林氣涼草没澗西路荷鉏入深幽石邊欣一遇長歌對白雲清風滿山樹向来垂涕人遙遥千載慕

采芹

深渚芹生密，浅渚芹生稀。采稀不濡足，采密畏沾衣。凌晨携筐去，及午行歌歸。道逢李将軍，馳獸春乘肥。

霜下菊

黄英當窓菊，獨抗霜下妍。誰知婉娩姿，中自抱貞堅。衆卉值陽和，競媚東風前。當時豈不好，于今乃凄然。昔人曾謂此，能為制頹年。吾生寧復尒，但用寫幽悄。

西澗獨行憶相空

今旦風日好，獨尋西澗行。叢梅未盡拆，幽蘭已復生。樹頭暖光泛，石罅新泉鳴。遇境意自適，思與良友并。

冬夜憶清遠道初二兄

夜深霜氣寒，寒窓月皎如燭。鳴鴻尚遼征，孤鶴亦驚宿。念

蕙秋風前芳香竟誰采天道自茫茫知命不復悔栖栖
止百年共共向千載
呂梁險可逾大行危可陟如何方寸間中自多荊棘尊
前生白刃舟中起敵國一感睚眦瞋鄣之甚仇隙咄嗟
難與居俯仰隘八極思欲凌風翔恨無凌風翼
猛虎出深山往往多渴飢居然肆彼惡隳突當九逵機
檻素弗設赤手安可羈銜飇激脩坂白日翳陰霾吾思
陽羨子延佇心凄其
夜久無與適隗然坐空堂白鳥一何多營營來我傍靜
言聊假寐遂以襲單裳噆膚猶可忍聒耳諒難當晨星
耀東廡明月度西廂念尒能幾何滅跡於朝陽
福禍無定在倚伏誰先知於事既難料在理亦同推西

伯稱大聖兹里却見縻況居千載下風教日已衰頓君
畧形累所存心不欺
魯連天下士片言能鮮紛千金博一笑永絶平原君高
蹈東海上卷舒若浮雲清風散八表繼者今誰聞
四月維孟夏六陽云已盈靡草夕凋瘁鏤颸晨悲鳴運
序送張王萬彙紛枯榮斯理信昭灼君子宜守貞
清晨曲肱卧夢昇華頂兮殊庭就巖樀左右脩竹林仙
人五六輩列坐誦玉琴兮莞然顧我笑子獨何苦心石梁
有縣水濯此塵中襟

冰雪窩

道人冰雪窩巖栖斷俗兮寂洞門白日陰三徑青苔色片
雲簷外生落葉階前積更深芋火紅晝靜茶烟碧淡泊

我平生親悵焉違心曲四明是何處苕溪如在目巽方詎能通遠道何由縮十年無一字信是如金玉白髮漸斯人晤言安可卜

寓興

水草冬不死豈為寒所侵巖松風力勁歲暮青滿林念彼苦節士艱難持素心雖存太古操惜哉無知音守中固有道庶為君子欽

無旨兄將歸番易龍臺寺遂用宋洪内翰遊茲寺韻賦古詩一首以贈

十年兩情展一旦千里遠念此俱皓首晤言寧有時楚天眇無際孤雲杳難期故山樟樹老秋風亦剗薇舊房兵後在勝侶存者稀諸孫新入道迎歸俟傳衣

蘭窓詩爲戴原忠賦

蘭生在深谷獨負幽貞姿一蒙君子賞遂與嵓巖壑辭移植南窓下靡靡生華滋緑葉承曉露微香散清飈美人結新愛似遇深相知取適會良友怡情吐芳詞自登栢臺選經歲忽若遺常恐霜霰侵復畏蕙草欺擷英欲爲佩青年阻良期異鄉不可見天長有餘思

酬張来儀見寄

東閣日無事能枉野人書坐想西巖菊寒花媚秋餘闃闃車馬道共共王侯居寂寞楊子雲遊心在玄虛

監齋詩贈毛廷宗

禱晴巖祀典名山啓靈壇奏章通玉帝環珮集仙官祥光紛下燭誠心馳上干瑤空景方霽金漏夕未闌衆職

或少忽飛文遂清彈居然執法吏凜若秋霜寒沉沉虎豹户肅肅獬豸冠始知天人際監齋良獨難

風雪歸莊圖

山路獨歸翁手携一壺酒千林雪正深扁舟在溪口茅茨闗石根垂蘿穿户牖江城看圖人幾迴興嘆乆

辛亥新歲程處士見過常孰别墅臨别賦詩

獻歲春未迴風雨連十日荒村少朋騑窮巷絶人跡程君泛扁舟茅齋破幽寂遠来見真情欵言忘永夕顧惟艱難際出處各有役世紛日相纏誰能念疇昔因君尚道誼臨别增太息獨棹去茫茫空瞻海虞碧

莫過賞溪

日莫衆鳥歸孤雲亦還山市人争渡息小舟沙際閒我

屋西峰下半出青林間鐘聲運深念無為尚塵寰

襍詩

落葉委通衢紛然無人掃但覩新行迹不見舊時道古木倚道旁亂藤絡其杪歲暮雖青青終非本容好世人懷往途悟此苦不早振衣無後期来泛漢陰老

夏夜與錢子貞坐西齋以欲覺聞晨鍾令人發深省之句為韻各賦詩以叙會別之意

一見江海竒夙聞鐘鼎傲山靈訝雄談木客爭清嘯悠悠鹿門期落落東海蹈咲問經世人大梦誰先覺

明月不可招流光入堂中白雲不可約掛我屋上松兹會固難得後會寧易逢明朝在東郭隔水但聞鐘

無能甘寂寞息影在山深采薇東谷口汲泉西澗潯朝

鷗

随白雲徃夕伴清猶吟㖃時倘相憶遺我天外音
曲池難容舠狹路不可騁萬事付一嘿閑關深自省魚
行不運波鳥飛無遺影何處未忘情月白空山静

題山水圖

辭山始兼旬見山心輒喜披圖忽悄然舊遊宛相似微
茫敬亭雲迢遞賞溪水猶唏樹蒼蒼漚泛波靡靡邑阿
桂叢生茅屋無人理何為滞江城眯眼黄塵起

奉和鎦彥基待相空至

實公同門英論交二十載賦詩多新語亦足邁前代偶
與仙翁言久别思一會溪山入春明花鳥亦相待孤雲
本無期行蹤定何在日暮倚東風踈鐘起天外

畣夏景瞻

昔居賞溪曲詠迫靡所侵衲衣掛石壁燕坐長松陰子來慰幽寂語合相知深孤雲十年別明月千里心而我亦何事投迹此禪林向來結茅地回首空青岑寧知江海遠遇子復在今百挫志矯矯循能發往吟清辭入古調一鼓薰風琴吁嗟衆響作過耳無留音

柯生畊讀軒

耕田村外歸抱書窗下讀讀書期業成畊田待秋熟一飯充朝飢所願良亦足聖賢日相親志不在干祿白水涵春陂青燈照茅屋寵辱吾不知門前羽山綠

贈畦樂翁

開圃藝嘉蔬芳畦繞茅屋春雨昨夜來滿眼浮新綠短鋤日已携乃不課兒與僕但知此中趣餘外非所欲陶令

頗泛容董生何局促浩歌對青山孤雲暮歸麓

裴季和著存堂

白日山下沒長江天際流思親無時巳寸心良悠悠高堂親所憩虛榻經幾秋桑梓必恭敬況此今尚留憶昔具慶日艱難進庶羞吁嗟受君祿庭樹風颼颼

分題八功德水送人歸金華

鍾山祇樹園中涵一池碧貯滿忽若虛測深杳無極遥通太液波近映寶珠色八德類淨區奇蓮毓靈質屢同金華彥煩襟時一滌垂筒汲清甘煮茗松月夕今朝惜分袂對此翻不懌歸弄雙溪流應思池上客

朝陽軒

開軒面東旭晴光絢蒲座霜顱眼倍明壞衲如雲破乞

來五色帛針線堪自課窓戸洞虚白心田無雜泚爐香裊餘烟梵唱松風和天寒補未完短日簷前適

畊樂軒

畊田良苦辛所樂果何事百年安吾生食力非役志衡門無軒車楡柳蔭閒地遥遥草廬人回首空長喟

分題道林寶塔送貫道先生歸湖南

鍾山禁城東浮圖出林麓層級凌紫烟虚簷交翠木異人昔垂化千載有遺躅夕梵鏗清鍾晨筵散華燭一諧湖南英憑高曠遊目江山環帝京形勝天下獨安知復遄邁悵爲此遐矚寒日下西南輕帆駕孤鵠

題三笑圖

過橋本無心三笑亦偶爾當時肯垂名好事傳畫史巍

巍匡廬峰湜湜滮溪水援筆寫清高幽興殊未已

分題龍宮宝石送陳庭學之官成都

成都山水區龍宮遺宝石苔蘚滋古紋波濤含潤色驪珠化海榴神變安可測想當聽經時雲寒夜堂寂蜀中天下險兵戈屢充斥城郭雖已非此石尚如昔京華歲將闌萬里送行客時清衛府閒搜奇撫陳迹平生獨往願蹉跎頭半白悵望西南天空慗遠飛翼成都唐高僧智浩常誦法花經所居近竜祠竜女時来聽經一夕遺一明珠不受珠化為石似石榴以水洗之有四字曰龍宮宝石至今存焉

出峽圖

瞿塘水如馬五月不可下兩舟何處来披圖一驚詫前行稍趂平勢右閒暇者後来方履險衆篙不停把岊迴古木披峽東哀湍瀉嗟尒駕舟人安危在捺舍

松石室

青青山上松鑿鑿山下石移来近禅居窓戸生秀色室中老比丘怡然坐終日轉境不在遺觀心了無得踈雨洒嶄嵒巖微風迴蕭瑟所適不自知何有喧與寂

日彰法師得旨還山王生作泉石閒齋圖予題詩其上以為贈行

奉召還故山江船復東下獨帆如飛鴻秋日照平野王侯贈新圖山水儼幽雅石崖天際高茅屋長松下清香散佛龕妙觀了空假白雲席上生碧澗階前瀉神清境自閒所適無取捨佳趣政在兹健筆老能寫乃知遺世情獨有還山者安得添我身閒齋共瀟洒

張侍郎栖鳳山房詩

番禺饒名山鳳臺獨奇峭丹崖耀白日連林際飛鳥蔦嶺勢相向羅浮狀如抱昔年鳳来棲高梧成翠葆山房結搆新門徑烟花繞幽人不出戸典墳肆探討巻簾氣清倚檻泉聲小騎羊五仙侶時時来論道一從乘傳車十年迹如埽出處成兩途榮華異枯槁披圖思茫然夢中歸路杳炎海靜無波秋巖桂花老

萱堂詩

堂後萱花明堂中白髮清堂下弟與兄上堂稱壽觥白髮常在眼談花願長榮人生有至樂此堂日日陞

雨花臺送客

梁朝雨花臺近在城南陌不見講經人空林澹秋色登髙俯大江目送千里客白鳥下滄波孤帆遠山碧

題竹石圖

竹石吾所愛眼中無此清如在異鄉客忽逢親弟兄奇質含古潤虛心抱幽貞渾忘是畫疑有風雲生

焦山寺鑑師臨江軒

一峯如鉅石屹立江水中寶刹蔚崇構勢與山爭雄若人於此住超然塵外蹤開軒當水面下瞰馮夷宮魚龍近几席波濤蕩襟胷有時天宇淨倒影清若空燕坐觀衆有起滅殊無窮一念寂不動嗒焉心境融焦先邈千載遺丹射林紅浩歌倚闌夕明月生海東

送大彰徐博士還錢塘以客路青山外五字爲韻賦詩五首

白髮出都城青山引歸策涼風江上秋驚濤海門夕老

驥厭長途倦鳥思歛翮芙蓉白露零惆悵遠行客出郭醒客心馳車復東路得官遂清貧還家慰遲莫諸生日討論詩書自成趣閒尋南塢僧長吟倚巖樹少壯若傲世閒居謝榮名徵書劇羽檄白首試大廷人材樂教育泮水清風生應憐舊山桂歲暮有餘青

流水出山外固不如在山孤雲度天際眇眇何時還伊余巖下客于今乃塵寰逢君一長嘯人生有誰閒累懷湖寺逢何時江城會況當秋疲涼明月坐相對來日非今日握手復一慨相别無遠行出門即天外

汧陽雪中

朝寒擁衾坐隔屋聞書聲起埽車上雪千山雲霧冥春泥沒深轍前路不可行雖無督迫令惻惻如有程邑中

賢令佐尨薦鄉里情暖屋延咲語照眼雙璧清樹此逢
旅懷忘却畱滞弁行客何所頷長歌望天晴

孤凰引鵪行題何氏母子貞孝卷

丹山有孤凰獨引羣凰兒朝曛待哺急風雨護巢危凰
兒日長大感念凰母慈母亦弗忍舍頤兒長相隨晨曦
出暘谷文彩方葳蕤和鳴當盛世九土春濈濈上林有
竹實亦有梧桐枝嗟尒母與兒銜圖一来儀

題畫

青山半天高白雲如海濤溪流轉谷口茅廬闞林坳山
人何處去月明猿夜號

寄題雲門松風閣

何處聽松風金雞山下閣夜涼月照窓泠然滿幽壑如

卧江上樓夢覺海濤作疑行洞庭野雨耳鈞天樂溪翁
閒性空妙觸了無著野馬從鼓漂太虛自㝫廓緬懷師
友情撫卷翻不樂人亡閣亦非顛詩付冥漠

松下居偶作

我此松下居即事良可悅閉户留白雲開軒放明月松
響風忽来泉流雨初歇時有西齋人相親嘿無說

送僧遊廬山

廬山天下奇良游遂平素江帆渺何之連峯巖晴霧雲
端五老人槃然風骨露青衣或来迎木客時相遇夜坐
松庭石天燈知幾處忽聞巖際鐘忘却東林路

送瑄上人

揚舲下大江江寒欲飛雪高帆天際遙獨鷹雲邊沒烟

波渺何之倏忽成楚越遂令白首人年華感消歇

不羈行贈吴客

倜儻不偶世落魄江海游雖来京國久不謁公與侯仙人五城高彩雲十二樓天街看明月一身風露秋翩然下揚子棹歌發吴謳太湖三萬頃黿鼉中沉浮且作拍浪兒赤脚坐舩頭哭指闔閭墓千古成荒丘

樂樵

明時忘世士所樂在樵蘇自無鐘鼎念此心常宴如清晨礪斧出孤雲引行裾薄暮負薪入明月照庭除新篘已在甕隣叟行可呼大瓢喜滿眼醉後歌嗚嗚青天若覆盂白日無根株不見北邙道貴賤同丘墟

夜坐襍言次韻

老来百念忘外縁何用屏乗月坐更深和雲卧峯頂青
燈静照壁白鬓垂到領尚懷分芋人寒嵒(巖)甘息影
羣生不同趣所本非異原有耳醉曼曲誰能聽玄言粲
粲白月珠可照長夜昏不逢希世客吾衰尚何論
明月出東嶺照我窓牖間羣動夜方息白雲亦孤還緬
思支道林沃州曾買山遠公竟不出逸駕安可攀
坐致不請友翩然遠来集幻境非久留白日西馳急此
宵曾幾何晨露下階濕紅顔不可駐瑶草無人拾

再用韻二首

孤燈坐二更茶具獨未屏春寒逼清明紬帽猶在頂大
音本無聞含咲秪自領月上猶亦来窓前美林影

羣情尚怵迫烈火方燎原縱能齊得喪不如無一言有耳但如聵有眼從自昏至道念縣曠瑣瑣安足論

隐毗爲陳參政作

孔明南陽廬伊尹有莘野遭時展經綸豈是長隱者陳君蒲田居耒耜常自把致力良已勤所入未爲寡矧今副方伯承宣及蔡夏厚禄代躬耕莪冠稱儒雅生逢堯舜君恥在稷契下它日請歸田此志方可寫

偶地居

偶地即吾廬絶勝樹下宿不在千萬間安居心自足古人三十年辛勤乃有屋我無一日勞何必較遲速燕坐白日閒青山常在目明月到床前更深代明燭几有寒山詩興來時一讀十日不出門滿階春草緑

北萱堂

萱草可忘憂樹之北堂後此堂何為設白頭有慈母暑月萱始花涼風吹户牖母顔和且悦上堂奉尊酒歲歲見萱花年年獻親壽兒孫滿眼前甘旨亦具有昔當艱虞時東西屢搔首華今際承平日不離左右我聞南陔篇古人相戒守願入北堂詩絃歌同永久

雲巢雪洞

雲巢萬物表雪洞鴻濛先結搆自無始安居可長年雪色共清素雲氣同周旋六窓既虚寂神宇何廓然白鶴繞巢外長鳴月當天仙人從空来散花滿璚筵有時乘飈輪浩蕩游八埏俯視滄溟水倐忽成桒田下士夢未覺如醉方酣眠茫茫百年内寧知此中玄

蘿薜山房爲趣上人作

石薜掛青蘿禪房在其下松枝裁作扉茅覆不用瓦若人百念忘襟懷自瀟洒行看塢雲生坐聽巖泉瀉怡然朝復曛在已無取捨於中亦不存何有空與假一從入山來見山不見野寒拾千載人誰是同流者

題畫

城居不見山披圖得佳趣荻炎隱石根樵擔入溪路欹崖勢若飛半領開晴霧將非夢境中或是曾游處如登華頂峯稍識蔓菁渡振衣寧後期松華滿春樹

樵隱爲江子瑜作

日出上山去日入負薪歸明月照茅屋涼風吹薜衣濁醪在瓦缶大白兀自持嚶嚶春鳥鳴載歌伐木詩不羨

買臣貴不學犢牧悲軒車自髙駕野雉從朝飛平生一丘壑此志良弗違田竇門易軌不知誰是非

夜宿陜州

烈風振林木中夜聞虓呼重衾冷於水照壁青燈孤念此苦寒月單車走長途明當度關去歲晏將何如

望崑崙

積雪凌層巔冬夏常一色羣峯讓獨雄神君所棲宅傳聞嶰谷篁造律諧金石草木尚不生竹產疑非的漢使窮河源要領殊未得遂令西戎子千古笑中國老客此經過望之長太息立馬北風寒迴首孤雲白

贈安古心還山中

工來能幾日遽有還山想長笑輕别離一策晨獨往舊

房清澗阿夜雨新泉響門前嘉樹林陰陰夏條長即此人事絶遂爾長偃仰得句林花開彈琴山月上蕭散世念踈澹泊道心朗白駒空谷中誰能復羈鞅何彼勢利人勞生在天壤

待月軒

開軒坐深更待月出東嶺須臾海上來四壁光炯炯托茲聊自娱觀心廣遺境獨羨寒山人無物堪比並

全室外集卷之四

天台 釋 宗泐 季潭

七言古詩

魯王登泰山奉令旨作

宮漏聲沉天欲曉嚴車整隊東郊道泰嶽巍然境内山瞰日登臨散襟抱初聞鼓吹入深谷倏見旌旗出林杪捫蘿不憚路崎嶇直欲高躋極飛鳥峻拔中霄日觀峯閶門白馬明雙瞳下視滄溟一杯水六鼇背負三神宮東封古來天子事石壁千尋刻文字吾王秪欲窮冥搜颯颯泠風引飛騎上界羣仙朝玉京空中夜半天鷄鳴陰崖鑿開混沌竅

石髓飫来毛骨清樂不可極下山去羽盖霓幢擁
歸路輿域靈區非世間廻首蒼茫隔烟霧

蜀王江漢朝宗圖

江之水出岷山漢之水出嶓冢萬古波濤坤軸動
荊州東下匯流長江漢朝宗名益重大哉金陵
天子都萬方臣子爭奔趨有如百川到溟渤混茫無際
涵空虛
賢王受　命封蜀土忠孝爲藩奉
君父大哉遙挹北辰高堡障西南天一柱江之永漢之
廣蘼蕪綠草年年長誰知流自天潢分天潢近在
青冥上

潭府四暢亭

讀古書彈古琴一亭風月開清襟臨池洗硯寫新句玉壺旨酒時一斟如此四暢載登載臨美哉修身治國上順

君父足以大暢吾　王之心梁園詠雪多士如林河間禮樂和樂且躭既不淫乎聲色亦不縱乎田禽此亭燕坐自朝夕亭前花木春陰陰衡山高湘水深天長地久揚德音

送思上人還雲上

玄冬雨雪方載陰閉門黄葉和雲深重岡複嶺鳥不度豈有遠客来相尋憐君兩屐無新齒足跰荒途五百里捫蘿高陟麻姑壇斧氷亂涉琴高水為我巖居十日留夜窻說盡東西州平生故人得消

息既有新喜仍新愁我方無以慰幽獨子来何遲去何速山川悠悠錫影孤海闊天高一黄鵠謝君相知未深厚索我詩詞我何有自嗟百挫英氣摧敢以文字誇人口君當盛年宜自强美玉雕琢為珪璋明朝别後毋相忘水晶宫裏涇川傍

東皋老人歌

東皋老人七十餘眼明能讀細字書年年来不肎城郭住無事只愛東皋居東皋所居良不俗松竹桑榆翠圍屋前畦後圃花相映滿眼兒孫美如玉老人心中樂閑曠時時倚杖東皋上烏紗側裹酒半酣目送飛雲度青嶂吾知老人與世遠東皋幽處無是非吁嗟怵迫何所為世間富貴多危機

雪舟圖爲王公擇作

小船載雪月明裏一色溪山夜如水岩前哀犺噤無聲沙上眠鷗驚不起引觴撃楫歌調清到門興盡非無情丹青豈必畱千載王氏風流今尚在

敬亭雲歌送吴子帰宣城

敬亭山中生白雲有時化作五色文泛龍下山爲雨去欲與世上袪塵氛由来舒卷不可測遥天烟烟無遺迹甘雨未洽塵未消直使時人空嘆息歸来偃蹇敬亭上点綴青山千萬狀曽巔高擁白玉屏半嶺閒張素絲障雲兮雲兮尒才未盡施只恐復被蒼龍知乾坤上下相追随青山欲戀無還期

菖蒲歌

蒲生山澤閒水石長為徒超然塵上外秀色清而腴印
公愛之如寂公當軒盆植数十蕟雖無仙人鸞鳳狀好
事剪拂還相同葉如蚪鬚直不卷根穿石罅連蒼蘚昔
聞張生十二鄚蘇子九花今宛宛眼中清氣端可掬此
處焉知有塵俗去年贈我小石盆几上團團青一簇知
君定出聊自怡此心豈爲物所移色空都忘心境寂寥
寥獨坐軒中時

水西圖詩

水西絶境江左無何君好事寫作圖良工意匠善盤礴
三峰湧出青芙蕖古木如龍半天聳白雲翩翩欲飛動
桓彝廟前莎草長遺民磯下溪流洶浮圖隱隱林端起
知是山腰上方寺高閣五月秋霜寒山僧坐閱人間世

竹邊幽徑花蕺蕺濯纓亭古連東峰賞溪渡口風浪歌棹舟之子来相從我居山中二十載拔畗一見心目駭昔來年少今白頭山色青青長不改何君何君尒好奇㵎阿與爾誅茅茨卷簾微雨對東郭髙詠謫仙雲錦詞

姑蘇臺歌

姑蘇臺上麋鹿游吳江水映西山秋館娃宫樹逈不見落日荷華今古愁何来豪客攢樓櫹醉擁吳姬夜歌舞齊雲易逐浮雲空鬼火三更照寒雨

憶昔行贈朱伯賢還會稽

憶昔相逢白門道君方壯年我差少同郷異域心最親月夕風晨寫懐抱南臺御史能薦才薦才先取文章好當時結交多俊髦羨君獨得聲名早江城一别三十秋

我出臣徒君宦游甲兵滿地音信斷越雲楚水情悠悠
今春錢塘忽相見君未全衰我猶健探得囊中著述書
松齋曉日開新卷君承明詔入史局我亦奏對延和殿
秋深俱放還舊山兼有賜金并錫燕君家雲巢鑑湖曲
鯖魚膾肥粳稻熟脫巾露頂松石間如鹿如麋不羈束
我歌此曲空復情烈風蕩海鴻冥冥世間富貴自可輕
且學清狂如賀生

阻風行

黃蘆獵獵江浩浩洪濤簸天昏復曉一日行舟兩日留
上水風多下風少未出門時思遠道在路還思在家好
坐看鴻鴈去遙遙却咲人生不如鳥

松雲歌

境公開軒幽澗湄青松白雲相對宜朝看白雲松上起暮看白雲松下歸松雲無情豈相戀幾度天風吹不散忽如眠鶴喬松巔又似游龍挂松半月明仙侶下瑶臺翠裌素車空外來氷髯玉貌照山澤停驂弭節相徘徊有時林間暫分隔松自青青雲自白若人定起閒恰情倚檻無言山寂寂

墨竹行

平生不識雲心子墨妙通神有如此眼中何處修竹林湘水邊頭烟雨裏長林蔽虧天為陰鷓鴣啼断江沉沉六月南風晝不熱人家住在蒹葭深九疑鬖髾山帶蒼梧野翩翩帝子雲中下鳳鸞飛舞糾龍驤羽裌毿毿翠堪把我昔曾行賞溪曲兩岸波光漾寒緑萬玉森森一徑遥

溪口清陰到山麓今朝看圖政自憐畫圖身世俱茫然
雲心骨化丹陽土吁嗟墨妙何人傳

題張孟兼太常白石山房圖

浦江先生張太常白石山下開山房讀書養親不下堂
青山自高溪自長一洷攀龍上
天闕山中十年春草歇夜飛清梦到山房堂上雙親已
華髮孫卿頗擅丹青好為寫新圖慰懷抱秋雲半掩草
齋寒白鶴不歸松樹老我見新圖憶舊山石梁垂瀑蘿
陰閒金華赤城只尺間何日拂衣洷此還

墨竹歌

房山高僕愛寫竹一埽生綃數十幅風影翩翩此兩枝
湘君遺珮湘江曲兵戈十年翻地軸零落殘紈如斷玉

晴軒試掛鶩老目素壁清飈拂寒緑
魏公文章妙天下世稱善書兼善畫松雪高齋秋氣清
煕眼琅玕入模寫一竿秀出何瀟洒美人獨立踈而野
九疑雲老楚江寒翠盖臨風為誰把

短歌寄魏仲遠

夏盖湖吞上虞浦魏君家在湖邉住岸花汀草幾春秋
白鳥滄波自朝暮知君愛客仍好奇画船載酒如渼陂
櫂歌中流日将夕璧月湧出青琉璃嗟哉隱居端有道
世上無如閒處好王充遺跡尚可尋賀老風流良不少
去年聽 詔来京國識君臉紅頭半白別懷空與水東
流海燕江鴻斷消息今朝聞有東州船及書欵寄心茫
然福源精舍地最偏安得與君湖上相周旋

溪山圖歌

王侯作画世無敵下筆直與造化爭神力生綃一幅寫溪山萬疊烟雲開霽色連峰不斷松杉青石崖噴瀑飛寒氷山中逸客茅作亭桃源路入花冥冥何處溪山有如此吳山脚插吳溪水放船半出芦塘灣收綸撥棹誰家子乃知王侯妙入神縱意所到皆天真右丞糢糊輞川雪北苑爛熳江南春劉卿平生學岐伯長向吳山采名藥天子呼来在玉京橘樹間圍舊時宅我識劉卿恨不早治我沉痾如電掃王侯著意作此圖為我殷勤致懷抱鐂卿重畫輕黃金世人那得知其心江上秋風吹客襟高歌一曲溪山吟

寄題彩烟山房

天姥峯南彩烟裏梁氏山房屹高峙幽人讀書居其中萬壑千巖在窓几一從讀書不計春姓名豈有聞時人去年應聘来　京國今年奉符歸養親梁氏新昌稱巨族絡谷籠岡架重屋弟兄如林自師友飽飫詩書作梁肉我聞山房最瀟洒澗水松風入陶寫頓學當年支道林買山終老沃洲下

崆峒外史歌

空同外史青都客吸景餐霞煉精魄誤落塵世八千年回首仙山雲霧隔自言曾師廣成子爲掌外庭稱外史記得軒轅問道時拜跪壇前月如水大布寬衫著雙屐千里遨游如只尺曳杖狂歌吴市門賣藥獨走金陵陌

金陵佰上相識多水樓月榭隨經過有時醉卧冶城館
有時静坐鍾山阿我識氷顔今十載夜與燒燈論物外
五更鼻息如雷鳴忘却天地和身世外史去来無定期
出門便不知所之松齋闃寂三日雪待予一哭同掀眉

賦一曲亭送趙本初待制致仕歸越

鑑湖一曲亭猶在風物千年長不改賀公去後趙公来
山水無情若相待當時季真得賜歸黄冠未必全忘機
争似今朝玉堂老還鄉仍著宫錦衣鑑湖水闊吞平野
酒船直到亭堦下荷華曉日照尊罍楊柳春風拂簷瓦
寄言逸興滄洲客天與斯亭共行樂醉倚闌干撼不醒
夢中細聽鈞天樂

庾闡隴

隴頭流水關山月月色凄凉水嗚咽今古征人盡斷腸
野客經過亦愁絶連林二月氷不開猛虎一吼蒼崖裂
鸚鵡能言好寄書心事茲茲向誰説

賦梅尉馬清白軒

公家大府臨紫陌行馬當門森畫戟華舘香凝錦繡帷
此軒何事名清白軒内琴書清几席軒前池水涵虚碧
退朝歸来白日閒燕坐忘言心自適不似金張許史家
鬬鷄走馬相矜誇美人半酣彈枇杷銀燭夜夜燒彤霞
關西昔有楊夫子清白傳家照青史公今富貴當盛年
獨抱遺風有如此山之高兮益穹窿水之深兮更清泚
丈夫勛業在青冥豈獨傳家清白耳

題天童萬松圖

小白市太白峯二十里松居其中一徑陰陰翠羽盖半空矗矗蒼虬龍太白之峯兮九隴壯哉千古之佛宮香雲不動梵唄合樓閣倒影清池空左菴昔年此說法山谷荅響撞鉅鐘只今九重城裏住夢䰟夜夜鄮江東錢塘有客曰王蒙為君寫此千萬松座間慘慘起陰霧屋底颼颼生清風何来禅子松下度長衫大笠携一筇亦有騷從三四公青林路口衣裳紅我初展卷欲大叫海上湧出高龍從雲端縹緲下玉童有路似與天相通自憐平生不一到吁嗟老矣将焉從還君此圖袖手坐有目只送南飛鴻

壽采堂為許克譕賦

舞斑衣進春酒載拜稱觴介眉壽許生心即老萊心老

萊不先生不復進春酒舞斑衣顧親高年過期頤堂後萱花照華髮瑎前亦有蘭與芝吴山可融吴水結孝子娱親心不歇此堂宜與齊門高壽求之名如日月

古村居

古村民古村居古村有田復有廬屋後桒麻四五區屋前榆柳八九株老婦辟纑兒讀書青燈夜照三更初牛角帶經耕且鋤年年歲歲輸官租

聖人治世如唐虞飽来擊壤歌康衢烏紗佐巾白布襦東隣西舍相招呼醉歸几几杖自扶古村民古村居

題閻立本畫張洪崖像

往年看畫封禺山丹青為我回朱顔今朝看畫江寧郭頭白眼昏不如昨此圖出自何人手唐相閻公名不朽

人間古畫兵火空此圖必為神所守洪崖先生學仙士
小隱林泉大城市一下蓬萊經幾塵弱水微茫三萬里
神仙道術吾不知洪崖人物何瑰奇天寒掩卷松下坐
白日冉冉西南馳

聽泉軒為藏無盡作

若人有耳唯聽泉泉聲入耳長涓涓寒林出澗度妙曲
萬古不斷氷絲弦此聲不來耳不往中自寂然遺外響
青燈照壁夜沉沉獨倚軒窗月東上

代賦愛蓮歌

我愛蓮花生淨域七寶池中開四色其華朵朵大如輪
來者於斯孕靈質此花不與凡花同晝夜開合吹香風
八功德水恒充溢碧葉旎旎花蕤蕤我有愛蓮癖夢寐

思見之朝思只在蓮花國莫思不離蓮花池我心但欲與蓮並不染塵埃自清淨蓮兮蓮兮爾化黃金臺花年浩歌歸去来

尚睦軒

蔣生作軒名尚睦欲叙彝倫厚風俗一門大小揔怡愉不在華蕋奏絲竹誰謂古来斯道艱兄弟之間難具論漢謠尺布一斗粟周公管蔡亦流言蔣生蔣生慎終始行見高名照青史天邊有客發長歌澤國秋風鴻鴈集

周處士哀詩

先生墓木今已拱先生高名尚飛動新城山接冨春山只有祠堂對丘壠我知姓字三十年江城讀傳心茫然節孝光華照天地青史可書石可鐫口誦法華親壽益

棹頭不受吳人辟請看齊雲百尺樓落日西風卷行迹

西嶺草堂圖為擔上人作

摩雲霄人不復見高風獨為今所羡西嶺東偏舊草堂七百年來陵谷變有苾蒭擔斯受經草堂彷彿圖丹青靈隱山前天竺後飛來小朶蓮華層草堂住近呼猿洞怪石嵌空樹高儹三生臺畔秋月涼九曲亭邊春水動真觀慈雲兩寂寞猶聲夜向峯頭落擔也溪翁白足徒古人已矣今人作我昔年曾十三四挾書晚出中峯寺一氣走上蓮花層兩脚跳梁若奔兕于今老大空看圖江城鴉坐胡為乎人間草堂何處無只有西嶺如西都

清源洞簡為潔上人作

泉南佛國天下少洲城香氣猶檀繞纏頭赤脚半蕃商

大舶高檣多海寶清源古洞九絶奇花酒仙人顏色好蜕骨巖連太碧霄晉代青松三四抱高攀南斗不滿尋下視滄溟才纔一沼長年鍾磬度寒寒四月笙歌來擾擾青厓不雨飛白泉紫澤未春生碧草鶴鳴洞口月蒼蒼猿挂樹枝風裊裊上方精舍秋葉紅山人不歸蘿屋老不須惆悵看畫圖去去長歌海天曉

淮之水一首送别

淮之水向東流水流只載行人舟舟行如飛水如射一日可到吴江頭何不載此離情去擲向天涯不知處濠梁有客今白頭望斷孤雲海天暮

和東軒見寄長相思一首

長相思何終極有美人兮淮之側攀援桂枝歌小山盛

服嵗衬好顏色昔年遺我雙龍刀紫錦作梳縣素壁中夜寒光貫斗牛但恐屋頭飛辟歷朝朝見物不見人欲往從之脚無力長相思何終極

秋鸝歌

千林入秋露氣清林中尚有黄鸝聲似與群蟬爭意氣東林飛過西林鳴向来春風花滿城柳條拂地如長纓綿綿蠻蠻斷復續千人萬人側耳聽高樓半醉客閣餞停吹笙白馬貴公子挾彈不敢驚此時胡為不喜聽奈何節序移人情只合深藏緘尒口亦有姤尒金衣明反舌無聲良已久伯勞布穀俱潛形秋鸝秋鸝爾能翩然入幽谷老翁歌詩送爾便覺心和平

○全室外集卷之五

天台　釋　宗泐　季潭

○五言律詩

應

制賦聽松

右犒坐来夂松濤萬壑聲輕揚同梵唄細奏學龍笙不獨迴禪寂猶能悦

聖情莫歸還在耳䰟夢亦須清

奉題岷峩堡障圖二十韻

舊説岷峩地今觀保障圖烟雲開劍閣花柳滿成都宫殿規模壯山川氣象殊軍州餘五十德教越邉陬列戟千貔虎連檣萬舳艫涼飈消瘴癘甘雨起焦枯

[illegible]趨

大矣惟
王國欽哉自
聖謨星辰天北拱江漢日東趍
宗室推賢哲
皇綱在翊扶逸才超子建古迹陋魚凫美産随方有名
公何代無常張曾節使楊馬揔文儒錦綺民財昇塩
麻國用須沉黎通詔僰巫峽下荆吴雪嶺西蕃近青
霄太白狐来朝椎髻獠入貢越裳従闕巳無當者天
何設險乎詩篇歌樂土筆力愧潜夫撫卷生新想闓
風欲遠驅永言磬石固矯首望雲衢

○○夢清遠兄

残睡夜將晨分明見故人劇知情是妄翻説夢成真

日月容顔老池臺咲語新三年消息断江漢尚風塵

送瀾法師帰雲門

故山從此去何日更相逢獨倚千峰閣閒聽六寺鐘石牀流水繞蘿逕落花封會有東帰興来尋雲外蹤

暑病作

暑病只思卧坐来頭自昏愛凉頻換簟畏日不開門穴鼠窺人出林蟬入耳喧同袍来問疾相對嘿無言

挽戴隱居

仲夏初相别何知異死生艱難十日會感激百年情岩穴無遺佚交游失老成忍将芻一束朑朑對銘旌

溪漲

晓起聞溪漲披衣立小軒混茫初學海澒洞欲包原光

撼山根連（動）聲吹地軸翻群童不曉事喧譟傍沙痕

陳檢校見過

何来鳳池客著屐到岩阿溪雨曉初歇山花開正多道逢方外合詩愛静中哦寂寞禪房晚踈鐘出薜蘿

重荅夏本心

有約何曾至無期却自来暖憐沙上日清愛竹邊梅山鳥當琴几溪雲對茗杯桓公遺庙近乘興一追陪

洞山泉為諧舜咨賦

此水何年有瀟瀟日夜聲不教人外見偏向洞中鳴客思初無睡禪心自不驚休論為世用且作在山清

櫟山西齋雨中作

踈雨過高峰幽齋對碧松出山雲似馬落澗水如龍句

向静中得身於僻處慵小童林下至報有虎行蹤

寄汪隱居

茅屋湧溪阿天寒補薜蘿白雲當面起流水繞簷過藥老披榛斸詩成倚樹哦因逢隣寺客為問近如何欲

故涇縣徐典史挽歌

白髮神仙吏黃塵八十齡竟同華表鶴俄失老人星甕盡牀頭酒埃生棧上經今朝來哭處墓草未全青

送夏景瞻獨立有作

溪上送歸船新晴水一川迅流端似馬解纜即如仙野迥村烟直山高夕照偏此時獨立意都屬數聲蟬

一室

一室晚獨坐閉門心境空偶將真意會却與古人同經

架侵窓雨茶烟趂竹風輿来戞銅椀未必便爲通

閒行

林下可逍遥閒行意頗超幽花不礙路偃木自成橋度嶺何須筏斟泉豈用瓢無媒甘老去愛爾草蕭蕭

送春

忽忽雨中去獨吟相送時忘情從别易惜老願歸遅花在如憐客鵑啼欸恨誰明年看到處知爾更無私

喜王子謙見過

積雨林居僻俄驚使節臨不因今日話争見古人心跡磬青蘿外流鷺碧樹陰松門閒不掩此後更誰尋

休鏞白

休鏞髭髯白從教次第生和風消不得妙藥染難成閒

竹梅初破黏松雪半晴今朝閒把鏡稍共鬢毛明

西閣為修師作

巻兹山閣小獨住一間僧座冷浮青靄檐虚掛碧藤禽殘尾鉢水鼠餂夜窓燈愛爾不能懶時時為一登

與徐伯廉再往南陵衛

又向南陵去復携良友同人烔千嶂裏容路百花中雉雊初晴日鶯啼滿樹風漸知精舍近清磬出林東

○○

雙清士詩

○○○

廬陵張君書紳歐陽君子劉宦遊四方同為淛省掾以清自勵大叅蔡公嘉其操為署所寓邸曰雙清舘而書紳先以滿告去子劉誠有不忍舍者予為雙清士詩以贈之

有美雙清客齊名澌省郎兩晁相上下聯璧有輝光粉
署朝同硯郵亭夜對床涼風鳳池上羽翮惜分翔

題畫

紈素不盈尺寫成千嶂圖松杉開閬苑樓觀湧玄都瑤
卓如堪拾黄犢不受呼群仙相次坐許共一僧無

送玄極歸仙居三學寺兼寄固壕菴

昨夜共青燈今朝下碧層衣沾吴楚雪飾煮越溪氷鄉
寺居三學宗門尚一乘故人頭向白送爾思弥增

作詩贈智一真

作詩期必化化是不凡村龍契天雲合鵬飛海氷開具
區春泱漭泰華曉崔嵬試問同禪侶平生悟幾迴

題漁樵圖

兩客此相遇百年天與閒泊舟臨碧岸吹笛對青山怪
樹依巖老幽花咲日殷盡圖誰不羡塵土自摧顏

題彌仲綸澹泊齋

禅齋名澹泊自可寄閒身席上塵都積門前草自春寒
衣縫埜槲晩飯煮江蓴不逋區中念端為世外人

贈立恒中

海外趂商船江東住幾年華音雖已習鄉信若為傳一
鉢随緣飯諸峯到處禅涼秋明月夜夢度石橋烟

登多景樓

水際一峯出飛樓倚沆寒烟雲連壯土風物見南朝山
勢臨淮盡江聲入海消偶来閒眺客憑檻與偏饒

送潘允英還鄉

秋風江上起江水日增波旅服迎寒薄鄉心到夜多吳檣隨北鴈海船聽南歌想見伸嘉慶雙親髮盡皤

送王兆潤

平涼來又去官滿復之官塞晚黄雲合邊秋白草寒有儲諸將喜無訟遠人安萬里關山月吟詩獨自看

賓德遠西齋讀易詩

西齋讀易處心與靜相宜對燭雨涼夜卷簾天霽時妙觀寧有象至玩本無辭一悟窮通理陶然坐自怡

登相國寺樓

冬日大梁城郊原四望平雲開太行碧霜落蔡河清欲問征西路兼懷吊古情夷門名尚在無處覓侯嬴

過虎牢關

入關登峻坂出谷見黃河客路車行窄人家穴處多洛陽當勝槩嵩嶽近嵳峩千古興亡恨臨風一浩歌

長安雪中

歲暮長安道天寒積雪深凄涼遊子意欵曲故人心未遂終南隱徒憐灞上吟明朝又西去秦樹晚沉沉

題馬文德終南別業

別業終南下屯居異輞川豆生新雨後禾熟早秋天明月池邊酌涼風樹下眠龔黃成底事青史舊空傳

發扶風

曉發扶風縣雲低欲雪時長河王莽寺獨樹馬趍祠營窟炊烟早牛車度坂遲非熊無復夢渭水自逶迤

雪嶺

華戎分壤處雪嶺白差峩萬古消不盡三秋積又多寒光欺夏日素綵爍天河自咲經過客相看鬢易皤

屋舟

吳人舟似屋今子屋為舟四面水都繞百年身若浮下臨知有地中坐恐隨流夢裡天無際微茫發棹謳

送鄭公志奉兄骨還鄉

昔出為元方官登吏部郎摯家才食禄裹骨竟還鄉歲暮氷霜白山空草木黃雲邊孤雁影南去海天長

天華

說法造玄微天華白晝飛從空方糝糝似雪又霏霏滿座都疑目何人更著衣梁朝臺咫尺今古共光輝

次韻詠雪

灑窓疑雨急投隙信風斜換竹千林色添梅幾樹花戲
堆朝作戲滿掬夜煎茶乘興山陰客能過靜者家

○槎峰雜詠

○○芝巖

高岩何壯哉萬古碧崔嵬不是五丁鑿應同一氣開靈
芝隨地有恠木是誰栽待結茅亭後時時引客来

南澗

携友過南澗槎橋類斷虹鳥啼青嶂外麋卧綠陰中僧
笠迎秋雨樵歌落晩風謝公雙屐健獨入杏林東

杏塢

山杏何人種東風滿塢花如聞魯壇曲或是董仙家谷
口千林密岩前數樹斜明春移屋去住近赤城霞

白蓮沼

不作虎溪念開池種白蓮但知今日事寧論昔時賢疊石高為峤蹴渠細引泉看花初日際玉立淨娟娟

對池亭

一亭如甕大自可着閒身白首幾時客青山有限人到秋蓮實老得雨芡花新莫謂無心事朝朝送日輪

三老亭

為愛岩栖好結亭於此間一身同二老白首得青山破靜聞猿斷忘歸待鶴還采芝人去後日莫碧雲閒

深居

山崦入重重誅茅第幾峰四簷青樹合一徑白雲封夜冷齊腰雪春陰破額松自來深處住樵客不相逢

送宗法師住慈感

坐惜故人別年華老漸催冬深不見雪春近未逢梅船向苕溪去水從天目来今宗亦寥落幾處講筵開

題畫

良工奪化工隨物寫形容可恠一尺素忽生千萬峰塢雲白冉冉岩樹碧重重忘却是圖畫出門携短節

送張士衡之陝西

故舊今誰在江花四十春獨慚青眼客相送白頭人紗帽新辭闕单車遠入秦廣文樽散意好在酒杯頻

處梦

處世皆如梦惟吾識趣閒乾坤同逆旅日月自循環覔句多臨水支頤或看山莊周與蝴蝶猶在是非間

石溪漁隱

乘閒垂釣客多在石溪中斷港孤蓬雪長堤一笛風滄浪歌濯足渭水兆非熊好為明時出休誇隱德隆

過鳳翔

驅車過鳳翔馹路入汧陽地接戎羌遠山連蜀隴長平川將盡處重谷轉荒凉明日關山道登高望帝鄉

次韻送徐伯廉歸南陵

把酒城南道離懷去住同烏啼紅樹裏人出翠微中山雨添秋色溪雲度晚風倚樓相憶處明月各西東

江風山月堂詩為文起周作

風月堂清絶江山夜寂寥寒光吟處白靈籟静中消脈

脈照林薄翛翛送海潮禪心與詩思何用不超遥

入孤澗有作

谷裡何人住山腰有徑通老須時挂樹好鳥自吟風古澗寒泉碧連山夕燒紅隠居慚未遂明日片帆東

朝来

朝来暑氣清踈雨過簷楹徑竹㰤斜處山禽一兩聲閒情聊自適幽事與誰評几上玲瓏石青蒲細細生

大寧寺喜雨

何處新聞雨深山古寺中曉聲蕉蟋蟀秋意在梧桐已覺人情喜深知歲事豊山翁病全減相對咲顔同

過后山

為惜山程近行穿石徑微藤稍斜刺眼草子細粘衣襟

宅人何在荒林鳥不飛舊遊還歷歷撫事覺今非

幽居

長夏山中客幽居愛靜便花垂初着雨樹白半籠烟斬竹修瓜架刳杉引石泉有人知此趣為爾一掀然

兀坐

清曉澹無為空齋兀坐時百年惟有懶萬事不求知松雨晴還滴茶烟起更垂何人共怡悅隨意獨支頤

雨中作

山雨暗連村游人不到門幽居斯道在黄卷此心存世豈齊常變吾方一靜喧竹禽如解意相對語前軒

雪夜

沉沉寒夜永歷歷禁鐘餘空館三更雪殘燈一卷書禪

扉原寂寞客舍獨何如不是忘情者孫懷詎可舒

送楊子震之夔州府知府

太守之官去遥遥白帝城江流諸葛陣山木杜鵑聲自古論形勢于今息戰爭文翁能化蜀端不負皇情

題送別圖送客

送別長干道仍題送別圖平林帶遠谷白鳥下青蕪天際帆千幅沙頭酒一壺勞勞亭畔柳還似渭城無

次韻東軒見訪

老結淮山屋重圍橡樹林鹿行巖徑窄虎飲澗泉深風雨人間事氷霜世外心夜来明月上擁毳一長吟

亭南書隱為貢友達作

敬亭南埜澗家古舊雲林三畝水邊宅半生燈下心間依渭叟釣醉與楚狂吟門外無車馬年年草自深

次韻贈太平縣姚主簿

龍虎新開國鴛鸞盡列廷辟書從帥閫得縣次郎星材儗王詢筆文超崔瑗銘輅時栖枳棘從此奮青冥舊說酬三語猶聞究一經陋邦霑美化疲俗尚輕刑秋水清盧郭春山紫翠屏宜懷勞簿籍散步出郊坰薄暮投禪屋將詩自憲庭來窺麋鹿性喜識鳳凰翎破榻霜苔冷孤燈夜雨青吾生同槁木身世即浮萍老去思歸淛年來厭在涇逢君俱越客矯首望東溟

排律詩三十韻奉餞杭州王太守任滿朝京

吳甸初賓服皇威暢海壖錢塘称劇郡太守選時賢保

障東南重絲綸惠化宣疲民思白日披霧得青天示儉
豪奢華祛煩疾病痊淳風還大朴舊俗付新湔清淨尹
東海寬明黃潁川論才當第一奏課合居先漢室苻中
剖黃堂席更專兩轓朱烜燃五馬爛聯翩方伯真榮矣
斯人亦幸焉始終如一日安集已三年市有新成屋郊
無久穢田湖山青入畫桒柘緑如烟昔在新安治恭聞
異績騈大州難接武列郡少隨肩棠憩陰初合氏期代
倏然依劉心耿耿借寇思綿綿白叟驚相顧黃童也自
憐卧當侯覇轍挽擁鄧攸舡趍陛雲霄逼承恩雨露偏
赤墀迎氣淑紫服照春妍行獻嘉禾頌歸歌湛露篇賜
書褒美效增秩比超遷當路瞻鵬舉臨風想旆還夢迴
江上笛愁絶雨中鵠謬忝餘波及都將外物捐茆茨閒

日月鐘鼓樂林泉支遁期玄度韓公識大顛試磨蒼鮮石遺愛儘堪鐫

送宋學士歸金華

當代文章伯朝廷制作新儲宮賢少傅開國老詞臣際遇超今古優容異等倫莫歸蓮作炬前席錦為茵班固材尤贍揚雄語大醇一麟生治世長劍倚秋旻仲子金閨彦佳孫玉樹春尋常勞聖眷七十觧朝紳戀闕行猶緩還家樂更真都門開祖帳里曲俠征輪未覺鄉音改其如此志伸淨名應杜口善慧必觀身婺女星辰逼蘿山雨露均挑燈書細字置酒洽比隣白石求真侶青松結社人無心誠契理有道足怡神自愧非支遁空知讓許詢三生情是夢十載法

爲親別去报青簡秋來覲
紫宸凉風吹采鷁擕手大江濵

法華山房爲數竺曇賦

山房白日靜政對五蓮峰狽坐沼邊石鶴巢簷外松間
門無客到深徑有雲封座冷千林雨香殘半夜鍾道情
甘淡泊身計得從容莫戀一枝穩鳥飛無定踪

隴下居

佛隴金銀地新塋祖塔前誰知天地祕遠付子孫賢月
冷石橋磬雲開華頂蓮好留行道影千古照林泉

山水圖二首

何處山如此人間畫獨工數峰華頂合一逕石橋通埜
艇依棲澗仙臺近栢宮曇猷不出定雲樹書溟濛

絶境天成妙良工意匠能山腰上方寺樹杪獨行僧潤滿泉流迸雲虛谷氣蒸銜廬端可挹好上最高層

晚晴出縣渡賞溪

出寺雨初晴溪廻夕照明柳邊雙鳥白松際一蟬清小縣逢迎數孤舟去住輕因看下灘水咲問幾時平

落葉

一片復一片西風與北風但看堦下滿不覺樹頭空綴服猶堪用題詩自不工山童朝更掃閒委古墻東

全室外集卷之六

天台　釋　宗泐　季潭

○七言律詩

○○回朝次韻

白華初轉萬年枝西武樓前賜坐時獨荷
聖情親有問敢言吾道合無為寶爐嫋嫋天香細紫閣
沉沉晝漏遲歸踏鍾山纔只尺晚凉松下賦新詩

九月晦日高僧同朝賜饌

百官朝退　萬機閒供奉雙趍更引班
御座近瞻
天只尺方袍連奏殿中間碗浮牛乳玻瓈碧甌薦龍團
瑪瑙殷奉

詔且留京寺住敢期何日定還山

進應

制獻佛樂章

曉進封函紫殿深

九重齋沐政虛心翰林拜署延慈曲樂府翻歌法壽音

清廟烈文同盛大白雲黃竹異荒淫由来製作當時

事千古揄揚始自今

病中作

身老那堪病更纏小齋欹枕秪高眠堦前秋雨連三

日籬下黃花自一年摩詰不知除病法嵇康空著養

生篇尚方再賜千金藥慚愧

皇恩下九天

○○送羅斛使者郭元恭歸國

丨危檣鉅舶在津亭一曲商歌酒半醒新水滿江過坵固好風十日度南溟瘴雲起處桄榔黑毒霧開時島嶼青到日蕃王應勞來

皇仁無外說朝廷

○●送詹承旨致仕還鄉

丨玉堂學士老歸田

聖主垂情賜寶篇辟穀張良方遂志散金疏廣共稱賢晴江畫舫波濤穩秋浦黃花雨露偏應夢榻前催草

詔夜深丨宮使送金蓮

○○河湟謾興

丨雪峰西面是羌渾天設奇關限土門出塞已聞収部

落乘槎亦欲問河源霰鋪青草烏雲合風卷黄沙白
晝昏
聖代安邉有良策只今遺孽自星奔
五雲西
蜀王讀書處
五雲繚繞日華西柳外旌旗簇仗齊緑水接連青瑣
近黄鶯飛過畫橋低朝迴席上焚香坐詩就屏間縱
筆題獨有鄒枚曳裾客每因獻賦上丹梯
送陳中復許寫予真
武英殿裏朝
天日曾見曹公奏放還老鶴有心歸海國白雲無意戀
鄉山　九重城外征車遠一曲湖邉釣艇閒為報僧

繇休閣筆與来貌取道林顏

送張生歸永嘉

憐君高興在林泉来伴枯床獨夜禪客館偶逢殘暑雨
歸装應及早秋天山光閃閃三台外海色蒼蒼九斗邊
往事舊游成一夢臨岐携手意茫然

和程續古秋日見過兼次韻

上方高處古禪關一曲清溪萬疊山松樹不嫌僧共老
菊花應笑客能閒西風岸口孤帆轉落日林邊獨鳥還
一自兵餘行樂少且須今日盡歡顏

送王惠芳之金陵

涼風一棹送君初秋雨荒溪草樹踈十載丹陽舊遊地
數封燈下故人書已看有志能投筆豈謂無門可曳裾

後日天邊見鴻鴈馮將消息報何如

入櫟山寫呈無極老禪

干戈擾擾客難禁避地来依碧嶂深亂裏獨驚浮世事難中多見故人心千章古木群峰合一徑長松十里陰更欲移茅入重崦白雲無路可追尋

入麻谷

入谷初疑路不通一溪流出萬山中化人宮殿非今制野老衣冠有古風黄獨斸時朝雨歇紫芝歌罷莫雲空重陽且莫登高去厭見涇川賊陣紅

贈郭子莊之南昌

昔觀王粲登樓賦近識林宗墊角巾淮上小山千里夢江南芳艸十年春来尋松院棲雲客去作轅門草檄人

明日天邊一回首涼風吹老賞溪蘋

故人至

十年吴楚念西東豈謂髙談此夕同坐對燈花渾似夢驚看鬢色已成翁關河阻絶朋游少天地蒼茫吾道窮西閣小琴閒挂壁且將一曲和松風

歳暮寄槑溪釣者

溪上天寒草屋貧古臺幽處獨垂綸已無緑醑消閒日只有青山似故人鯉背对游天上國羊裘不染世間塵一年幾度能相見明日匆匆歳又新

登峩眉亭

千尺蒼崖一小亭大江東下入滄溟磯頭牛渚從來險天際峩眉不盡青南北山川分歴歴荊吳檣艫去冥冥

十年兵後重来客獨倚闌干兩鬢星

曉出吴門

曉出吴門有北風片帆高挂一飛鴻如騎鶴背行天上
似聽猨聲下峡中楊柳人家迷只尺蒹葭漁唱隔西東
十年覇業同朝露回首蒼茫故壘空

和張光弼留别

老来心事向誰論且對青山酒一尊湖上夢醒思舊将
江西書去問諸昆可憐漢祖今無廟還喜留侯尚有孫
手把過眉筇竹杖與僧閒步出松門

和徐大章登南天竺山樓韻

徐君爲愛南竺幽登此坞口之飛樓鄉山數點海東際
客路十年湖上頭澗泉脩脩落静夜風葉淅淅吹高秋

便當倚檻和新作，為報主人須少留。

錢塘懷古

欲識錢塘王氣徂，紫宸宮殿入青蕪。朔方鐵騎飛天塹，師相樓船宿裏湖。白鴈不知南國破，青山還傍海門孤。百年又見城池改，多少英雄屈壯圖。

天地無情日月徂，鳳凰山下久榛蕪。獨憐内殿成荒寺，空見前山映後湖。塞北有誰留一老，海南無處問諸孤。蓬萊閣上秋風起，先向燕京入畫圖。

送憲上人歸臨海龍華寺

菊花開日問歸舟，三載錢塘已倦游。舊業池臺因夢去，異鄉風土為誰留。白雲山寺楓林晚，黃橘人家海岸秋。珎重兩翁好懷抱，幾時同倚夕佳樓。

曉晴坐流止亭俯視山下眠雲有作

非烟非霧曉濛濛萬象都歸一氣中深似海時初歇雨
白於綿處不隨風得閒漸有還山意偃卧寧無澤物功
亭際老僧来倚檻只疑下界頓成空

翠微深處爲傑上人作

翠微深處亂山中築室閒依桂樹叢夜榻泉鳴空澗雨
曉園花落滿林風窓含細靄衣長潤橋擁浮槎路不通
異域十年天萬里幾番歸夢海雲東

送吕尚書除兩淛塩運使

曉别都門柳似烟大江積雨水如天朝中舊聽尚書履
吴下新迎運使船自古均輸資國用即令綱領任才賢
莫言此去

南京遠只尺錢塘是日邊

次韻寄延齡峯講主

五年不見老齡峯高枕吴山似卧龍海菜晨充齋鉢供天花晴撲講筵鐘琅函久閟金襴密石塔新圍寶樹重道負近来聞瘦甚莫如秋後看山容

隋堤

搔首隋堤落日斜已無遺柳可棲鴉岸傍昔道李龍艦河底今来走犢車曾咲陳家歌玉樹却從后土看瓊花四方正是無虞日誰信黎陽有鼓笳

送懷以仁還雪竇

此日重歸乳竇峯筍輿十里度松風月明谷口聞猿嘯雨過巖前見虎蹤下界任從滄海變舊房應許白雲封

暮年相送情何限安得還山志願同

偶作一首

新鑿方池水未平晚晴獨自繞池行好花都向雨中盡
幽鳥忽来林外鳴科斗黒時初種藕鵓頭緑處欲生萍
匡山舊業閒料理更結茅亭此計成

送懷以仁法師歸錢塘

西湖茭笋夏如玉龍井楊梅舊有名白髮故人千里去
青山獨客此時情呼猨洞口蘿龕老石蟹泉頭茗椀清
迴首天涯来往迹海門潮落又潮生

送崔生之錢塘

黄鶴仙人過遼海一見賢甥似舅多家世未應憐寂寞
丹青曾不廢吟哦天邊白月思鄉夢江上涼風發棹歌

為報錢塘舊相識空慚桂樹小山阿

山林隱居為周道士作

治城高處蕋珠林此是仙家第一岑煉藥火残雲淡淡步虛聲逢月沉沉堦前瑤草千年碧門外黃塵十丈深欲訪華陽陶隱士松風閣上聽鳴琴

秋江夜泊畾

舊游不記是何年曾向山陰夜泊船鐘磬遠来青嶂外桅檣半出碧灣前蘆洲月白鴈初下竹屋燈紅客未眠欲訪支郎無處覓至今清興尚悠然

送福長老〻發

五載西行同苦辛扶持老病最情真千山雨雪獨騎馬萬里沙場不見人　京國歸来

天關近鄉閭去建法幢新今朝相見仍相別目斷孤雲碧海濱

紫虛丹室

紫府真人洞裏天住来丹室是丹田玉池細細浮青液金户霏霏出絳烟緱嶺或来王子晉蒙山時下羨門仙日長別殿香雲合細讀南華内外篇

題道士曹希鳴祀恒山贈卷

魏公承
詔祀恒山更遣仙官列從班六月函香天上去三秋乘傳北邊還笙簫度月金童遠幢節飄空紫鳳閒闔有清詩三百首不將一字落人間

送徐生之蜀省覲

春風初起送江船西上迢迢路八千巫峽波濤通七澤
成都花柳接東川元戎號令飛荒徼公子才華騁少年
遙想峩眉山上月夜深應照綵衣筵

和蘇平仲見寄

蜀中人物在江南喜有文章繼郤菴卧病已聞辭翰苑
老來深欲事禪龕留衣寄别猶存跡觧帶投機不用參
尚恐時人知姓字肎書博士舊官銜

西去諸峯千萬層帳房牛糞爽然燈馬河只許皮船渡
戎地全憑驛騎乘青蓋赤旛迎漢使茜衣紅帽雜番僧
愧如玄奘新歸洛欲學翻經獨未能

緇衣垂老忝朝臣未敢辭官愧古人今代有誰爲棄物
萬方無地不歸仁休論服色青如玉自笑頭顱白似銀

它日放歸華頂去政須結社約遺民

寄題邵武虞公忠恕齋

聞說樵川郡郭西高齋住近紫雲溪吟成滿地綠陰合睡起一聲幽鳥啼澤物心同時雨洽致君道與古人齊晚来客散重扉静閒整書籤手自題

送項處中歸越

詔下山東遠賜歸去官如此世間稀黃冠賀鑑遺風在白首馮郎舊念非一鏡平湖蓮葉艇千巖寒雨薜蘿衣今朝相送長安道目斷秋雲獨鴈飛

贈郭子莊之南昌

一騎新騂白下橋豫章南去雨蕭蕭元戎妙畧歸孫楚賓客英才重鮑照近水高城江勢轉倚天長劍斗光搖

湖邊孺子亭猶在，應采芳蓀賦大招。

送曹國公北征

上將提軍事北征，旌旗百萬出南京。直教大漠空胡種（沙磧），豈但先鋒破虜（敵）營。瀚海無氷堪飲馬，天山有石可鐫名。由來衛霍多勳業，從此三邊不用兵。

偶作次王以中韻

拄笏高人塘外居，作詩直與古人如。偶從荷芰香邊得，間向篔簹節上書。白露濕堦涼氣早，青燈照壁雨聲疎。曉來不署金吾事，帶劍承明去直廬。

澹泊軒

澹泊軒中澹泊人，蕭然一室甘清貧。寒到唯披百衲帔，饑来但煮三合陳。斷薪續炑自可卧，熟炙待膏良不嗔。

細嚼梅花和新句屋頭月出如氷輪

全室外集卷之七

天台　釋　宗泐　季潭

七言絶句

次韻錢塘懷古

愛梅處士住孤岑，吟對花前雪正深。不是蘇卿識佳句，文章辜負一生心。

山川形勝説錢塘，海接江流入渺茫。百五十年成底事，一丘衰草委秋陽。

暑夜

此夜炎蒸不可當，開門高樹月蒼蒼。天河只在南樓上，不借人間一滴涼。

春雪

眼看平白失前坡三日青松柰老何昨夜東風消不盡
古墻陰處曉猶多

秋日錢塘雜興

宋朝宮殿元朝寺廢圯秋風見黍離百歲老人知故事
殷勤為說世皇時

處士梅花千樹盡蘇公楊柳一株無向來畫舫今何處
落日西風埜水湖

風篁嶺上看龍井百尺寒泉徹底清二老風流今不見
一聲山鳥夕陽明

訪胡守中不遇

入郭尋君不見君柴門閒對一溪雲空山積雪無行路
何處今朝友麋羣

送人歸南昌

紅顔緑鬢瞨春袍三十年前白下橋亂後重逢天竺寺相看如夢說前朝

故人多在大江西欲寄封書懶不題昨夜東風吹夢斷曉来無賴是鶯啼

道中

青石懸蘿花冪冪緑田分澗水泠泠人家深住黄猿塢漁網高張白鷺汀

吴松江逢清明

吴松江上看春雨客路扁舟三月行兩岸人家插楊柳不知今日是清明

漁樵圖

（析）息薪岸口晚風和罷釣灣頭月滿蓑相對無言成一哭
黄塵回首是非多

宣城見吳淳泉

江海山林兩故人鬢貂殘衲揔清貧今朝疊嶂樓前過
不是五雲坊口春

秋塘小景

西風昨夜到南塘楊柳蒹葭色轉蒼飛鳥獨來荷柄立
不教涼露滿蓮房
秋光淡淡水盈盈曾在耶溪緩棹行日莫采蓮人散後
柳陰風度一蟬清

畫標梅

今人寫花不寫實古人詠實不詠花晉代清談多少客

羞將勛業向人誇

對菊

病裏看花更惜花誰分穐色到禪家一年一度催人老
相對無言日又斜

步虚詞贈湯煉師

風送仙香度玉墀朝天歸路月明時忽逢子晉雲中下
借得龍笙鶴背吹

徽宗雪江獨棹圖

艮嶽秋深百卉腓胡塵吹滿袞龍衣淒涼五國城邊路
得似寒江獨棹歸

度潼關

潼關西去入秦京今古人多此路行誰料不緣名利客

黄塵撲面聽車聲

別隴頭

帝遣山人遠入戎半年情緒客程中隴頭流水今朝別
人自西行水自東

題蘭

溪寺曾栽数十蕟紫莖緑葉領春風年来蕭艾過三尺
白首看圖似梦中

題畫

閒門寂寂掩芳春坐看梨花帶雨新鳥自白頭渾不覺
可堪啼向白頭人

偶作

竹外茅齋椽下亭半池荷葉半池菱匡牀曲几坐終日

萬疊青山一老僧

山水圖

緑水青山茂苑西荷花開滿越来溪漁郎蕩槳灣頭去
五月深林謝豹啼

送劉道士葵師

欲成仙道古来難曾向先師學内丹不省稚川屍解去
人間猶自葵空棺

寄東軒

黄菊初開白露零淮河水落遠山青一聲鴈度秋雲冷
吟到黄昏月滿庭

次韻題宋孝宗朝馬和之所畫三篇詩圖此圖
乃王風揚之水篇也

馬卿獨念宋中徵圖寫詩篇墨采輝戍甫戍申都不及西風淮岍鋏為衣

題徽宗山鵲圖

落日黃塵五國城中原迴首幾含情已無過鴈傳家信獨有松枝喜鵲鳴

題小景

数個箇幽篁着雨低兩株高樹倚雲齊錢塘惟有空山在莫是閒情寫會稽

觀吳子行別仇山村詩作絕句弔之子行詩云

劉伶一鍤事徒然胡蝶飛來別有天欲語太玄何處問西泠西畔斷橋邊

吹簫人去竹房空海内猶憐學術工最是西泠橋畔路

淡烟踈柳夕陽中

題天台歸老圖

白頭天外未歸人江上看圖愧此身門却溪頭半間屋
桃花流水幾經春

山水圖

危峰削玉出雲端仙館霜清古木寒記得匡廬秋雨後
彭郎湖口倚蓬看

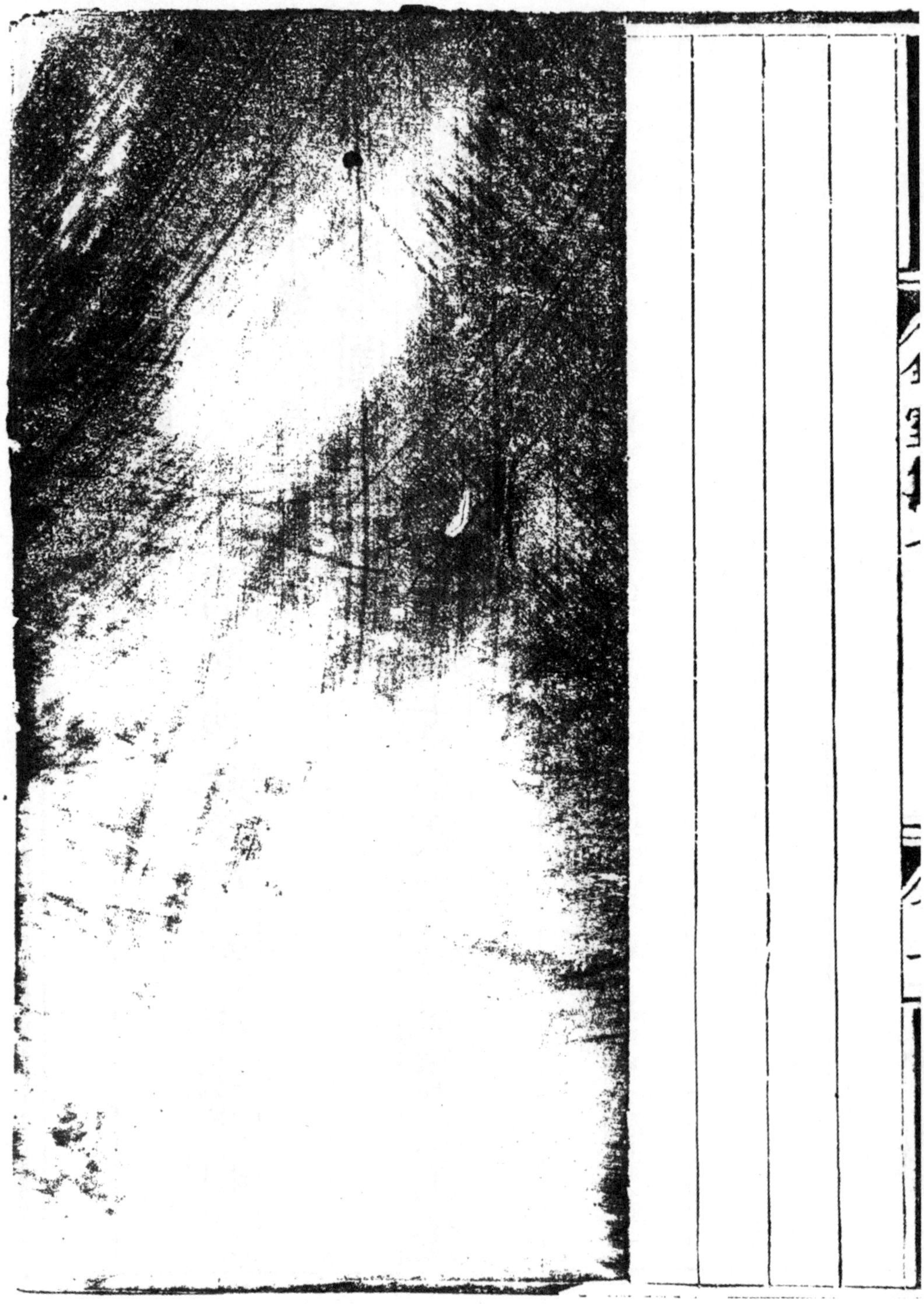

全室外集卷之八

天台　釋　宗泐　季潭

六言

巖潭道中

古木灣頭漁艇，夕陽山下人家。風送一溪白浪，秋来滿路黄花。

題竹

風過如聞玉佩，雨餘似長龍孫。靜愛此君高致，長日幽齋閉門。

山中小景二首

谷口松杉無路，雲中雞犬誰家。仙客不歸春老，洞門千樹梔花。

鐘 說鐘看詩便知

四山一片秋色，埜客獨坐茅亭。渡頭紅葉如雨，石上長松自青。

五言絶句

過柳湖憶故人楊生

寒雲棲短柳，踈雨洒平蕪。不見舊詩客，空憐水滿湖。

秋夜

牕外芭蕉雨，簷前蟋蟀聲。如將不平意，相訴到天明。

宿午峯

山中未云寂，半夜有松濤。不寐初來客，開門月正高。

釣朱溪

投竿溪水深，散髮朝日上。高歌不逢人，心與晴川廣。

蓮社鍾

方深區内緑久負社中約惆悵莫鍾聲徘徊度林薄

梅花莊水軒望清遠不至

望君水軒西恨殺前村樹日暮溪雨来扁舟在何處

題屋瀑圖

飛瀑洒寒氷危梁跨碧層天涯圖裏看白髮未歸僧

小景

孤村帶寒鴉遠山涵夕霧渡頭人未歸日落風吹樹

水竹居圖

山人水竹居畫圖看更好十年不歸来茅屋秋風老

湘皋烟雨圖

翠袖湘江曲秋林淚點斑冥冥烟雨裏不見九疑山

晩涼

晚涼池上亭坐来心似水雨過竹林青風吹豆花紫

次白以中西塘即景

茅屋夜然燈中有讀書者門外是官街更深猶走馬聲

落日雞鳴埭何人射雉回北湖山月上相送暮鐘来

千門甲第高四海狼炬息獨有周亞夫時嚴柳營壁

心遠亭

此心天地寬幽亭寄閒靜獨坐卷疎簾落花春晝永

秋江送別

江頭楊柳樹秋雨更蕭蕭可惜長條盡那堪折短條

听松

逸響依巖切清聲繞枕寒只疑幽谷应急雨瀉驚湍

松風澗水圖

泠泠澗中水琴瑟松上風大音自無聽月白千山空

獨竹圖

獨立不偶俗直榦排高雲曾過首陽下永懷孤竹君

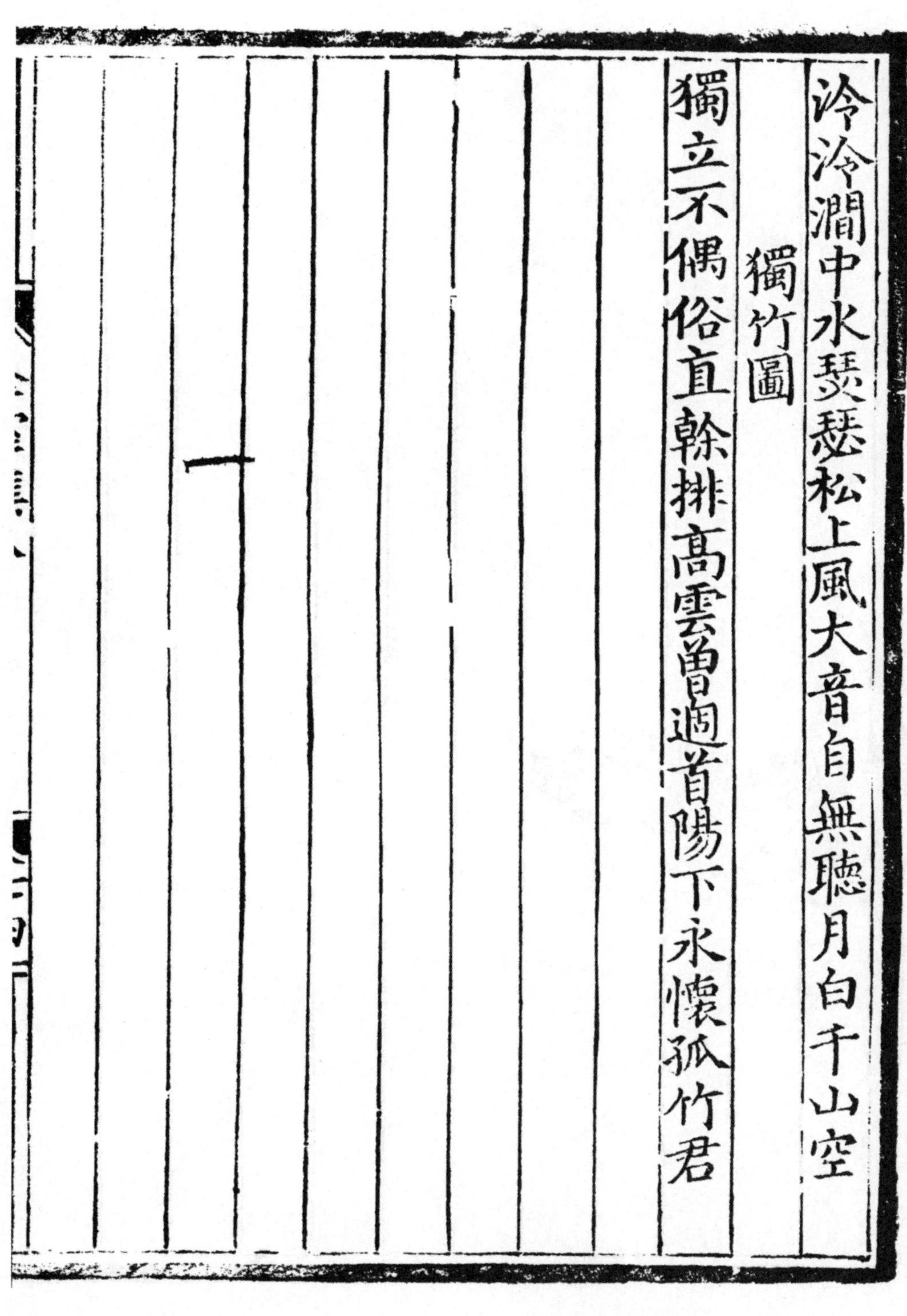

全室外集卷之九

天台　釋　宗泐　季潭

疏

清遠和尚住淨慈山門疏

學者得師猶衆流歸乎大海至人應世如明月行乎太虚爲衆生到處開堂念五濁隨機説法其才高行輩望重叢林胸中鉅浸稽天孰窺涯涘眼底豫章拔地衆仰手標一歐兩躍嘉名四海共傳盛舉化馴異類訥公顯神用於雲峰學會諸宗求明逞雄才於南宕既踵乃兄故武必追大父遺風應真五百軀不用施呈伎倆大法二千載敢煩整頓宗綱慧日光輝——

聖圖廣大

實章法師住上竺諸山山門二疏

宗師負大法之重適迹非高人才為當世之賢超遷不次雖用捨無關於我而出處故有其時某物外通才法中偉器入慧光室而味甘露洞開真源承五色詔以館鴻臚發明與義與其化行中吳之乂孰若位冠五山之雄妙演一乘非蔵非通非別互明三觀即空即假即中況竹屋有先人弊廬而白雲乃昔年分座載脂載舝早駕指南之車將翱將翔頡頏垂雲之翼共扶末運敢不同心

翊祖高行絶塵始現普門境界辯才碩德邁衆肇開教海淵源從兹冠冕諸宗仰止風規百世代多作者今見其人某器宇恢宏才學優贍明宗辯旨孰能相抗立幡

赴詔講經何異忘言揮尺況教府委宗極之重而吾徒得北道之賢由梁輔登泰山諸峰在下駕大車歸實所家業斯存觀四衆之機宜闡一代之時教桂子月中落分來鷲嶺清香鳥語山容閑坐見白雲深處一音普被萬壽無期

業海和尚住天衣杭諸山疏 有序

業海和尚以耆年碩德居會稽大唱佛智之道化洽鄉里道滿江湖今年八十六矣而容貌粹美康強無恙猶不倦槌拂以接物利生爲己任實東南一善知識也論者咸謂必得大道場處之乃克稱其施設耳比者教府命至延居郡之天衣禪寺爲衆開堂四方衲子聞其出世如景星鳳凰莫不爭先快覩故吾三宗之士相率具

疏爲賀盆賀學者之得師而非爲師賀也

大法垂秋搖落祇園千樹老師出世瑞現優曇一華不圖漢官威儀乃有是翁钁鑠某神觀超詣道行孤高南屏當時千百象龍舊交盡矣鏡湖一代風流人物今誰過之大鵬舉翮便高蟠桃開花何晚鄉閭有待非支遁贖沃洲之山家世克昌卽天衣大雪竇之道宜兜率見素翁而下拜如西伯得呂望而載歸搖六震兩四華嶺聞提唱朝三吳暮百越擔欲從游

約之和尚住育王杭諸山疏

訥公在圓通不奉朝丨夫之詔大覺來王几特受還山之書惟出處之無恒信古今之同致某行高前哲德重當時江西八十人曾見象龍之會廬山幾千仞任從狽

鶴之驚快哉順水張帆于以過家上塚兄弟一門盛事棣萼相輝祖翁三代遺風竹篦重舉痛埽語言關鍵孰窺妙密鉗鎚人境俱奇大坐殊勝吉祥之地東西相望載歌秋水明月之章言不尚文禮以通好

木菴和尚住天童杭諸山疏

西丘晚住天童門庭益峻暮翁閒居紫籜聲價愈高起家有二難聯裾接武見諸孫奕葉某言超象外行冠叢林三聖太孤大覺太賒克明授受九峯在前楊岐在後益喜激揚未許金地招歸合美青衣給侍正宗可慟見破沙盆話重行大雅無聞聽師子吼琴再奏走四方之學者追三代之遺風一身繫大法重輕世事堪忍千里想美人襟度道義不愆匪溢其辭用脩于好

雲天章住四明香山杭諸山疏

青錢付孤注一擲有盧雉之雄鸞膠續斷弦三嘆起宮商之妙所嘅洞宗危甚必得奇士振之某德性温良語言簡拔擅芝山之獨秀得自鏡之密傳桂花飯客黎子啖仙久乎真味銀椀盛雪明月藏鷺大闡玄猷起家繼隰州高風結社得香山勝地法道重任冀一身以當三千雲路孤騫去六月而摶九萬少効彈冠之慶尚期秣馬以從

辯無言住温州僊巖杭諸山疏

取貳師以得宛駒樹功甚偉入趙營而立漢幟出奇無窮惟志士克展其材而通人乃識夫變某語絕滲漏理造玄微嘉禾二廿露門我入其室靈山一大藏教孰究

其源買臣懷印綬以示邪人萬田著錦袍而歸鄉里楞
嚴破讀嚴泉尚為舉揚證道忘言江月本来無照是任
單傳之重用增吾道之光提破沙盆握黒竹篦捻歸妙
用焚迦葉衣碎維摩座獨脫全機山川不阻甌吴書跡
尚傳魚鴈

請用明住福州鼓山杭諸山疏

巖頭在鄂嗣德山不肎德山雪峯歸閩出爲嶺復入爲
嶺道既行於鄉里跡未泯於江湖孰謂斯時乃逢作者
某詞傾三峽氣吞諸方滔予上書萬言心存大法善財
歷城百所學無常師久聞持斧住山猶自領徒行脚機
緣一再舉聖箭謝重城山水昔游輕車駕就熟路豈無望
壓下拜亦有負弩前驅乘天風觀海濤一何壯也布慈

雲涵甘露衆所望焉勿以遐陬遂疏交義

西白和尚住天界杭諸山疏

大覺扵汴京演法纍受〡宸奎圓悟兢廣陵開堂特頒
師號眷茲禪門獨冠叡承
帝命維新振耀古今光輝宗教其識高先德名重當時
早退圓照遺風已識法雷震地壯游雲門故里共讚慧
辯縣河今何時欲安眠　為大法宜再起南山玄豹七
日霧以澤文章北溟大鯤萬里風而舒羽翮寔賴匡宗
之重匪惟觀〡國之光喜連動〡
天顏蕩茶杯而忘世禮力行祖令握竹篦以顯家風千
載罕逢諸方交賀

觀靈原住北平慶壽〡京刹疏

竹林諸師寔嗣東山正脉慶壽名剎捴領臨濟一宗昔聞北產人材之多今見南方法道之盛粤維此舉適際昌時某淮海明珠龍淵赤鯉精神炯炯清氷置寒露玉壺文章翩翩阿閣舞朝陽丹鳳克紹祖庭之舊欽承帝命之新折一蘆而渡江不妨游戲將三篋以東肚未覺艱難笑南（彼）臨頭之領徒游媥愛夫錢腳之傳宗向北飛虹橋畔到時楊柳依依黃金臺前往事烟雲漠漠寸心如冰千里同風

濟汝舟住庯跑諸山疏

神駒躡地志在騰驤利劍吹毛功由淬礪既爲剸象斬蛟之用必騁追風掣電之材某人表堂堂才華燁燁用紙

衣抄冷泉剩語如玉如金繞禪床轉大藏全經非華非梵取青紫如拾地芥乘風雲以化天池趙州在北雪峯在南光輝諸友周公拜前魯庚拜後榮華一門握竹篦便展家風負拷栳徑入鬧市百神共仰東峯石塔猶存諸祖有靈南屏喬木在望庶幾振起相與周旋

琮蘊山住溫州天寧諸山疏

真覺至曹溪一宿即還永嘉雪峯於江外久遊亦歸閩海論其道則播於宇宙計其化乃盛於鄉閭由古若茲匪今獨爾余某嘉名藉甚美行卓然受經問道皆出一師建剎移幢俱於故里蓋欲倣扶宗之力非徒羨衣錦之榮內不避親外不避讎舉無不當出則為人處則為己志有攸從況喬木有先人故廬而某丘乃舊時遊處松

風江月雅宜世外逍遥鷹宕龍湫敢効胸中奇勝有如皦日毋渝此盟

昕東谷住台州靈鷲杭諸山䟽

一釣而連六鼇海水震蕩舟見而封萬户聲譽蜚揚不惟絶類離倫亦乃驚世駭俗其襟度冲曠言論高閎飲薑杏湯鐔津豈知真味持鉏斧子石頭未是作家欲稅茅舍深居爭柰諸方交聘趣天香之家世此有人焉今剖破藩籬新辰一家之好混同文軌遠傳千里之音欲踐斯言請自今始

鷲嶺之祖燈屬之子矣所羨過家上塚非誇駟馬高車

康穆菴住福州開元杭諸山䟽

神鼎幽棲南嶽豈有意於住山天目高卧西丘亦無心

於應世皆敦迫而就道欲利益以及人出處得宜古今
同體其氣剛闢壁壘舌卷波濤辭徑塢以見南堂盡鬭窠
臼自明巖而移雲嶺密運鉗鎚雖談禪病以韜闇當為
佛法而再起道過（過）雪竇宜勇禪師之在保寧名重閩王
即稜道者之遷長慶黑豆法星移斗換破沙盆玉應金
春琴瑟必解更張當施妙指亂越自相攻擊庶草囂風
雖曰阻脩靡愆音問

因了菴住越州明化杭諸山疏

簫韶正音聞者心開而體靜醍醐上味飲之神澹而慮
清明師登席來學爭歸賢士用時善類相賀其宗門鉅
敵海內勝流為法忘軀類潞子撾書詬關啖人喫棒哭
睦州古寺掩關嘗憶蓴菜以歸吳匪資章甫而適越惠

文直下宜如羽嘉鳳凰了幻門中有此封胡羯末瞻會稽千峯堪數視錢塘一蔕可航丞相遺德未衰雲衲有賴國師化風不墜吾子其承欲尋牛耳之盟豈限衣帶之水

真性存住上虞等慈杭諸山疏

垂棘璧屈產乘寔能照夜追風雲夢竹棠溪金宜作勁矢利器既為人所貴者必有時而用之某栢操松姿錦心繡口江左早稱獨步蒼鷹脫韝吳中間住多年老驥伏櫪競看棚頭傀儡孰窺爨下焦桐春到人間芳柯自然萌達兩施萬物風雲先為馳驅莫因荔子恩閩且倚桅樓行越山川形勝有虞之德尚存人物清高支遁之名不朽力弘法道大慰宗盟

梗用堂住四明彰聖江湖䟽

切謂偉門既啓庸孺濅登日評不行者碩見棄緜縣老厚在泥途雖道人動成阡陌勢之若此人其謂何粤若用堂禪師學貫諸宗理探衆妙卞美而不外著蘩成而道益窮四十餘年湖海宿衲厭志靡伸有識所隱今移彰聖雖曰序遷亦未饜衆望然古德應緣貴行其道位之高下固弗是較吁百金之刀不斬鮫兕試用於雞豚千里之馬不騁康莊緩步於邑里利鋒逸足綽有餘裕矧今叢林不振人物眇然得一士以主宗俾善類而吐氣亦曰辜烏庸可賀已

岳原靈住台州鴻福杭諸山䟽

蓊翳首創真如吾道東矣佛照初居鴻福物論翕然至

今猶有耿光當代豈無作者其儀矩端重士智優長汪汪萬頃之陂孰能澄撓昂昂九皐之鶴適脫樊籠三處鉗斧住山十載錦衣行晝涼風生畫角昔人言句如新羣徵開竹房先師面目尚在起家聲於已墜振法道於方危胡馬北越鳥南信故鄉之可樂日暮雲春天樹眷交義之難忘欲寫求懷尚憑尺素

悟空叟住湖山萬壽諸山疏

東帛見徵誰是鑿坏以遁上書自獻類多懷綬而歸方欲致北山之移其可廢汝南之論聿觀斯舉迥出常流其行檢清脩風神簡遠門前一湖水見冰明宗旨歷然支那四百州咲寶掌行脚事畢思橘向洞庭深處觀瀾到吴地盡頭炊無米飯接不來人方稱好手披忍辱衣

據法空座合闡玄機等閒把定要津何妨混居闤市本
氐種草挺然又出一枝祇樹園林裒甚無如今日庶幾
戮力相與扶持

竺芳和尚住湖州道場京都諸山疏

聖皇重道起遺老於海濱吾宗得人回眞風於像季茲
既出當治世䂓曰簡在帝心其行觧相應語嘿一致用
斷薪續床脚貧無卓錐絨白紐到峯頭氣劘高壘五百
僧中而得一士三十年後乃見鐇桃吳越今行不妨隨
處作主風雲際會固知藏器待時舉是即是道場稱性
無非禪悅上雲峯下幽谷地位清高東啓明西長庚光
輝交暎有懷千里彼美一方

性源和尚住金山京都諸山疏

切謂古有道知識多晦跡自高弗就師位其志毅不可奪及聞善言或乃俯徇以汾陽之堅卧聽聰公一言矍然而起以神鼎之間靜湘人一語舍已以從卒成叢林以弘大法然出處一致寧貳吾心應化隨緣豈違衆望惟性源和尚深徹法源洞明宗眼行足以服人德足以化俗自金鰲散席即奮策長邁放情物表雖屈從龍河分座而累却諸刹之聘比者金山具疏請師開堂師猶力辭耆耄之士以汾陽神鼎出處勸之始黽勉屑就嗟乎蘭生幽谷香氣遠揚玉韞重匡光輝外耀孰得而揜之哉惟上承祖道之重下以副學者之望焉耳

淳復初住蘇州萬壽京都諸山疏

吳下禪林全盛時不復見矣海内人物老成者能幾何

哉故選用以得士爲優而責任以庄宗爲重適當繼發所賴作興其妙理深談玄機獨運舊游如夢蘭亭勝迹已陳往事堪論石城潮痕尚在累却諸方之聘猶懷一室之安素老與兜率交談句中有眼舉公見瑯琊用處語外無玄宜乎內不避親况爾人皆曰善茂苑繁華地更聞迭奏塤篪江東日暮雲其奈多情猿鶴力弘少室单傳之道當効華封三祝之辭

明性源住宣州護國疏

卧壑長松豈負千尋之質鳴皐老鶴寧無萬里之心此行雖未稱其設施衆論盖欲舉其遺佚幸紆象步早赴法筵其妙語春温生機電掣龍門獨步少年志對一國之師猊座高陞兩會話行三佛之地惟長材善於應世

而清議足以服人移茅舍入深居固非至計負稃栳行闤市廼見作家故人歌日暮碧雲往事問桒田海水重来何晚眷杜牧尚念昔游得位非榮比桓燮可依先隴作興蕺席蜜賛

蘿圖

瓊蘊中住台州多福䟽

方將軍肇興禪刹偉勳儼然韶國師大闡化風嘉聲藉甚千古豈無繼者一門尚有諸孫某學問精深風神秀整凌霄峰頂親當井底蓬塵之機靈鷲山中慣詠月中桂子之句不起妙嚴本座即登多福覺場雪峰盛化七閩乂游外郡永嘉親承六祖即返故鄉當逢交友下東豈羨邦君負弩維桑維梓尚懷先世植時某水某丘總

是少年游處丕揚至化上祝
蕃禧
智海嵓住太平萬壽京刹疏有序
國初有制以應天太平鎮江寧國徽州廣德六府所屬
州縣止留一寺一觀令僧道會集同居於是太平府萬
壽寺在裁減例僧既集居光孝其寺遂虛有司令黃冠
居之洪武七年秋
上特詔復為寺寺之老成合衆議曰昔為徒居分十八
院衆餘三百其志不一寺用弗振今所存六十一人宜
易為十方禪刹延名師主之講行古規陰翊
王度以無負
皇上復寺之本意且聞前白福海嵓智公禪師耆年宿

符

夜作辯 陈林彦

德菴居乳山緇白嚮化具禮迎請必能俯從衆志翕然狀申禮部俾天界住持覈實符下禮請吾屬覩茲盛舉有光宗教義不得無辭遂序其事以致勸焉

摧邪顯正降——

九重之德音草律爲禪得六卿之符命華頼——

聖朝崇教復喜法社得人恭惟某心地坦夷行門清淨鐘昇何曾說破妙挾機先姑溪不是生緣獨超物外與其移第舍深入孰若著錦衣晝行排闥直言何時而安眠也據鞍勇往是翁尚矍鑠裁雲本無心出山鏡非有意鑑物恢張家法破砂盆玉振金聲力闡宗乘栗棘蓬東拋西擲克全厥美不負所期

性源和尚住靈隱京剎諸山疏并序

性源和尚居金山廢剎五載大旺其化今靈隱以虛席聘之使者疏幣往返數四金山徒衆固留弗予而兩寺爭之不少置或有言於師曰金山藉師復振靈隱亦廢剎也一往起之豈不可哉師乃憣然俯從即趣辦戒途吾屬聞而壯之其與請留圓照明覺故事蓋相類於是作疏抒其意以為法門賀

或出或處何有局於方隅固請固留咸謂私我知識雖則攀轅卧轍其如奉幣致書不意斯時乃聞盛事某話行湖海望重叢林德雲不下妙高豈無方便永明升住靈隱亦徇時緣起宗綱於已頹回狂瀾於既倒借師植福圓照曾慰杭人對衆揚言明覺終歸乳竇況是本色宗匠宜居絕勝覺場如來禪祖師禪真風再扇我北海

君南海明月一方

焦山復西源住金山京城諸山疏 有序

性源禪師既赴冷泉乃舉焦山西源復公禪師補其席盖西源居浮玉甚久凡所設施皆可稱述且於京口之人有大緣帮求善繼者莫西源若也故於此舉僉曰攸當於是具疏以致賀焉

金鰲之於浮玉其猶季孟之間妙喜之於應菴本是叔姪之行孰謂傳持不可茲爲舉代尤宜某學有旨歸言無緣飾半生多居京口盛見父子一門故鄉原在天台素稱人境雙絶攝形勝當南北之要化危礫爲釋梵之宫慈受由浮玉而登蔣山學徒益衆別峯自金鰲而遷徑塢聲價彌高雖弗較位之崇卑亦惟在緣之去住少

迂脩岁爰繼芳猷何時安眠哉便當投袂起矣清風半帆耳自可迴流從之力任單提光揚季運

跋王達善梅花詩

詩乃性情流至者苟本性情而發則如風行水面自然成文令王君達善梅花詩是已況其天姿英邁出人意表一夕之間百篇具就既敏且美雖七步之才不足多也故書之左方以告賞音者焉

續全室外集

天台　釋　宗泐　季潭

題顧仲瑛雅集圖

良時不再逢嘉會難復得斯人亦云已玉山空憔色
有生能幾何忽如駒過隙昨日歌舞地廻首成陳迹
臨淮秋雨朝覽圖增太息黄鵠招不来蕭條望八極

○○送一初講經還京師奉詔住天禧寺

鳳城夜来雨南風生緑槐良友捨我去老懷誰与開
晨雞戒蓐食使者行相催空餘淮甸月長照講經臺
中都寡名緇有此萬人特問法常滿堂白日無虚席
去留係重輕山川為改色風雨舊房前蕭條芳草積

相知二十年相見輙傾倒平生江海遊如此眼中少
白首送歸情何以寫懷抱曉日幽林中和鳴有黄鳥

遠山樓爲嚴子明作

去年曾上遠山樓樓上疎簾不下鈎一點峰巒青鬒
出半空臺殿采雲浮煙生近郭千村暝水落長淮萬
里秋門外紅塵深没馬何人知有此清幽

南閣偶成

南閣一躋攀川原指顧間楚煙佂度水暮雨暗連山
去馬黄沙路征帆碧樹灣不知人世裏今古有誰閑

題張士衡画竹

誰寫琅玕近石傍半叢春雨半秋霜雲門山客豈無

意老幹不如新笋長

題盧生山居五事

畊田

前村後村雨歇舍南舍北水生借問南山扣角何如谷口深畊

牧牛

綠草茸茸滿蹊牛迹遠近都迷煙外數聲桐角溪東吹過溪西

灌畦

抱甕歸來日暮高槐樹下月明喚取鄰翁對坐一樽濁酒同傾

采藥

日出長鑱在手獨入千山萬山忽見桃花流水誰知不是人間

洗竹

雜生千个萬个淨洗三叢兩叢眼底亭亭玉立美人含笑迎風

題画

白雲生遠岑明月照空谷松下兩仙翁行歌紫芝曲霜清鏡湖水木落剡谿山宋寞草堂客看雲終日閒

水仙梅

月白羅浮夜波生洛浦春夢中相見處對雪寫風神

湘妃出鮫宮玉佩隨風擧不見九疑山愁雲隔遠浦

畊雨

鳩鳴桒雨深蓑笠耦畊叟短歌三兩聲東風動樓栁

龍江送別圖　馬仁安寫贈郟志行時志行歷城縣丞仁安鄧縣主簿同時之官

相送龍灣雨雪寒齊秦千里各之官青山綠水江南意留取新圖別後看

送人歸南昌

白首相逢又別離好懷開廔不多時江頭柳樹春風裏怪底千絲与萬絲

山水圖

仙閣崖根桂樹叢釣絲溪口荻華風支公吟對千峰
晚放鶴歸來月滿空

題翠竹芙蓉

眼前清艷是秋光翠竹踈踈映拒霜王母燕歸風露
冷碧雲影裏淡紅粧

寄陳生

疊嶂樓前九曲坊曾同墨客坐華堂卿家好事能授
轄簾卷春風白晝長

渭水離亭圖

太白峰前渭水邊柳亭春雨惜離筵江南回首三千
里一度披圖一惘然

感時

不謂承平日居然有亂離感時空自嘆避地欲何之
蛇虺江淮塞鯨鯢渤澥危青山雖滿眼無處著茅茨

題然本中巳山樓

此地昔年過憑高興若何市聲歸院少山色入樓多
白日下空際片雲生碧阿今朝易為感回首一長歌

送術士李光道歸越

送客都門道落花逢暮春還持兒谷術歸隱海東濱
流水溪頭屋白雲松下身他年應辟薦來訪赤城人

梨園圖

千樹花如雪梨園春晝遲霓裳齊起舞鳳管不停吹

院落深沉處君王醉醒時玉人憐兒摘折取半開枝

藥庵

卿家藥作庵因病却相諳品數居南北溫涼識苦甘洗當泉脉活曬待日光酣四辟無佗物應知老更耽

秋興

六載江淮厭用兵遺民處處困徭征番商舊日多歸漢海漕于今不入京萬壘鼓鼙生夜月幾家砧杵落秋城西風無限思歸客王粲登樓最有情

近聞方東軒新造軒成復用前韻賦詩以寄

移家淮甸久玉樹已成林江漢放情早文章用意深稚無浮俗態獨有古人心莊舄何為者區區動越吟

題画竹

美人湘北岸翠蓋倚中洲斜日雨初歇斷雲横未收

題江山小景

長林帶晚照極浦起寒波茅屋遠山外扁舟歸興多

題画

茆屋隔榆林孤舟繫柳陰明時無逸客誰在白雲深

寄題張天師耆山菴

聞説耆峰勝地偏菴居别是一壺天雅宜河上仙翁住穩稱山中宰相眠塢口白雲深似海堦前瑶草碧如煙閉門不語坐終日妙入無為合自然

上巳日西澗獨游

三月三日天氣好西峰獨往成幽尋黄鳥交交柳烟重斑鳩喔喔乘雨深草花已滿古石踏澗水亂穿修竹林寄語蘭亭脩禊客吾將此地為山陰

讀斷江集

直上丹山擷鳳紋倒翻滄海取龍筋携來世上無人識散作青天五色雲

重過東菴

小菴深住亂峰西古木逢春葉未齊記得去年三月裏松花滿樹杜鵑啼

題虞邵菴遺墨

閣老仙翁去不還雀巢詩卷落人間璚林臺上秋風

冷天藻亭前埜草閑

滕王閣圖

滕叔銭緡辱献陵洪州都督更驕矜至今高閣漳江曲却与文章萬古称

琢鍊堆　舊天界寺方丈後一小山也

琢鍊堆何奇扶平地湧出青崔嵬喬木一簇翠陰合閧市只尺無纎埃緇客吟登冣高處琢鋅鍊意肝膽摧鏱与吟聲兩宛轉鶴随舞袖相盤迴當此時也如耄如倪飢不索飯盌渇不求茗杯倚松坐石無次第蹋碎半畝青青苔劃然一得如酔醒凉風颯颯懐抱開天葩華庢動光怪珊瑚出水珠含胎吾聞古来苦

吟者貫休齊已名相齊後生崛起會陵轢豈獨二子
稱奇才嗚呼豈獨二子稱奇才

金陵全書

丁編·文獻類

夢觀集

（明）釋守仁 撰

南京出版社
南京出版傳媒集團

金陵全書 丁編

婁賦集（上）

提要

《夢觀集》三卷，明釋守仁撰。

釋守仁（？—一三九一），字一初，號夢觀，富陽人。早歲從楊維楨遊，遭時不偶，遂剃髮出家，發跡四明延慶寺，元末住持靈隱寺。洪武四年（一三七一）與宗泐、來復等十高僧同召入京。十五年（一三八二）授僧録司右講經，三考而陞右善世。二十四年主天禧寺，示寂於寺。著有《夢觀集》傳世。生平詳見錢謙益《列朝詩集》『閏集』。

黄虞稷《千頃堂書目》卷二八、《明史》卷九九、《浙江通志》卷二五一等均載釋守仁《夢觀集》爲『六卷』。此本乃明初刻本，卷端署『夢觀集』『富春釋如蘭編次』，内鈐『太原叔子藏書記』『秘篋』『抱書抵百城』『汪魚亭藏閲書』等印，存前三卷。另，北京大學圖書館藏有一部清鈔本，亦存前三卷，與明初刻本屬同一系統；日本國立公文書館藏有日人謙齋周良永禄十年（一五六七）鈔本，六卷全。

今存《夢觀集》三種版本卷端題署相同，書前序之内容及前三卷收詩亦同，惟序末落款不同。明初刊本與清鈔本序末皆署『洪武廿有二年歲在己巳春二月望日，前翰林學士承旨嘉議大夫知制誥兼修國史兼太子贊善大夫金華宋濂序』；日藏鈔本則署『天台方孝孺』，未及年月。考宋濂卒於洪武十四年，絕無作序之可能。又序中有『人咸誚余不喜佛氏』云云，亦顯非宋濂口吻。宋濂嘗自稱『永明後身』，號『無相居士』，又云『我生本是菩提種，誤嬰世網未解脱』，平生詩文泰半爲浮屠氏作，其篤信、護持佛教，元末明初文人中無有出其右者。檢宋濂遺存文獻，幾未見有詆佛言論，焉有『人咸誚余不喜佛氏』之語？方孝孺雖從學於宋濂，視佛禪卻判然二途。孝孺之闢佛，雖不如韓愈之峻烈，卻亦引起叢林内外『毁訕萬端』，序中所稱『人咸誚余不喜佛氏』，頗合其人其情。檢《方孝孺集》卷一〇《答鄭仲辯二首（其二）》嘗提及釋守仁，則二人曾相往還。因此，依序之落款及其旨趣、風格，序之作者當爲方孝孺而非宋濂，宜以日藏鈔本爲是。

清末方濬師《蕉軒續録》卷一載：『余從海舶賈人購得《夢觀集》六卷，……方正學先生其撰詩序。』方氏所購之本，後歸劉承幹嘉業堂。《嘉業堂藏書志》卷四著録云：『明釋守仁撰。建文時刻本。黑口，雙邊。……有「後正之齋藏書圖記」「佐伯文庫」「廣東肇陽羅道關防」諸記。』據此，明清時期必有一種書前序署名方孝孺的刻本流於日本，惜未見遺存。謙齋周良或即鈔據此本。

然而，何以出現兩種書序署名不同之刻本？揆諸史實，則不難想見。明成祖朱棣即位後，即頒行酷烈之文字禁令。方孝孺乃反抗靖難之魁首，其著述尤遭致嚴厲禁毀，《明史·方孝孺傳》稱『藏方孝孺詩文者，罪至死』。南圖刊本的刊刻者蓋懼禁令，又因宋濂乃方孝孺師，孝孺又嘗爲宋濂代作文章，故欲以假亂真，抽改了建文刊本之序，將序之作者方孝孺易爲宋濂。粗观南圖刊本序頁與正文頁，其行款、版式大抵相同，而墨瀋、筆跡、邊框之微末差别，則非細察之難以發覺。

明嘉、隆年間，無錫俞憲《盛明百家詩選》亦輯《釋夢觀集》一卷，收詩凡一九九首。俞氏題識云：『其詩各體具備，凡六卷，爲富春釋如蘭編次，長汀胡公義鋟梓，洪武辛巳住寺門人延彨嘗識於簡末。今刻僅采其什一云。』又，崇禎年間，虞山毛晉《明僧弘秀集》卷二選釋守仁詩一二三首，所附延彨題識落款時間亦爲『洪武歲在辛巳季春』。檢日藏鈔本《夢觀集》之題識，延祐題識落款爲『建文二年歲在辛巳季春』。按，『建文二年』爲庚辰年，『辛巳』爲建文三年（一四〇一），應是抄者謙齋周良誤『三』爲『二』，實爲『建文三年』。然俞憲、毛晉稱『洪武辛巳』，而不作『建文二（三）年辛巳』，則顯非筆誤，因爲洪武並無『辛巳』紀年。俞憲、毛晉所見之本當爲與南圖刊本相同的抽改本，與原刻相比，末後題識亦稍有更改。而其中之緣故，則當與明史上『革除令』相關。朱棣即位之後，不僅禁行建文舊臣手跡，且削其行事之跡，詔令以建文四年爲洪武三十五年，明年爲永樂元年。此令一出，朝野上下莫不行革除之實，以至於建文元年、二年、三年或去年號，或改作洪武三十二年、三十三年、三十四年。建文四年之政事，悉行革除，舊典遺文，凡涉及建文年號者，或被鏟削塗墨，或抽改修正。《夢觀集》之抽改本，或因此將『建文二年』改作『洪武辛巳』。

釋守仁著稱於明代，乃因其與釋德祥因詩而賈禍之事。茲事較早見載於郎瑛《七修類稿》卷三四，其後陳師《禪寄筆談》卷六、蔣一葵《堯山堂外紀》卷七七、吳之鯨《武林梵刹志》卷九皆轉録或節録之，或曰『皆罪之而不赦』，或曰『遂皆棄市』，或曰『爲太祖所見怒而罪之』。然錢謙益《列朝詩集》力辨其非，以爲『野史流傳，不足信也』。《題翡翠》詩云：『見説炎州進翠衣，網羅一日遍東西。羽毛亦足爲身累，那得秋林靜處棲。』未見有違礙譏刺語。此詩今見諸日藏鈔本卷六，若果因之獲罪，焉有刻入集中之理？郎瑛《七修類稿》中另載有明初詩文僧釋來復之『文字獄』，與其生平明顯不符，蓋皆掇拾異文，眩人耳目，不足爲據。

釋守仁之詩諸體兼備，古體縱横宕逸，律詩謹嚴而不失靈動，方濬師曾摘其五言『雨壑龍隨臥，晴林鶴共蜚』『山川壯齊魯，河漢入青徐』『溪雲千頃雪，松籟一庭秋』，七言『雲銷碧海天無際，波撼金山地欲浮』『漢室將軍雙玉門，郭家天馬五花文』『巖僧掃月千峰浄，山鬼吟風萬壑哀』『故人消息雙魚素，遊子衣裳寸草心』『瘦駝褭褭隨燕草，歸馬蕭蕭識漢旌』『謫仙浩氣臨青海，賀老清風滿鑒湖』，以爲『嵚奇超拔，不似衲子口吻』。毛晉《明僧弘秀集》尤激賞其題畫詩，又舉集中所涉一時名僧詩題，以爲『據前題中詩禪不下百人，余所見寂寂如寒木蟬聲，始識傳薪之難，令我心驚不已』，則是書頗可考明初叢林人事。其名作《鐵崖先生挽詩》：『玉笙聲斷泣龍君，撼樹蚍蜉謾作群。一代春秋尊正統，兩朝冠冕在斯文。他生有約尋圓澤，後世何人識子雲。舊業門生今幾在，下車空拜馬陵墳。』情真意摯，徐伯齡《蟫精雋》卷九以爲：『所謂情詞兩到，恩義兼盡者也。』

《金陵全書》收録的《夢觀集》以南京圖書館藏明洪武刻三卷本爲底本原大影印出版。

李舜臣

集

別集類

明

八千卷樓所藏善本

夢觀集六卷 明初刊本

王蓮涇汪魚亭藏書

富春釋如蘭編次

元釋大圭撰大圭字恒白晉江廖氏子至正時居泉州之紫雲寺著夢觀集二十四卷

首詩餘三卷次詩六卷次雜文十五卷 四庫本刪其詩餘雜文僅以詩編爲五卷稱夢觀集

校勘茲本知鐵樸之習亦無蔬筍之氣而明刻南州錢氏尚存於方外也四庫刊本有首數

夢觀集六卷一冊爲其弟子刻詩集首洪武廿二年金華宋濂序惜節存首三卷其卷七古

以後殘缺 夢餘五卷補之耳 明太原林子藏書記秘書匾 抱書擁百城汪魚亭藏閱

書名印

夢觀集序

五穀所以療飢而水所以禦渴人皆知五穀之用重於水也而不知五穀非水則不能成生物之功反有急於五穀者有水而無穀則鳥獸之毛血草木之膚實或可治以養生未有無水之地能以存而不死者也惟文与道也亦然天下皆知道之貴於文也寧知道非文則無所寓而文有急於道者乎周衰以来老莊諸子發其術著書者以百計惟佛氏入中國稍後而其術最奇其閎詭玄奥老莊不能及之然而世之學者常喜觀諸子之書至

於佛氏之說非萬好者多置不省何哉豈非
諸子之文足以說人故人尤好之耶佛氏之
意蓋亦深遠矣惜其譯之者不能脩其辭也
以其所言之詳使有能文者譯其辭命文措
制与諸子相準雖阻遏諸子而行於世可也
其動物誘民奚止若斯而已哉蓋知道而不
能文其失蕪昧而道不章能文而不知道其
失荒鄙而不足以立教兼通而並至者非奇
傑之士不能也余行四方与學佛者遊頗衆
其以知道自名者則綴緝俚俗之說以誑誣
其徒汙穢煩褻近於俳戲之語謂道當若是

而不必乎文或病其然則絶去其教不省而雕斲麗語曼辭以取容于世心甚厭而非之人咸誚余不喜佛氏亦有以致之耳今年道錢唐遇普福大師仁公一初於其道甚習出其文若詩覽之持論深醇而不襍以它説爲辭富麗而不流於詭異吾儒之工於言者殆不能過余喜與之值師亦樂与余言適然相宜犂然相諧驩然忘其所從之殊所居之遠也夫道固無窮文亦無窮能言斯道者豈特古之人哉闇乎而非隱也茫乎而非誕也杳乎微乎而非昧也試歸而求之余不有得焉

則師得之矣
洪武廿有二年歲在己巳春二月望日前翰
　林學士承
旨嘉議大夫知制誥兼脩
國史兼
太子賛善大夫金華宋濂　序

夢觀集總目

夢觀集總目終

夢觀集卷之一

富春釋　如蘭編次

七言古詩

太古詞爲李方舜作

揩汙尊桴土鼓停我淥水曲爲君歌太古混沌未鑿竅羲炎眇何許孰爲元氣親孰爲大道父盤古何人斯鑿我天地毋排乾門撤坤户裸虫三百有六十一日紛紛生下土遂使蚩尤戰涿鹿共工觸天柱九烏墮地三精愁燭龍銜珠照天下媧皇不忍見揮刀斷鼇股斷鼇股立四極東南不滿爐灰聚淬水襄陵鳥獸繁孳獨憂之命神禹命神禹左准繩右規矩陳九功歌九叙上無巢

居下無穴處至今四千有餘載稽首都俞贊神武太古生尒有太古五色石文采光茫照寰宇尒當鍊作五色雲青爲黻白爲黼貢明堂佐明主衮職有闕尒須補坐見暘時暘雨時雨日重光月不晢四海同謌太古篇聖德無爲民按堵

送勤無逸使日本

大明建國如虞唐萬方玉帛朝明堂五百僧中選僧使奉詔直往東扶桑扶桑東去渺煙水百萬樓臺海中起珊瑚珠樹赤松西玉嶂金峰碧雲裏重城堅壁錢不如衣冠禮樂傳中都樓船謾說嬴　使封灰不動蒼姬書白河關高玉繩下天上靈梅移北野八衮神師解篆龍

十歲小兒知習馬自從日姓開封疆履地不敢稱天王
一君四相贊吁咈本支百世同蕃昌讀書不貴論王覇
上下唯知尊佛化尚想兵殘五季餘全奉台書復中夏
故人自是吾宗傑壯峰有燈舜六葉此行豈誇專對才
要播玄風翊王業飄飄㧊錫辭
九重大颿四月開南風游龍雙迎浪花白天雞一叫東
方紅我謌白雲天萬里人生有爲當若是瓦官閣上望
秋濤待汝歸来報
天子

清暉樓歌 并引

洪武乙卯六月六日崇福道源師集客于清

暉樓其徒敏夫以伯修方公所爲記伯貞戴昺所爲詩索余倡和余以二公品題之妙不翅崔顥之詠黄鶴無容措語固辭弗克勉爲長謌一解以副其勤時同賦者歸雲雲扉侍行者張用敬韓式戴東也

清暉之樓在何許湘山之南越江滸下臨倒影涵青空百尺亭亭出風雨樓前沓嶂開屏幃闌干縹緲生煙霏謝公昔日品題處至今巖壑含清暉清暉娱人不能去怊悵重懷謝公句眼中雲物變朝昏老我登臨今幾度梵王古屋幽澗邊宋家陵樹秋風前歸帆斜度半江日翻鴉遠没平林煙竹雪紛紛灑窻几十二湘簾淨如洗

玉笛清隨爽籟生踈鐘夜送寒潮起倦游頗念荆州客羸馬疲童布衣窄山川摇落已如此凭高作賦工何益信翁弟子元龍孫襟懷磊磥非常倫讀書兹樓二十載出語往往皆清新樓頭呼酒喜良會誰共同游方與戴戴侯於我情最親每話舊時增感慨方公晚遇若平生氣酣披膽陳交盟亦有高僧道林輩索我爲作清暉行我謌清暉奈才薄崔顥題詩在黄鶴與来握筆竟忘言長嘯清風動寥廓

會虬螺山隱士謌

螺山有隱士飄飄仙者徒朝游螺之巔莫息螺之隅紅塵拂落身外事白首讀盡人間書不騎琴高鯉不釣任

公魚手披演雅篇架列山海圖蛾司漫給五斗黛蛤浦豈羨雙明珠槐臺封侯笑螻蟻楚關脱網怜蜘蛛人言大隱隱朝市小隱螺山無不是何物老病香山翁隱作留官良可鄙酌螺之杯隱螺几坐對螺山淨如洗鈿屏矗矗鏡邊來佛髻峨峨望中起千林飛翠散晴空半島寒雲浸秋水我尋螺山居遂識螺山路一見螺山人再誦螺山句紛紛草堂文悠悠遂初賦丈夫無遠謀千載何足慕我本逍遥人亦有置冈處買山毋寄沃州書寥落江鄉嘆遲暮江鄉寥落不可留便當卜尔山之幽安得神鰲負山去共蹋青螺海上游

錦官處士哀詩 并引

予客吳淞最久往往聞錦官處士沈公之賢
嘗以未能識之爲慍而幸托知其子夷仲然
觀夷仲之爲人則所聞處士之賢爲不誣今
處士已化夷仲來錢塘袖出縹帙乃吳興錢
先生所傳處士懋德懿行及吊處士之文讀
之三復不覺悽哽遂約傳意賦詩一章歌以
些之歌畢録于傳左

維谷之陽泖之東有律然者查之峰千年靈秀造化鍾
白錦官市處士宫其先佐宋昌厥宗避成趙難弗有功
年再不羸後其隆是生處士德萃躬獨抱一經窮始終
東南縉笏咸趍風新詞麗語出天工皎如秋水葩芙容

春光澹沱芹波融笑携童冠雩風中歸來彈琴坐長松
青天目送雙冥鴻黃金可塢爵可崇人方競趍我奚庸
若將有爲酹所秉倏焉而逝超樊籠烏乎天道實莫蹤
壽吾不知所以通夭吾不知所以窮嗟嗟處士士之雄
上爲列星照太空下視濁世繁沙虫我懷若人不可從
白雲縹緲隨飛龍

弘上人蓄秋山圖

萬峰霜晴翠如洗峰庄行雲度流水西北高樓爽氣邊
江南落木秋聲裏蕪葭潮長魚在梁白漚飛盡天茫茫
松根丈人讀書處時有疎鐘来上方仙槎影没銀漢遠
木末夫容爲誰剪何處凉風送客船歸来似是東曹椽

東曹頗笑未識機掛颿直待鱸魚肥山川搖落已如此不信草露沾人衣平生畫手不可遇坐閱新圖得真趣題詩寄與沃洲僧吾亦買山從此去

吳孏孏畫東坡游赤壁圖

大江東流浩無極神斧何年闢赤壁西風吹盡戰船灰翠疊峨峨埽空碧秋清白露洗銀河水落空山見危石何處扁舟載月行眉山學士黃州客黄州老客不世才江漢波瀾深莫測自說前身盧道人謫向人間了文墨平生顧義不顧害往往長遭權貴斥策題謗息詩案興不免姓名歸黨籍何如斗酒魚十頭皷棹滄浪散胸臆目斷天涯望美人此時此意誰能識我懷高風不可即

坐對畫圖三歎息安得江東化鶴来洞簫吹徹東方白

瑞石行幷引

錢塘楊復初治先塋獲石一方上有宋孝宗所書詩四句其詞意懸契復初與先人治塋之事識者以爲孝感所致能言者如大章徐公輩各爲詩美之邀予同賦

南峰峨峨倚天碧兀立浮屠二千尺下有南山處士塋翠柏森森護龍脊南山有子能讀書諏墓得金酧地直自說年前負土時拾得竒章一圭石二十八顆驪龍珠猶是先朝宸翰蹟焚香載拜誦嘉言後事懸符俱歷歷就中激烈復悽惋似爲平生寫胸臆人子誰無愼終念

使我聞之重太息，始知竒遇不可常，無乃孝感天所錫。北風蕭蕭吹白棘，愁聲咽斷山陽笛，爲君作詞詞此石。春暉寸草情無極，何當題作峴山碑，留與行人誦遺德。

王孝子行

孝子錢塘人，哀其親之不可見也，作永思之堂以見意，君子歌詩以美之，什成來徵予作，於是賦王孝子行

杭有孝子三槐孫，明經著德由先人，先人築堂貯書卷，先人已往堂則存，升堂拜親不可再，永思表堂心益勸。堂前長慈竹，堂下生黄萱，獍梟不敢犯堂樹，白烏来哺雛，靈獸馴南垣，左相題籀額，彭城高士摛雄文，云亡今攤書

坐長夜有時謦欬聲若聞起居食息恒在念朝斯夕斯
忘苦辛或勸孝子挾長策獻
明主足以膴汝仕榮汝親何爲衣食役役趨城闉孝子
泣且言仰天吁而呻吾有祖母年八十西山日薄情難
陳況復先人有誡不忍棄爲孝子者爲忠臣我聞孝子
言涕泗沾衣巾寸草戀春暉落葉歸秋根白雲在望人
在畫爲詞孝子彰澆淳嗟哉孝子孝且純傷哉孝思思
無垠

虞山人耕讀軒詞

虞江丈人清且臞有田一廛宅一區輟耕隴間惟讀書
服勤不辭朝至晡道旁過客問所居自云識字耕田夫

白頭有親長倚閭甘旨豈可離斯須遠遊作官非我圖
一經自保依田廬生不願學鄧臨沮十年辛苦爲錢仕
亦不願學董仲舒不窺園圃犇三餘願學倪公帶經鉏
推仁足以寬民租家童釀酒勸提壺秧馬走田啼孛姑
歸來稚子倂欄虛燈火夜堂涼雨初金風葉葉響秋菰
下簾展卷聲伊吾時豐不必念乘稌且從故帙披鱏魚
芝雲山人農不如耕雲種芝力以劬力劬雲荒芝半蕪
倦翻貝葉臨前除北堂齒高心益孤未能歸養編青蒲
世外亦有名韁紆胡取老來憂患俱人生出處良可吁
會當苟全同櫟樗明朝負耒虞江隅浩歌畊讀天爲徒

題任少監伯馬圖

燉煌水涸龍駒伏未央廄前秋草緑驢駝負石玉門關
舊苑空餘三十六憶昔高皇馬百疋騊駼車府無監牧
只留太僕掌天閑不許田驁食民穀古来貴良不貴多
須信儉餘賖不足任臨手畫百驊騮五色如雲散平陸
八月風高水草甘飲齧舒閒肆馳逐騅駓驪黄莫復辨
水葉風花亂人目任公生遭太平世結思驅毫逞神速
四海無虞百將閒無乃圖形華山麓吾聞善相東門京
坐閱群龍眼如燭帛家口齒謝家髻皎皎那容在空谷
爭如下乘得休安骨相雖凡好毛肉杏花煙外柳陰中
骿絡無加飽芻粟於乎此畫世已稀徒有千金未輕鬻
老矣支郎俊氣銷撫卷空歌天馬曲

題温日觀葡萄次唐温如韻

龍扃失鑰十二重驪珠迸落鮫人宮鑌刀剪斷紫瓔珞纍纍馬乳垂金風樹根吹火照殘壘冷雨松棚秋鬼哭燕尨嚼碎流沙水鴟酒呼來漢江緑鐵削斜藤繳三尺雷梭怒穴陶家壁曇胡醉起坐秋石一索摩尼掛空壁

與衍斯道賦天平白雲泉

山君夜移東海水分得靈泉白雲庭老禪卓錫住泉頭卧看泉流與雲起湛湛寒光玉鏡圓波心照見蒼龍眠半峰秋色漾晴雪五丈石影浮青蓮南岳枯湫何足數惠山斷幹侵草莽幻人跑虎笑窠中何物品茶誇陸羽真源下極滄溟深欲探其委誰能尋涇清渭濁那復辯

流行坎止俱無心我求范老讀書處遂向雲中問歸路久嗟塵海混九流細酌清泠得真趣臨池載拂焦尾桐水雲彈徹瀟湘空會分一滴化甘露坐令萬國皆清風

答張一村惠蔬筍圖

一村道人躭道味玉東圖來見真意閉門大嚼坐清齋益重山林蔬筍氣錦綳玉甲帶春泥土膏天茁柔如荑轣轆徒烹漢人簀珍羞不換蘇郎虀元脩老去不可問坡僊已往風流盡每笑文公千畝胸浪說宋家三十品歎我生涯在空谷平生以此爲粱肉只知禪悅有餘甘誰謂大羹多腊毒道人寫贈非無情要與達士同其清靜中妙用奪天造腕指所到春風生嚙斷枯根捫腹臥

百事從今皆可做卽看篁圃鳳來儀不遣菜畦羊踏破銅駞金谷易荒涼落花飛絮何茫茫擊鉢高謌謝知己須信淡中滋味長

醉村詩爲馮彥昇作

邀醉村擊醉鼓歌醉歌舞醉舞一朶山花歌髙巾半斗濁醪傾瓦缶生來只作村中人人間寵辱俱不聞徧野桑麻晴靄靄千村桃李春紛紛醒人笑我村且醉我笑醒人醒如睡醉人昏處得全生醒人明處遭傾墜揮醉眺撫醉案醉帰不識馬鞍馱任亦相呼醉村漢阮嗣宗劉伯倫吾將與汝同一村試開醉眼看城郭翠箔朱簾今幾存

題山谷老人草書太白秋浦詞

涪公畫紙如畫灰銕錐宛轉春風迴石牛洞中一斗酒墨花吹作烏雲堆蟠蟾倒瀉秋浦淥腕指脫出青蓮胎作疑捫參上絕壁雨聲颯颯秋林來平蕪天低健鶻起崩涯石破驚猨哀又疑怒潮觸羅刹青天雪浪驅晴雷吳山皺蕩越山舞海馬突陣風檣開又疑曹瞞走赤壁艨艟烈火飛炎埃殘鎗折戟散沙土樓櫓大舶消煤炲又疑唐家失藩戍單于萬騎衝燕臺射盡流星白羽箭零落虎紋金鞴鈒鸛鴂百陣未足比鷙雞一洗無纖埃草書變態世亦有鍾王已下柔若孩獨有傎張與醉素中唐好手誇英才涪翁此書法張素老氣邁往凌三台

翻思黔南謫居日驚風急雪寒相催摩圍山前夢李白
四十八渡波縈洄胡孫愁嘷蛇倒退竹竿梟挿坡崔嵬
夢中相和竹枝歌涪州夜郎同愴懷乃知兩公有神遇
豪詞傑筆爭奇瑰薰風堂上一披玩不異躡雪登陰崖
我師長沙二十載綠蕉摘盡恒空齋力疲手蘚竟無補
翻受俗物相喧豗安得與翁嚼春茗共論此道忘形骸
魯陽揮戈且停駐大娘舞劍休俳佪東江水落西日頹
狂謌再酹黃金杯謌闌撫卷長太息涪翁涪翁安在哉

爲竹心道人賦綠猗堂

竹心老人心愛竹赤手栽成萬竿玉古色猗猗映翠黛
金影踈踈墮秋屋滿天明月子喬笙半窗涼雨官奴燭

老人積書如積金竹邊每置三千牘開門日日問平安
呼酒時時飲新綠倚醉長謌淇澳篇點愁不買玲瓏曲
大兒方辟吏部郎小兒未食官家禄傳家清事托吟編
閱世閒情付棋局媚人何物琉璃瓶披襟曬我琅玕腹
孤節有容扣青蠅一笑下堦迎台足錦章爛出五色雲
快目不辭三過讀錢翁仙遊艾翁老惆悵何由繼華躅
我本山林厭塵俗食笋也知勝食肉說盡眉山玉版禪
更待春雷動幽谷

題張一村畫山陰巖壑圖

張侯寫山工寫竒筆刀可追黄大癡鱸魚江頭一斗酒
墨花散作秋淋漓前峯崒嵂如束笋後峯盤拏来不盡

突馬方驚灔灝高啼猿忽覺蓬萊近水楓離離開錦屏峽泉歷歷鳴瑶箏幽葩自炫晨露潔小草不奈繁霜零兵餘僧舍總揺落何意空林見樓閣十年碌碌走湖城重憶山陰舊岩壑秋来日日愁炎蒸解衣思濯松風清輕包短錫從此去何處水邊無月明

招中山隱士詞

錢唐嚴仲德世襲管城之業文學之士嘉其藝之精到爭爲詩文美之潢縹軸之立者来徵予言且欲作草聖書之屢拒屢請其意愈勤約昌黎毛穎傳爲作招中山隱士詞以荅其好事之誠云

中山隱士明眎孫生不好武惟好文匿光守玄得仙術
穴居自稱東郭毚天荒地老人不識拔毫始自蒙將軍
秦廷纂録有功力襲爵遂至中書君平生友善褚陶韋
出處語嘿恒相親簿書蔵久鬚鬓禿老鈍不任中書臣
以材見用良可貴以耄見踈眞少恩人言黄金散六國
雕蟲小技胡足論孰知馬上得天下須尒妙畫參經綸
由秦迄今二千載世采管城猶有人一從中國用武事
十年毛族遭邅迍長槍大劍取金斗褐衣破帽隨風塵
泰平海内鉦鼓息東壁晃朗昭乾坤長驅尺檄走萬國
大開東閤延諸賔嗟哉隱士寧久淪蒱蔽
帝道當斯辰玉堂有傳着嘉徳鎮門有家旌可勛歸哉

隱士無久湮聽我招隱招同群明光起草我無日夢裏
生花别有春

贈小兒醫楊茂和爲俞仲英作

君不聞臨安市中金藥曰一七於人不輕授肩輿到肆
息兒啼仆者能犇殤者壽又不聞栖眞道人金鏡編姓
名不著人爭傳投丸速愈嬰孺疾世間往往疑神仙嗟
我兩公不復見楊鈞後来科獨擅傳芳藝杔岐黄書學
語提孩皆識面俞家有子年五齡纍纍瘡豆羅如星水
漿三日不入口楊君起之如醉醒君於俞童有大造索
我空言以爲報我方坐病毘耶城有語何曾與人道風
臺花落春雨餘扶羸起作龍蛇書平生不解小兒語一

任世俗嬿麄疏持我空言爲君餞要比宋清賒藥券俞
童多積買文金更爲楊君作嘉傳

錢筆行爲王元誠作

王郎宋代中書孫鑄錢爲筆書堅珉畫沙每笑唐長史
柀毫未數秦將軍高堂落筆鬼膽怒九萬鸞篆碎如霧
鉛淚霏霏洒露盤金聲錚錚入秋樹鳥迹微茫科斗變
柳薤凋傷悲籀篆鼓文巳裂岐陽石墓燈空照山陰蘭
王郎筆藝精莫傳幾度索我東歸篇毛錐不如錢錐利
我方老鈍君加鞭矢介鐵心磨鐵硯淬鋒要比婁留箭
太平天子封功臣脫囊去寫黃金券

題江濬遠晚翠堂卷

非風落木千山空海城偶見江文通自言老去才力減
文錦不與先時同胸中雅緼二三策雄論差差劒鋒白
袖簪早謝紫薇郎待詔嬾爲金馬客黃甘林中屋數桯
翠峰如削開南屏湖雲散盡歸鳥急夕陽滿山煙樹冥
明年欲皷鄞江舵花外小車須待我高堂重說歲寒期
團露枝頭看碩果

題無盡法師所藏太白廬山觀瀑圖

九江西来廬山高飛流歘薄翻銀濤白日松頭雪花落
青天雨脚秋聲滮眼前傾覆何草草世路不須驚蜀道
洗盡哇淫兩耳清拍手雲中招五老我懷謫仙謌浩謌
涼風萬里来天河杜陵有客更相憶頭白不歸將奈何

題谿山小隱圖

自我初陟浮丘峰十年往還如夢中向來朋舊半白髮只有山色當時同青檀叢邊數間屋夜夜白雲檐下宿道人心境雲共閒歗傲雲林謝塵俗橋頭野谷行遲遲歸來似有東林期一聲清磬萬山家知是上方禪定時

適安堂謌爲何伯良作

何郎不作水部官讀書有堂名適安鶴群自護白雲幛虎頭誰鏤黄金鞍列座嘉朋總瑚璉趨庭稚子皆芝蘭人生快意貴所適世上厚禄那能干谿山勝處得真賞天地何往非清懽周顒已勒草堂駕弘景未挂都門冠生增平泉聚花石每笑函谷封泥丸覊人清夜唱獨漉

顯宦白日炊邯鄲北瞻太行路硉矹西望劒閣峯巋屼人頭關上馬驌驦羊腸坂裏車盤盤青泥九折阻巖壑黑水萬里揚濤瀾柴桑菊荒感陶令吳陂尊老催張翰變龍空懷梓童竹釣鼇罷擊任公竿遺安所貴一經在傳芳要付諸郎看蟾窻吟就花影落氷弦鼓徹松聲寒阿錫成繰可春服囊邑登實宜朝餐幄蘿雨桂青襏禛石林日射紅琅玕詩人裁賦雲錦爛仙老踏歌風袖寬君方黑頭樹茂德我亦赤脚乘清湍坐來福地覺蕭爽跬步世徑愁艱難蓬萊歸帆覓渺渺桃花流水何湯湯夕陽滿地送客去臥聽玉童吹紫鸞

茂清堂詞爲何巨淵賦

君不見太行之谷十八盤隱君李愿屈其間清泉涓涓茂樹綠宅幽勢阻勞躋攀丈夫出處是有命眼底寵辱胡相關昌黎文章在岩宇聲光千載輝人寰水曹後人深有慕茂清揭堂樹深處揮手紅塵走碧山濯足清泉坐嘉樹青雲顯路豈無情獨向林泉得真趣傲兀何曾與世違自是煙霞有沈痼鶴坡道人拂霜素索我臨池寫長句近來海內才孰優白髮畸翁好詞賦高堂落筆重裒回氣酣萬壑松風來堂前座客盡豪傑笑取鏡湖爲掌杯清泉可湘樹可憩曠懷且向山中開他年此地重有約膏車秣馬登崔嵬

驛墻梅

驛墻梅墻上花無數不許馬上人舉手輕抜去年年開復落枝榦完如故借問此何因爲是官家樹官家有樹有常律取花是取官家物不比道傍民舍梅東人折後西人来

題方方壺畫

方壺老人年九十醉把金壺傾墨汁染得蓬莱左股青煙霧空濛樹猶濕危橋過客徐徐行白石下見谿流清仙家樓舘在何處雲中仿佛聞雞聲古臺蒼蒼煙景莫藥草春深滿山路招取吹笙兩玉童我欲凌風從此去

節老先生周君哀詞并序

鄉先生節孝君世司文學又益工博通古今

事給數敏辯嘗爲吏以養親遇物以寛率下以直邑人皆賢之其卒也縉紳之士爲私建節孝之謚于與先生同閈而又受知於其子昉義不容嘿輒述詞以相其哀云

操淳貞兮履坦厚志循良兮篤信友故族遠兮濬有源家乘昌兮蔚以文事母汪兮孝已著卹莽祿兮節愈固皤而童兮氣何畀赫而辱兮吾弗爲歿有嗣兮歿不朽天祐仁兮裕其後於乎生者可待兮死者莫追微斯人之徒兮其誰與歸汪之原兮淛之滸爲列星兮昭下土墓石峩兮墓木榮祭田秋兮秋黍成肆悲謌兮望江水水有竭兮悲無已

味澹軒爲沈鍊師賦

茅山道人超世塵澹然一味隨天眞日暮餐霞嚥丹液天寒煑雪收枯薪憑高幾度望瀛海清水三山渺何在千歲蟠桃金母供五色靈芝玉童采治城相見神更清自云味澹方通靈紅顏炯炯照白髮麗語往往追黃庭侯門沸羹何太熱道人胸中洞氷雪珍味那如澹味長一曲鸞簫送明月

題西嶽圖送熙陽布政還陝西

黃河東流合渭水嵯峨巨嶽中天起玉井花擎縹緲間雲臺樹落空濛裏秀拔西南第一峯仙人掌上金芙蓉鐵鎖盤盤上青壁勢壓秦關天下雄王君聲譽動京闕

千里春風回使節，軺天洞口叫希夷。馬頭雲氣如飛雪，
畫圖仿佛寫高寒。紫薇花深清晝閑，他年報政書上考，
重来接武夔龍班。

題馬文璧画贈潔清源長老

東南好山誇越閩，千峯萬峯皆白雲。我昔遊来今十載，
每看畫圖思故人。故人清源忽遠到，握手龍河論宿好。
新詞麗句出天眞，秋水爲神玉爲貌。京城未久復思歸，
載書曉發金陵西。泉南到日定相憶，榕葉滿山鶯亂啼。

題趙希遠畫蟠松玉兔圖子昂趙公鑑記

天水王孫重毫素，愛寫蟠根萬年樹。上有徂徠五色雲，
下有中山雙白兔。清陰散作秋滿林，只尺高堂起煙霧。

丹桂吹香野菊黄玉葉金枝亂無數迢迢錦水泛蒼皃
漠漠青天飛雪鷺人間畫手非不多自是王孫得眞趣
浮玉山人列仙侣雅與王孫同出處妙畫題來字字眞
兵後收藏乃奇遇宣和遺譜世莫傳艮岳荒凉風景暮
眼中人事已非前畫裏山川尚如故老我披圖一愴然
落日長謌弔南渡

月南謌爲劉道士作

須彌月出天地秋寒光倒射南閻浮離山老人出火府
笑騎玉兔窮中遊西極崑崙顛東盡扶桑洲北犯析木
津上泝銀河流南來濯足吳水頭短衣鶴髮風颼颼襌
房百日坐不出大千毫髮窮冥搜黄金可成仙可學獨

羨竺法超凡儔低頭禮金仙舉手挹浮丘仰瞻却月觀口作月南謳世間萬事等浮漚一聲長嘯歸來休

贈解將作義 并引

將仕司司丞解義家本東昌世爲顯宦洪武癸亥春朝廷建大龍興寺義實董工相方度材指畫千匠宵晝弗怠經始於四月一日落成於八月十五日來遊來瞻者罔不訢額稱慶營搆之妙功既畢義將朝京且須予言贈固拒弗克勉爲長謌以塞其請

公輸妙藝世莫傳東昌解氏名獨專高門自昔多顯仕傳家簪笏何蟬聯

天子須才建宮室大開明堂朝萬國解君首選得美官
況值青年氣英特揭来奉旨来鳳城龍興寶地收佳聲
風斤月斧響山谷飛樓湧殿如天成大匠由来材不棄
尺尋到手皆良器彼繩彼墨隨所之奔走群工等遊戲
馬蹄明日回秋風五雲縹渺龍江東他年孰爲立嘉傳
柳州刺史文章工

爲東軒李相公題王叔名畫

春林日出蒼霧開崇崕萬疊青矗堆花原九曲不可到
佛宮仙府無纖埃半空懸水玉河落漫山桃李香風迴
是時功臣平九垓丹青畫像登雲臺陰陽均調萬國治
錦袍騎馬南山隈太平不忘講韜略一時騎從皆英材

清遊浩興那可遏雄詞欬唾飛瓊瑰歸來焚香坐齋閤新圖五尺良工裁田衣野客重感懷披圖更覺心徘徊高堂揮麈對說法仰看白鶴雲中來

採菊篇爲鄭生作

朝采菊莫采菊朝莫歸來不盈掬芒鞋緩蹋東籬霜酒杯倒吸南山綠寒風西來吹碧草崇蘭委質湘江道秦川桃李枝亦摧只有柴桑秋色好勸君醉解頭上巾未必今人非古人但令采菊不采根一年一見黃花新

蓬萊山人爲鄒德中作

三山樓臺隔煙海清水黃塵渺何在瑤池幾度宴蟠桃金母蒼然鬢容改蓬萊山人滄海客綠髮童顏布衣窄

養成雞犬服丹砂曾向瑶池掌仙籍幻遊或在長安市
只尺毫端移萬里有時舉步青冥中笑引吹笙兩童子
仙裳縹緲去復停風中環珮秋玲玲人間望之如列星
揚言自說山人名翻身下視鼇頭島一勺滄溟眼中小
揮手塵寰不可招風露無聲洞天曉

北征行送東軒李相公

八月秋高燕草黃漢兵大發征朔方隴西名公親受
命殿前領卒戟行千官出餞金門外萬騎將臨玉塞
傍帳下角弓持滿月匣中寶劒拂清霜邊風吹地暗沙
幕上馬陰山試雄畧翻身一鶻雪中飛應手雙鵰雲外
落三郡終宵有鼓笳諸羌自古無城郭勝帰金盌點酥

酡醉後銀鐺傾馬酪祁連山北陣開雲勑勒川東日欲
曛西虜空傳張使者右賢獨怕李將軍英年况復多才
思貴戚由来樹異勲坐看群胡俱欵塞捷書指日報
明君

昏目行

老夫行年将五十兩目眵昏漸成疾朝尋細字渺如煙
夜看燈火大如日長淮復畏風裏沙靜地每恠空中花
倚闌懷人易天晚出門行路愁歧差肝腸無酸淚自滴
鎮日摩挲手無力上客都忘阮藉青傍人謾笑胡僧碧
秋水瞳神憶少年看花不記韓家園返老還童已無術
蓬莱何處求神仙羊肝枸杞涼肺腑甘菊黄連徒自苦

問龍乞水既荒唐騎馬臨坑何險阻老夫目昏昏已劇
世人目昏昏莫測平生笑視心膽同轉眄之間不相識
夜來枯坐寒窻中瞑然已覺根塵空喚起巖前那律定
大千日月開鴻濛

養拙詩爲洪希羽作

人間大巧多覆轍吾樂吾眞養吾拙萬事不理總由天
兩鬢徒教白垂雪學官寥落如鄭虔座中賓客寒無氊
濁醪在丘時一飲桐琴挂壁誰張絃浮雲富貴寧自保
但使身安貧亦好何須苦學柳儀曹再拜天孫乞巧

峨眉高一首奉蜀王令旨題峨眉山圖

峨眉高高揷天百二十里煙雲連盤空鳥道千萬折奇

峰朶朶開青蓮黄金師座聳岌岌白銀象駕来翩翩鐘晨
暮鼓何喧闐風林水鳥皆談玄半崖陰霧見玉佛六時天
樂朝金仙月輪掛樹光團團平羌影落秋波寒自前勝
境不可狀畫圖彷佛移岩巒吾王此地受封國大法付
囑從靈山頋憶靈山當日語五十四州均化雨化雨慈
雲滿錦城佛刹王宮同按堵峨眉高高萬古

題陳用中三山望雲圖

三山白雲幾千里日日登高望雲起白雲起處是親庭
五年不帰勞梦寐蕭田水落花滿谿桄榔葉暗黄鶯啼
鶴髮高堂念遊子春風浩蕩吹征衣姚郎毫端有神力
為寫雲圖慰相憶誰云忠孝兩難全給告南還在朝夕

来漚亭爲姚宗文賦

来漚道人狎漚處東海蒼茫隔煙霧清晨開戶看漚来
落日彈琴送漚去忘機不獨海上人亭前日日還相親
紅樹沙煙泖東晚碧天野水江南春玉羽飄蕭弄明月
人乎漚乎兩同潔半空飛雨散秋雲千里涼風捲晴雪
人漚相對本無情誰能更結煙波盟乘軒不羨籠中鶴
掣臂每怜韝上鷹鳳山青青落窻几九朶芙蓉淨如洗
鳴臯謌罷漚復来一聲漁笛滄浪起

送戒定巖住中竺

天竺諸山天下雄支那勝處惟中峰玲瓏不假五丁鑿
飛来小朶金芙容縣厓嵌空不可上千歲神僧舒寶掌

杖頭靈骨去無迴世外高風猶足仰浮漚道人蒲室孫
京都試藝新承恩三夜欲挂稽留石一錫初辭白下門
佛國迢迢松九里五月涼風清似水劫灰掃盡古巖前
樓閣重開白雲裏送君此日懷舊遊別情渺渺隨江流
月明何處有相憶滿林風露天香秋

送瑄蘊中住持處州南明禪刹

南風吹沙江雨晴道人挾錫辭神京金陵故舊走相送
柳枝折盡勞勞亭輕舟挂席二千里山落南明如畫屏
三平老禪獨跨虎谿頭撫掌来相迎老禪高行世所重
叢林草木皆知名高陽洞口洗鉢處石門日莫聞鐘聲
仙都勝境在咫尺鼎湖龍去仙山青龍髯隨地化碧草

服食壽與天齊傾道人此地重經營兵餘樓閣猶崢嶸
蘭燈粲月夜皎皎天花吹雨朝冥冥龍河偕客雙鬢星
作詩贈別難爲情明朝悵望隔山岳少微一點雲邊明

送沈公桓還天台

諸梁後人多好文天台瘦沈尤超群平生讀書一萬卷
胷中浩氣凌青雲賦詩不誇章句好得酒高謌散懷抱
樓頭王粲謌多愁跨下韓生何足道揭來相見金陵陌
雄論差差劍鋒白潯遊未久復東歸瘦馬蕭蕭布衣窄
南風五月生微涼鏡湖百里荷花香征帆早晚拂天姥
寄書憐我遥相望

送現藏主往處州常樂

栝蒼之山天下雄控引百粤横西東高城月出海蓮白
野亭鶯囀山花紅伍喬光芒映南服知有高人住林麓
濛濛碧霧際江天冉冉閑雲蔽幽谷大峰嵯峨仙所都
軒轅上天遺鼎湖川水秋沉莫耶劍石龍夜吐摩尼珠
長樂山人樂禪寂捧檄東歸喜何劉江湖漚鷺惜離群
蕟杜象龍趣法席恩波浩蕩廣如天五雲迴首蓬萊邉
明年我亦訪遺逸獨騎白鶴來青田

美譚濟翁集家乗詩一首

将軍吏部七世孫生平好武復好文周旋弓馬二十載
夢魂夜夜湘江濆壯年忠勇眞自許白髮盈顛氣如虎
燈前對客讀離騷帳下羅兵講孫武西原霜露百草萎

正當葉落歸根時人生誰無首丘念譜牒編成雙淚垂
懷遠亭前一杯酒地下先人名不朽當時若笑郭崇韜
區區浪托汾陽後

清白軒詩爲梅駙馬作

明公妙年習詩禮清白名軒良有以兩字光華耀戟門
不數關西楊伯起綺疎晃朗開八窗牙籤玉軸羅高堂
毳幕談兵白日靜蘭燈讀書秋夜涼國家承平四海一
偃武修文當此日花明玉珮自天廻柳暗金門隨仗入
漢廷貴戚多國親清白傳家能幾人接武夔龍揚
聖化鳳池永沐恩波新

賦得講經臺送石田禪師之乕丘

講經臺臺何高關中聖者說法處琪園白日天花飄千年代迹精靈聚碧草不侵臺下土聽法遊仙去復回詩魂夜夜啼秋雨青山削壁勢欲隤繡花照水夫容開霸業如烟去無迹象龍還繞香雲堆君登講經臺我折白門柳吳謌江上来不必陽關酒月明鍾鼓響空山白石壘壘齊點首

賦湘府紫虛丹室詩

廣成宮殿凌紫霞神君服食惟丹砂泥丸晝夜轉天鼓運成沆瀣生金花重關壯籥守龍虎十二瓊樓隔風雨丹室之中神所都絳衣端居人莫覩綵雲縹渺開玉扃九疑削出夫容屛鶴駕西回擁旛節半空環珮秋玲玲

玉童雙吹紫鸞管蘭風飄香来九畹入海塵消夜氣清
萬戶千門翠簾捲雲中舉手招偓佺鳳皇飛度蒼梧煙
笑待斗柄酌天酒蟠桃花發三千秊

元故鄭泉州輓詩

練谿先生天下士身爲列星名不死諫疏猶存陸贄書
正議盛論董狐史宦遊中外三十年使車所至民懽然
蘭臺拄笏朝雨後繡衣持斧春風前朝廷厭亂思儻直
五馬騑騑向南國運移元祚不可支治安有策終何益
歙城歸来歲云暮回首閩鄉陽煙霧要識行人墮淚碑
試看仌山鄭公渡

送一源宗講師往湖州

江城歲暮多北風桂颿有客歸吳中金陵故舊走相送離亭把袂何忽忽丈夫成名苦不早眼看雲山雙鬓皓向来同業知幾人此日惟君才獨老台衡門地冷於灰法筵喜向茗川開門前月出水光淨渡頭風起潮音来茲行可以贈遠別江上梅花未堪折明朝回首望長安白鴈一聲天欲雪

送祿天然往東山

白門柳色青垂煙春風曉送龍江船四明南望二千里十日卸帆鄞水邊丞相祠堂在何處花發東山今幾度謝傅高風尚可扳振錫玲玲入山去金鵞峯前啓禪室巨鼇夜戴三山出晨鐘吼徹寶谿雲粥魚催上滄溟日

此行何以報
君恩天花吹雨来續紛登臨稽首望金闕晴空靄靄江
東雲
贈李建中
毘耶城中一病変終日忘言坐椷口平生故舊誰造門
醫學李君情獨厚李君父子皆好賢長沙祕術由家傳
子爲良士走朝貴父作醫官當
御前藥榜紛紛滿都市能解回生知有幾積劵如山未
足誇種杏成林端可儗憶昔家童抱忆瘥李君裹藥頻
相過刀圭入口清肺腑洒然一夕消沈痾復有山翁紫
芝老寒氣入脾心若擣偃臥方床不自支李君起之疾

如掃李君德色我實多無以報之將奈何才薄難爲宋
清傳聊對白雲謌浩謌

待旦軒爲指揮作

東方將軍丈且武一片丹心思報
主主恩未報不遑寍起坐轅門待天曙城頭落月照西
營明星爛然河漢橫披衣耿耿不成寐南埭雞鳴朝已
盈丈夫立功垂不朽著鞭豈在他人後驊騮騄去疾於
風金印縣來大如斗擊劒高謌夜氣浮劒光凜凜橫清
秋長纓繫取單于頭巨杯擎出月支頭將軍才華燦雲
錦軍中更置婆留枕太平
天子尚宵衣我獨胡爲自安寢

耆山菴詩爲張眞人作

上清之山天下雄耆山特立蒼眉翁峩然中居正冠冕群峯拱列如兒童龍虎眞人氷雪容此地結屋依青松晴煙半收林靄靄白雲不動波溶溶鏡光寒浸靡湖月弦聲夜奏琵琶風眞人讀書不出戶玄都幾度桃花紅金門謔浪笑方朔圯橋進履思黄公煮殘山川歲月老呵叱鬼魅風雲從相過我欲論參同空山落葉迷行蹤作詩何處寄遐想二十四巖煙雨中

拄笏軒詩爲王指揮作

将軍晉代參軍孫青年好武仍好文華軒新構題拄笏燕坐看度三山雲三山雲收復雲起朝来爽氣清如水

班簾十二捲晴煙朶朶夫容落窻几侵晨觚履侍
皇居歸来夜讀牙籤書丹心何以報
明主人生須作執金吾横槊高謌氣如虎萬里封侯眞
自許樓頭王粲謾多才幕下郄生何足數緑楊陰轉春
日低暈鴉影沒西山西銀箋何處寫新詠深院隔花聞
馬嘶

題李府丹桂軒

公家甲第連青雲堂前丹桂吹清芬曾軒高開坐涼夜
撲簾香霧来紛紛金吹不動露華潔月裏仙人降瑶節
奇葩點綴黄金枝露種移来白銀闕秋林瀟灑秋氣清
牙籤萬卷開前楹自是燕山尚清貴肎與桃李爭芳榮

花下詩成宫漏盡廣樂聲来九霄近貂蟬世世沐
天恩不用淮南賦招隱

寳古齋爲曹明仲作

我思古人不可作安得澆漓變淳朴夢中無復見周公
寳古名齋聊自托商鼎周彛不足珍秦碑漢碣俱成塵
今人信有古人節豈薄今人厚古人世道雖云日凋喪
管鮑貧交猶可尚北窻日午暑風清悠然高卧羲皇上

貧樂軒爲何給事賦

君不見幷州長史王叔朗臨水登山情獨暢在官不爲
世務移千古清風眞足尚又不見莱蕪邑長范史雲室
中破甑從生塵蓬門寂寂謝干謁至今青史高其人丈

夫貴賤不易守燁燁聲光垂不朽黃金滿屋珠斗量方雲過眼吾何有賢哉給事師仲尼雅與王范同襟期官居侍從寧自濯處朝不異山林時一室翛然淨如洗退食歸來心似水榮牀高枕樂悠悠明朝又逐雞聲起

龍湫行送軒宗冕赴鴈宕能仁寺

大龍湫小龍湫青天倒瀉銀河流海風吹練白杲杲雪花灑面寒颼颼臣那大士濯足處碧波下見長黃斛山僧洗鉢白雲動澗猨飲子蒼巖幽神蹤隱現不可測幻境變化誰能求道人此地追昔游玲然一錫辭神州天香飄飄滿衣袖散作雨露東南陬老夫送別謌龍湫夫容花開谿水頭永嘉妙語猶可續永夜松風消客愁思

君何處寄清夢三十六峯明月秋

任月山肥瘠二馬圖

一馬瘦一馬肥肥馬不如瘦馬苛肥馬雖肥世常有瘦馬雖瘦人間稀任公寫圖豈無謂牽來不解青絲轡瘦馬後行肥馬先似爲驪黄爭意氣吾聞漢家大將貳師歸萬騎如雲來向西龍媒一去難再得風雨昭陵聞夜嘶

送明鑒菴住江西北禪寺

大江西來山水雄臨川古郡多靈蹤青蓮梵宇柘岡下五峯削出金芙容石門老人著書處谿外茅堂依緑樹僧史流傳三百年猶有山靈爲呵護君今領薦向此行

飄然去就浮雲輕獨携金錫度前嶺野花啼鳥爭相迎
凉風蕭蕭吹客袂黄葉紛紛下庭除烹取當時露地牛
好與諸郎同守歳

尚睦軒爲蔣生作

莊公與叔段一旦骨肉分孤竹與延陵千載揚清芬賢
愚之名垂後世須信薰蕕不同氣草木無知亦有情梅
是兄兮樊是弟蔣家尚睦新開軒輝輝棣蕚春風前霞
城月朗照讀易巾峯日暖催彈弦脊令飛處林塘晚歷
歷晴空度鴻鴈臨風謌罷尚留連獨倚闌干發長嘆

白雲樓詩爲滋上人賦

越山東南多白雲結樓政與雲爲隣朝迎白雲似賓客

莫對白雲如故人有時隨鶴度松頂散作兜羅半窓影有時從龍作雨還倏忽銀濤三萬頃平生我亦雲爲徒看雲每想雲中居沃洲在望不可到幾度欲寄支郎書樓中之人道機熟野心已被雲覊束臨風獨唱白雲篇落花飛滿姚江曲

贈杜監令

我聞昔者城南杜居室去天才尺五爭似中朝供奉郎夙夜忠勤侍
明主憶曾隨駕征四方手持櫛纚心遑遑南臨衢婺北淮海東下毘陵西武昌白旄所指無不在天下承平鬢顔改聖上從容問舊時感歎俄驚三十載朝回館舍卽

閑門閑披貝葉忘朝昏但願寺貧得長壽萬歲千秋蒙
帝恩

送珂月屋還處州分得清風峽

巨靈何年移五嶽石扇中開兩崖削峽中六月清風寒
仰視青冥何漠漠碧谿泉脉海眼通白日雪花人面落
勾連石棧不可梯縹緲煙中見樓閣山人不歸今十年
幾度空林愁夜鶴帝城遊覽豈不嘉還念仙都舊巖壑
江淮兩過秋氣涼金錫玲玲度寥廓山川雖好毋久留
袈裟暫挂西巖角玻璃瓶內浴香泉早向雙溪間要約

蓮華館爲楊鎮撫作

蓮華居士蓮華館水檻風窗絶蕭散日誦蓮華六萬言

蓮漏沈沈香不斷逢僧即結方外遊澹然自是陶公流
傍人不識居士宅往往錯比濂谿周靜中忽作華開想
白月澄澄浮碧浪此時爾祖無爲翁縞衣端坐金臺上

題張紀善鄉雲山房

峩峩潞城山上有五色雲山名數千載堯祠今尚存張
公山房在其下高居乃與雲爲隣朝看雲出何郁郁莫
看雲入何紛紛作霖作雨在頃刻非烟非霧隨輪囷斑
簾夜卷動秋色碧窻曉啓飄祥氛丹山雙鳳瑞同出石
曹五馬来爭奔張公乗雲朝紫宸蜀藩轉拜親王賓昨
宵過我白雲室挑燈共讀眉山文眉山與我情最厚畫
圖想像成三人今晨又言别待漏彈金門重索鄉雲篇

把筆慚無神山房共話應有日浩謌一曲滄江濆

四暢亭詩爲潭王作

引碧酒彈焦桐牙籤曝日散靈蠹墨池卷雨隨飛龍謫仙子期俱絶倒鄴侯張偵何足雄韶音遠落鈞天上露杯親賜仙人掌秋庭柹葉憐鄭虔夜閣藜燈笑劉向聖皇垂治四海清河圖既出鳳皇鳴諸藩上表賀一統萬國稱觴謌太平西宫鵶啼天欲曙千官車騎多如雨朝班已退珮聲閒宴坐亭中閲今古長沙三昧猶可傳艮岳丹青徒自苦吾王以忠孝爲屏道德爲戶由仁義之坦途入聖賢之淵府祥雲五色甘露繁白萬潭民保桉堵彈焦桐引碧酒闢四門開四牖拜手長謌四暢篇

亭與南山同永久

送正宗源往江西

大江西来二千里十幅蒲帆掛秋水曉風吹散香爐煙
五老青青望中起臨江山水天下雄雙林大士留神踪
快哉此舉遂高志闊步尚可追先宗歲闌送日長安道
惆悵離情何草草人人各自有生緣試問黄龍屋頭老

題仰山圖爲新古銘作

大江西来美林谿大仰奇峯翠如削雲中簫鼓二王祠
木末烟霞四藤閣昔人從此開法筵百神効力爭相先
獺逕苔衣雨花積龍湫瀑布銀河縣氷絃一斷難再續
古銘重唱陽春曲亦手移来覯史陀碧尾朱甍耀陵谷

披圖仿佛如舊遊會當看我巖之幽此君亭上一揮壓
木蓮花發三千秋

南齋滯叟

丹丘逸士誰獨賢南齋滯叟人中仙浮沈每歎東海若
縱浪受誦南華篇隨時俯仰非我志一眞自守誠吾計
平生頗慕王丹流十畝家田聊卒歲巾峯八月風露凉
白雲如水流軒窻老我從遊不可得夢落前村月半江

敬題岷峨保障圖

壯哉岷峨雄蜀都屹然保障西南隅四星倒挂玉井絡
雙眉削出青夫渠金牛有路自天闢斧鑿靈傳五丁力
黑水南流失故墟太白西來横絶壁連峯飛閣相縈迴

大紭小紭參差開敷張不盡左思賦紬繹謏許相如才
聖皇封建列寰宇特選賢王鎮兹土豈誇富國爲繭絲
要使文風比齊魯向来竊據皆蜀圖公孫王孟何區區
山川形勝信有待龍種自與常人殊江南十月天氣好
牙檣直指巴江道長戈短戟燿官兵廣袖寬衫来父老
忠爲藩兮孝爲屏五雲日夜瞻瑶京願將此意入圖畫
萬歲千秋謌太平

題清眞軒詩爲王駙馬作

晉代風流那可數右軍特是清眞侶同宗誰解繼芳聲
玉牒賢公文且武清眞巨畫題高軒蒼龍夭矯跳天門
森森玉樹照春日窅窅甲第連青雲竇家貴將何足儗

郭曖詩情今有幾七書誦徹坐良宵鳳臺月色涼如水

孤松行

東山有孤松兵餘能獨在雖遭霜雪繁青青終不改歲寒要礪鐵石心一枝秀拔山之陰褒封曾受大夫貴雨露早沐天恩深早沐天恩一何厚自是靈根培植久堂前諼草共忘憂嶺上青楓同不朽野客長謌謌激烈爲愛孤松有貞節卻笑章臺弱柳枝一夜西風盡摧折

岷之水散懷蜀王殿下

岷之水從西流分支散入東兩州東南之人飲江水飲水鳥不知原頭煙波浩渺一萬里解識原頭知有幾長安老客念岷江側身西望何時已何時已心不移夢魂

夜夜來峨嵋我顧峨嵋爲城岷江爲池千古萬古盤石基老客獻頌垂厖眉

送海寧龍長老

望　東瀛瀛水闊天冥冥蓬萊三山不可到但見日月晝夜波中生越客揚帆向何處白煙一點東倉城東倉門開古蘭若金銀樓殿何崢嶸狂鼇負石去無迹游龍鼓浪來相迎高堂擊塵萬象驚霜鍾吼月奔華鯨千奇萬恠目前出文采助發波瀾㑹我謌望東瀛君須泰階平泰階平海水寧黃塵飛盡野馬息扶桑樹赤天雞鳴

夢觀集卷之一

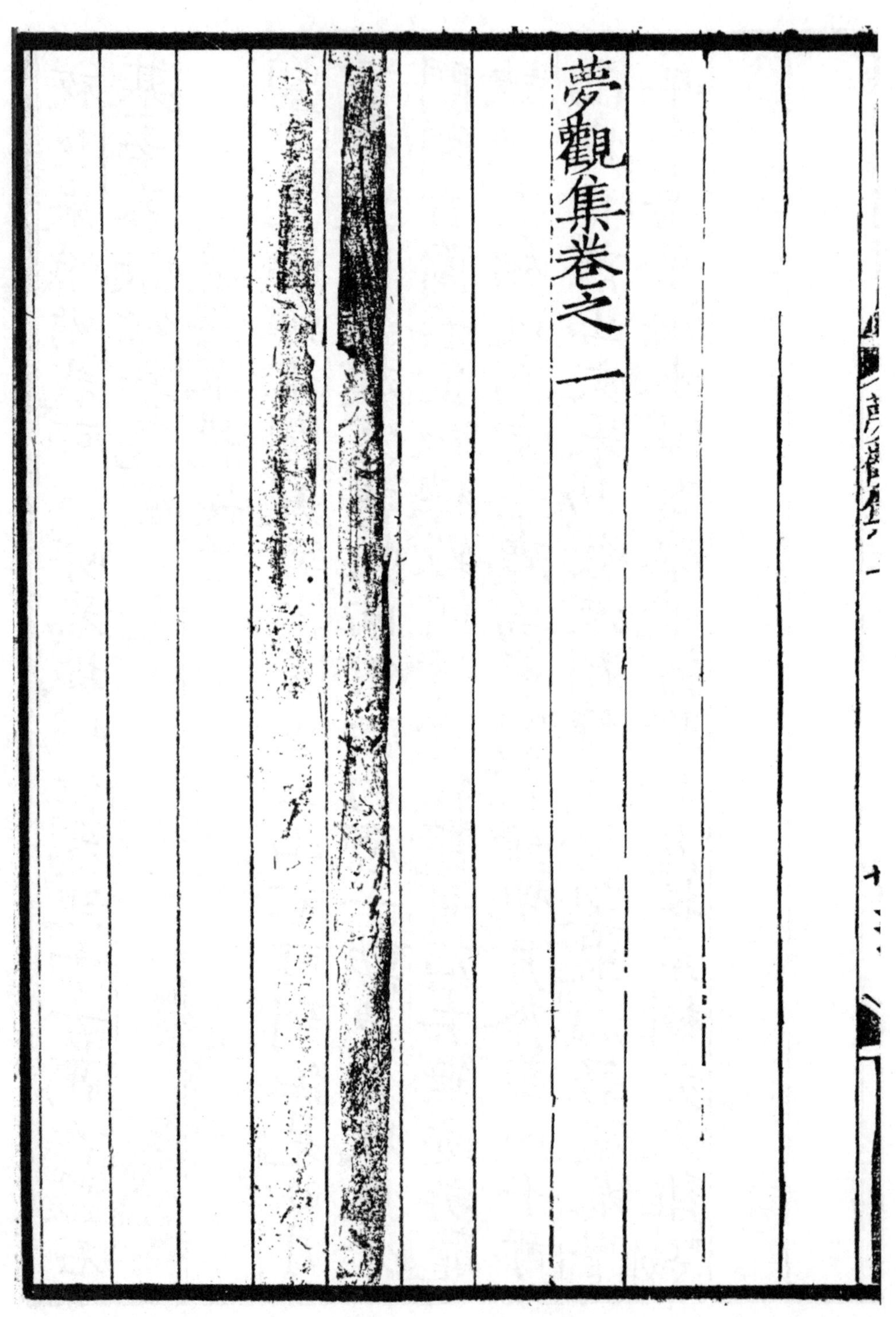

夢觀集卷之二

富春釋　如蘭編次

五言古詩

聽潮軒二十韻爲夏伯奇作

名江古羅刹潮勢天下壯犇騰數百里所觸無不喪山嶽互低昂日月爲摩宕龍堂愼下閟犀弩怯東向方夏九井涸儵視百川漲施閑冈窺測幽恠紛宂長每嫌宂鰌論俗識多謬妄何物王充衡所究益蒼莽淅人黄公孫窮理悉纖纊開軒俯空渌迥出風雨上晴朝臬潋夕滌思坐前幰屢於潮發際靜聽神獨暢大音何轟輵雜沓萬車兩小音亦喧豗激薄千甕盎初張洞庭樂節奏

繁吹伏作散陰陵兵歌聲劇悽愴迴風忽間斷漁姑續清唱須臾波風息寥豁屏煩況已極潮根源詎議國伯王乃知喧豗理湛絕無疑狀啓戶眺東瀛清蟾出孤嶂

山陰徐烈婦詩

我讀太史書遂知徐烈婦英英閨中柔落落氣如虎爲婦當徇夫爲子當徇父生托結髮情死共一抔土寸錢鏤誓詞全身赴火聚觀其倉皇際出處心獨苦使有健士力執仇在掌股既無生夫術一死真自許有生孰不死爾獨得死所日落青楓雲天黑巴陵雨長謌烈婦詩悲風起林莽

秋夕病中

夕雲歛中天月出萬象正九野聲影消平湖湛寒鏡驚風著露草栖螢光不定新新感時物金氣颯已應扶羸捲前幔銷肌怯虛淨憂来復就枕蕭條發孤詠

松雲一首爲道士顧本中作

悠悠松下雲落落雲中人依依紫霞佩翩翩烏角巾飡松服雲英壽與籛彭鄰手招松雲侶超然上朝眞嘯聲雲邊来可望不可親

次韻方雲林登蓬峯

峯回青蓮高石泉迸飛縷樵歌出叢靄鳥道緣險阻崖陰歸夕雲林清過涼雨風翕晴百囀松鶴時一舞道人戀佳賞排雲上榛卉谷轉失前蹊洞豁怯深俯投閒慕

真隱憩靜得幽所感景易徂謝俛仰異今古禪翁宗不
起此道日悽楚徘佪望煙閣臨風獨凝佇殘陽没西嶺
蘿月快新覩樹杪聞疎鐘巖前值仙侶玆遊吾所羡無
從躡遐舉始願諒無違他年覓支許

題三香圖

英英粟玉花的的梅蘂蕋依依兄弟情脉脉詩人意草
木本無知殊根乃同氣我讀淮南謠臨風發長喟

次韻荅劉林泉

仙人劉子安飛屩度層巘翩然入煙蘿不憚山程遠一
謌望海吟再聽懸河辯粲粲雙璧投落落聯珠演百年
山澤中斯文見冠冕焚香面西峰相對雨簾捲每論結

交心磐石不可轉方嗟睽別艱重山阻樞鍵留衣將有贈白雲不堪剪

趣上人蘿薜山房

我懷雲林居負在蘿薜下幽花落窻扉秋藤覆櫚尾重巒紫翠深中有忘機者薜蘿坐來久風骨更清洒聲沈萬境寂玄遣百慮舍何事支道林區區猶愛馬

題陳敏夫縣丞悠然齋

華軒敞岐麓高棟切雲起悠然坐清朝南山落窻几以茲謝喧囂心逸民自理桑麻緑浮靄桃李春向媚彈琴送飛鴻往㣲来爽氣盈知采菊翁未解哦松意

偶地居爲瑾師賦

有生如浮雲閑踪本無著出門隨所之去住安可托莊莊三界内百年同旅泊瑾師了空相偶地得餘樂去歲辭東州今晨往南郭山榻秋風涼杉鐘暮煙薄何處覓禪栖孤笻徧前壑

虛庭秋月爲寶上人作

幽庭坐虛寂月出青松林流光入禪戶涼思滿衣襟六根淨無垢萬境亦消沈蕩茲著有想快我遺世心浩歌秋水篇聊續寒山吟

題風雪歸莊圖

北風號枯林寒雲没西嶺歸翁雪滿笠欲渡愁日暝孤舟斷磯下驚浪無時靜遂令世外人感此畫中景

孫仲善玄默齋詩

知白貴守黑處寂在忘語道人得此意澹然葆冲素青山盡掩靄白雲暮来去欲覓全椒居落葉迷行路

題泚文舉窻岫卷

淮州有高士落落無常居辛勤五載間始就城邊廬闢窻俯西野縱目聊自娛青山望中来白雲與之俱逍遥芳樹林濯濯朝雨餘良時會佳朋尊酒散襟裾豈無榮寵念窮達各有途山来不必麾山去不必呼萬事貴偶然矯飾非良圖疲盡予孫力可笑愚公愚

次韻荅李琳京先生就餞之京考文

握手念宿昔評文乃忘年高懷瀟崇巘逸思窮遐天春

圜重文老東帛賁丘園送君中都門飲我林下泉清謌激償靡興論恬言詮聽鐘戒童僕駈車朝日邊江明石城渡月照鍾山顛絃違諒非遠行當續前緣

題孝子周仲南卷

蕭蕭庭前樹入夜風不息秋聲颯然来孝子情更戚陟岵念劬勞霣江渺無極精靈隔泉壤欲見那可即蛩吟寒氣深鳥啼月華白起望東南雲哀謌楚天碧

月梧軒為盧東牧作

梧月何娟娟照見梧下石流光滿高樹葉葉皆金色仙人盧子敖看月坐瑶席手招蒙谷叟汗漫遊八極涼風西南来萬籟秋正寂忽逢滈梧叟為奏鶴骨笛聽徹雙

鳳吟歸来海天白

偶題

群鶩見白鷺類已思同嬉不憚滄洲遥踊躍徃值之駿駿始相近白鷺忽高飛群鶩延頸望直舉無回期鷺性固如此鶩心徒爾爲非關鷺無情乃是群鶩癡

㹀鶴

㹀鶴何翩翩頗與鶴同類秦人羅致之怜愛無不至固無警露姿實有乘軒貴羽毛已鮮澤習性亦驕恣秦人既鶴呼鶴亦鶴自謂忽逢浮丘伯借之乘謁帝長鳴玉陛前帝𠌫鶴音異勑令擊殺之不充膳夫饋浮丘報秦人秦人方自愧爲誡畜禽家畜禽辯眞僞

望月

浮雲起中天白月頓昏昧衆星亦寡寡煇爟似驚怯山川逗寒灰草木慘竿籟須臾浮雲滅流光滿天外乃知至神物未能忘顯晦月性固圓常雲物多變態變態既從雲於月本無害達人究此理坦然恒自快可笑玉川翁泣下中庭拜

旅軒爲陳原秉賦

人生無根蔕百年成旅遊濩落江海間益知身世浮寒風灞陵曉明月關山秋京華悲杜甫新豐懷馬周二子不復見悵惘增煩憂長謌散旅懷呼酒澆旅愁俯仰閱今古天人同一漚

南山栢壽東軒國公

瞻彼南山栢獨承雨露息根本固已大枝葉何其繁清陰布日下直幹排雲端飄飄風下笙鶴肅肅儀祥鸞壯哉風雲氣凛然氷雪顔緬惟廟堂器足樹四海觀顧衛樗散姿永言依歲寒願齊椿松壽千載磐石安

賦醫士姚原澤處和丹房

僊翁丹一粒粒中蔵太和太和無停樞流轉如盤渦熙熙均化育物物無偏頗盎然春風中萬象遊無何客有姚盧子錬丹西山阿丹房如鶴栖桐梁見雞窠古松生白苓黃圓垂碧蘿太和為座榻春風作行窩能令扣門者一一超沉痾期與世上人籛鏗壽同科自云處和来

屢見桑田波道逢金芝叟感激悲銅駝逸哉紅顏客颯焉雙鬢皤世無知機士彈指歸滅磨金丹豈誤俗常昔昧者多乾坤闢兩戶日月跑雙梭蟪蛄唬牆陰玉露生秋菏殷勤別芝叟覔以深伽陀芝叟澹忘言笑眄庭芳柯袖傾一斗墨爲掃丹房謌

欽和

御製賜全室禪師詩韻

落落三界賓處世如旋輪報恩當何先所重惟君親固應事修礪旦夜忘勤辛推案有經帙掛壁存屨巾雨深堦草積風落庭花春未了死生跡孰知前後身人我達無相大千歸一塵涼宵坐忘寐悵望秦淮濱永懷道中

妙獨慚林下人白雲與明月庶得爲比隣況際
聖明主笑譚平楚秦萬彙遂生息一一皆
皇仁願言頌嘉運浩封同大鈞

送宗一源還吳中

人生無定蹤有如行空雲朝出江上峰暮歸煙外村因
風作散亂逐霧還氣盈去來不可羈何處求其根道人
雲間來暫泊秦淮濱秋風昨夜起忽憶吳淞蓴翩然與
雲還挽之苦無因悵望陸機山浩謌白下門願爲雲中
鶴萬里長隨君

芥舟一首爲謝敬明作

客有列仙儒揚言芥舟子朝發崑崙隅暮泊扶桑涘萬

象帰運載滄溟入杯水我欲從之遊可望不可邇浩蕩青冥中時聞櫂歌起

送居士葉尹文赴蜀府名

京都有佳客落落居士身身披白罽服頭著烏紗巾虛閒惟向道瀟灑不染塵況慕出世法背妄思合眞誓修利它行後巳乃先人篋中貯良藥一七功通神嘉名籍內府出入在金門賢王素重之名往臨淮濆自言才力踈何以酧君恩明當趍殿下豈敢詞辛勤寒風起淮甸黄葉下紛紛烏雅散平野白鴈號青雲侵晨過大山車聲復轔轔再拜玉堦下雨露官袍新蜀山何蒼蒼蜀水何沄沄尚推忠義誠宿夜資王仁

題宋祭酒白雲茅屋圖

白雲何英英，護我林間屋。朝向欄前飛，暮歸欄下宿。觸石起膚寸，變化一何速。散之彌八荒，歛之不盈掬。依依蒼松顛，冉冉青山麓。銀濤忽萬頃，浩蕩凌崖谷。去来本無心，悠然謝覊束。憶昨隨天風，萬里追黄鵠。裵回九霄上，祥氣靄紛郁。天章發晴漢，粲爛耀人目。皇猷載黼黻，還念舊松竹。聊寫滑臺山，庶以慰幽獨。踈廣東都門，賀老鑑湖曲。二子雲中人，吾将繼芳躅。朗謳白雲篇，清風振林木。

古邺爲曹甯伯作

結廬古邺裏，自號古邺民。白水流遶屋，喬木蔭當門。濁

醪會親友醉擊老瓦盆時雨靄桑麻涼風散雞豚既喜生意繁況無車馬喧且盡餘生樂此外非所論

松竹居爲翁士白賦

玉山有高士結廬松竹林愛此後凋色不受霜雪侵中宵坐苔石涼月散清陰口誦白雲篇手弄太古琴夷齊不可作悠悠千載心

次韻同菴禪師香爐峰詩

昔經偃王洲胷臆鑑湖曲仰見香爐峰銀河挂晴瀑日照蒼煙開陰崕迸寒玉依依金夫容千朶散平陸谿回樵風清石轉卧龍伏太史探書處金堂翳嘉木翻思潯陽上秀色動人目舉首望雲中五老青可掬世無樓煩

師誰當踵前躅向来十八賢共結松下屋手植白蓮華千載有餘馥勝境何地無舊盟行再續思也禪者流進退容貌肅自云愛此峰歲久住巖谷新詩慕元澄高行仰白足適越乍遊吳行李一何速往事既莫追古道會當復拂拭宗鏡書青燈夜深讀

徐孝子詩 并序

毘陵徐經氏世業醫九歲時居學究中其師以杏實饟之經受而置袖中師恠問之欲歸遺親人皆嘆異予聞昔吳陸公紀五歲時即能懷橘奉母袁術奇之經之袖杏固出天倫亦陸績後竒事也爲賦詩曰

在昔陸家兒懷橘思奉母袁公一奇之名落千載後徐經豎者流入學年八九少小知事親杏實蔵衣肘誰無孝子情習性貴從幼楊君善教育斷斷良師友至今毗陵市稱頌不輟口信使人皆然民德日歸厚我聞市人言作詩誠黙首會當達天朝史筆傳不朽

贈烏回俊長老

吳興水精域東南景尤佳白水散鳧鷺青山走龍蛇隴雲藹桒葉野雪吹茗花坡仙蕩舟處迢迢谿路賒依稀煙林中尚識東老家晝公雅清秀新詞吐煙霞向来滸樂人一一聲譽嘉子今踵華躅歳月猶未遐烏回青蓮宮喬木蔭交加高堂飯香積丈室開毗耶蘿若晨定起

松露飄袈裟舊榻存青氈琪樹發天葩彈琴送去鴻鳴鐘集歸雅行看全室鐙分光徧河沙

題道士謝景文看雲圖

雲中有道士身披白雲衣朝看雲出山莫看雲来歸口誦雲和章目送雲鴻飛雲来不可拒雲去不可追吾將躡雲車與子俟安期

喜雨寄東軒國公

驕陽直亭午好雨来秋中浩蕩天宇淨突兀火雲空稼禾發華滋蘭蕙回春容幽坐玩物理湛然心境融緬懷東軒下開襟納清風

道心堂爲彭司務賦

大造何莛莛有生同此理湛然明鏡中徹見[illegible][illegible][illegible]瑩臺一失守青空片雲起紛紛事外馳逐物不[illegible][illegible]人抱貞素結堂碧溪渼宴坐閱群動會萬歸一揆[illegible][illegible]心境空明月在秋水

題春江聽雨圖

春江浩波濤煙樹日欲暝蜚雨江上来蕭蕭不堪聽踈聲入幽夢涼意愜清詠何處俟歸人猨啼隔西嶺

樸菴

清溪有佳士菴居恒澹然白茅覆檻外緑草滿堦前插架書數軸掛辟琴無弦濁醪時一醉醒来月當軒因之謝時俗庶以全吾天

蜀府閟古堂

王居尚文雅圖書列高堂閟古何爲設仰彼先哲王沉潛得真趣此樂安可忘所以淮海間頌聲日洋洋善德播千載無媿東平蒼

題敷竺曇雲法華山房

上士閟妙經山堂閟靈竅五朶青芙渠當門削金碧林間香氣霏巖前雨花積吾將謁上士淨掃松下石詎嘿兩俱忘跏趺坐終夕

贈徽知客

白露下碧草清風生綠槐千里望越絕一舟發秦淮去去不可留何以寫我懷緬思荆揚道跼蹐媿吾儕子還

匆久滯涼月滿蕭齋

宿東林精舍

缺月沈餘輝旭日破幽瞑群運方喧呶妙觀入深靜涼颸散林端微熏度簾影平生邁往念際此益灰冷企望蓮花宮逍遥謝塵境

次韻敬荅　蜀王殿下

盛德如陽和萬彙涵其春餘波及遐壤況茲林下人仰瞻西蜀山美化日以新顧慚浮雲蹤安得長相親

冲漠軒詩奉　潭王令旨作

大化浩無迹邈焉同太虛璽扃一啓鑰萬境遂紛如乾坤豁兩戶日月跳雙珠飛光不暫駐倏忽朝巳晡眞人

秉化機䑛坐究玄樞冥心太始間身與造化俱撫弄盤古頂蹴蹋康胡雛澹然樂無爲笑傲混沌初

送瑋巘首住天竺猊峯寺

壯哉猊峯鼎峙兩天竺蒼厓拔翠戶長松覆高屋講徒數百人濟濟出塵俗鼓鐘肅朝飡燈火嚴夜讀梅峰隱居處丹青炫人目訥師行道所慧光照林麓別來三十年歲月驚轉轂倏忽事已非舊夢不可續天朝崇大教一雨均化育瓦礫焕金碧刲灰掃陵谷穹碑巨刻存古道行可復子今往茲地輕車路方孰嚴葉遺布金江梅破新玉老客歸路遲白首尚僧録獨立青雲邊長謌

送黄鵠

送蘭古春之延慶

大道久寥寞玄關喜重開皇風播祇苑化雨沾枯荄禪燈耿白日講鼓鎔晴雷佛光照幽暝雲漢方昭回兩街列僧録廣選超宗才法師抱古學鷟剡交相催揚颺下淞海天華滿空来病客謌脊令臨風獨俳佪昔聞碧雲隝屹若青蓮臺勝境暫消歇舊業行當恢尚憑玉麈尾一掃昆池灰還京有官使早寄春風梅

詠適可齋

賢達處寰中何往非我適營營閭井間胡乃自勞役陶公辭五斗笑傲樂無極二疏散黃金都人重歎息所以高世士去就真自得聊持一壺酒獨醉松下石可人期

不来長謌海天碧

題妙道軒

大道何冥冥無名亦無像縱之彌六虛卷之不盈掌山人究其妙翛然脫塵鞅游心萬物先一息了諸妄稽首謝虛皇巾峰月初上

題分翠軒

崇軒過朝雨山翠濃欲滴攬之不盈掬玩之若有得日落雲夢寒天空楚江碧何處候鐘聲岩前獨吟客

題鋏厓先生金山詩後

先生列仙儒翩然跨箕尾下界繁虫沙可望不可邇空餘太史文虹光照南紀世無楊子雲千載徒爲爾從游

數百輩存者今無幾再覽金山詩悲謌淚如水

成趣軒為章山人賦

君家南明麓遶舍惟蕭蕭跣涉園有真趣荷鉏恒自娛歸
坐茅簷下曝日散襟裾酒後雙耳熱仰天謌烏烏以玆
聊卒歲澹焉不求餘

愛蓮一首敬爲　蜀王作

英英玉沼華粲粲黃金蕊彼美西方人愛之良有以碧
露生夕芬紅雲隨秋水燕坐心境融鐘聲隔林起

題唐員外椿萱堂

蔚蔚燕山椿依依北堂草濯濯朝雨餘盈盈顏色好君
子扁華軒庶以敦孝道白日西奔馳江流東浩渺丹心念

主恩鶴髮思親老展轉清夜長鳥啼關門曉

次王右軍韻

涼飈起高林葉露光如雪招邀西齋賓坐玩東池月玉宇清且寬銀漢淡欲滅笑進寒筵氷盃知長途熱

題復思軒

當思務明理積學在致力思而苟不學於道終無益所以復思翁孳孳忘寢食微風入踈櫺寒蛩響秋壁沼然心境融月輪挂空碧

待月軒爲式藏主作

月出青松林照我松[illegible]户床前光未滿裵回更延佇蓮漏下初更綠逕散東塢浩歌步中庭衣裳露如雨

題錢選畫

大峰青蓮高千仞苔壁古招提隔層雲孤逕入深隝鐘
鳴谷口風木落溪上雨何處夜猿啼帰帆下秋浦

贈葵藿生

松陵有佳士賜號葵藿生朝朝灌東園葵藿日巳榮小
草固無知貴有傾陽誠勗勗哉固根本永表忠君情

来月軒

明月来青天照我松下戸八海淨無塵流光徧寥宇想
像青娥嚬招邀白鸞舞紛紛桂兔蟇俗論何足數去也
安可留来兮孰能拒去来本無期人心自今古浩詠下
中庭秋林露如雨

欽和志修古詩

松下煮白石巖前枯枝云何修淨行照本如嬰兒馭川向東注白日從西馳西日會復出東水無回時已事苟未徹豈不勞心機

聖皇念遠人至訓言如絲勉哉報恩澤勿爲賢者嗤

夢觀集卷之二

夢觀集卷之三

富春釋　　如蘭編次

七言律詩

寄錢厓先生二首時留京總裁禮樂書

蓬萊宮闕五雲東，龍虎山川錦幛中。盡說黄金延郭隗，誰知白璧起申公。春秋衮鉞諸侯懇，南北車書萬國同。御望釣天才只尺，一琴涼月寫松風。

先生講客居東里，使者傳宣拜下床。樂府謗推梁子範，禮經須問魯高堂。酒須桐馬來光祿，賦到龍旗說太常。賜老鑑湖猶有待，山陰茆屋未凄涼。

銕厓先生挽詩

玉笙聲斷泣龍君，撼樹蚍蜉謗作群。一代春秋尊正統，兩朝冠冕在斯文。他生有約尋圓澤，後世何人識子雲。舊業門生今幾在，下車空拜馬陵墳。

詔下口占次楊先生韻

詔下東南定兩京，疲民何幸見昇平。九重雷送千門雨，五嶽風傳萬歲聲。銅柱將軍封馬援，壺山處士起樊英。只今道路謳謠息，已辦歸舟載月行。

客山陰寄湖上諸友

蘭亭燕罷送群賢，獨客歸來閉戶眠。夜壑有聲都是雨，春山無處不啼鵑。放謳强把浮丘袂，乘興難迴剡曲船。因念少游平昔語，孤燈相對益悽然。

挽默菴久禪師

九原何處吊吟魂腸斷江南黄葉村毎念維摩身若病
也知圓澤性常存山精夜嘯溪風冷海鶴秋歸壠樹昏
惆悵雲峰峰下路有懷今日與誰論

同天鏡禪師遊花逕寺舟中作并簡夢菴法師

百華逕上雨晴初晚飯移舟入畫圖里中父老話梅福
廟下女郎歌柳姑萬索荷錢春易買千石菱租秋早輸
鏡中風景慚遊子鏡湖東南天下無

壽菊軒爲恭上人作

柳亭梅榭變風煙菊室秋香壽獨全濁酒呼来陶靖節
好花開到傳延年籬邊甲子渾忘世谷口人家半是仙

慈應清芬知幾葉白頭一一見曾玄

九日與高文政登越臺

千仞崇臺俯越邦清秋登覽極鴻厖種山西缺通滄海槩浦東來入大江照眼花枝金个个踏謌童子玉雙雙風流更愛高書記解和新吟白雪腔

正月十五鍾山書事弁簡陶禮部

上念群靈殞刧灰法筵親向蔣陵開雲垂五采金仙降燈擁千官玉輦來旌旆影寒香旖旎簫韶聲轉月徘徊清朝盛典誰能記白髮詞臣漢史才

十七日謝恩奉天門

金殿重重護采霞天門賜坐擁袈裟尚方晨鉢分雲子

中使春杯献乳花雉尾風清天只尺螭頭香煖霧横斜
聖恩特許還山蚤官柳黄時喜到家

二月三日泊瓜州渡與具菴同賦

淮煙莫漠夕陽收楚樹昏昏翳客舟風度鐘聲来北固
帆將燈影過楊州雲錐碧海天無際波撼金山地欲浮
獨恨壯遊非昔日滿江風露夜如秋

由山陰渡小江道中漫興

行盡山陰路百盤小江七十二弓彎潮頭直到西施廟
海氣雄吞亞父山緑樹濃時鷗鷺亂語青山盡處鶴飛還
征涂擾擾知何事歸聽松風晝掩關

湘湖謾興二首寄　微生

蘭堂客散酒船空湖上清遊孰與同五月秋聲梅子雨
一天涼思藕花風煙将白鳥沈沙際雲帶青山落鏡中
自是儋翁阻杭越誰教天塹限西東
藕花風起晚涼多高擫柴床聽棹謌芳草不歸支遁馬
白沙唯見右軍鵝人家隐隐連桑柘僧梵悠悠出薜蘿
今夜湘中好明月相思無奈故人何

哀妙以中

石頭城下別忽忽海上重来又夢中無復同衾聽夜雨
空将雙淚洒秋風數編遺藁生新蠧一曲哀弦寄斷鴻
黃浦東流客西去夕陽衰草恨無窮

次韻荅徐端尹

下榻踈林每有期相逢又是綠陰時西江煖雨移舟晚
東郭春泥縱馬遲千里客程秋浦雁百年世事夜窓棋
管寧莫謾遼東興我亦浮家到海湄

悼惠古銘

春日題詩哭古銘江花吹雨晚冥冥萱堂有母頭俱白
林屋無人草自青應共謫仙游月窟會從船子泛華亭
臨風莫奏山陽笛獨客西園不忍聽

寄樸隱南州二首

聽徹南岡杜宇聲東州故舊獨關情湖鄉草色迷春雨
水院楊花落晚晴百寶不如燕石貴一錢誰買越江清
唯應便覓支郎去馬上看山直到城

泖上歸來百事慵一春愁病似衰翁臥聽溪閣三更雨
數到江花幾信風舊日親朋多楚越孤雲踪跡尚西東
舵樓晚飯人如玉清夢無時落鏡中

病中荅千江以仁

雪散無功肺欲焦湯湯伏枕度長宵生涯愈覺年來拙
壯氣都從病裏消滿樹涼風催絡緯一枝殘雨占鷦鷯
山容在望那能去孤負雲中折簡招

荅王炑潤

天祿然藜嬾校經鷁舟隨處泊漚汀西風舉扇無王導
東海移家有管寧谿雨初晴雲更白湖霜未落草猶青
客樓寂寞江天外幾夜遥瞻處士星

舜江楊邦彥家扁二首次劉允若韻

百官東下望群山，翠掃巫陽十二鬟。藥草春風迷客路，桃花流水異人間。龍將白雨山腰起，鶴帶晴雲海上還。丈許風流吾所美，幾時騎馬渡潺湲。　青山流水軒

十里煙沙接野塘，五株垂柳覆蘿墻。宦情都付河東老，往事休談洛下莊。翠影連雲春政晚，鶯聲到夢日初長。相邀須待花飛盡，倦客愁多易感傷。　午橋柳莊

三月廿八日早渡浙江

塵事縈心不暫安，天涯憂抱若爲寬。人因病久交遊絕，士到名成出處難。水國雞鳴催客渡，山城華落送春殘。會當一凝忘青去，得共雲松老歲寒。

登大雲菴

倦遊未卜一枝安每想登臨賦考盤翠落雲屏山九疊
雞鳴壓海日三竿長腰飯顆充齋軟廣舌溪聲入夢寒
富貴逼人頭易白豈容元亮不休官

寄伯貞戴公

東望湘雲客思多故人歸計近如何江都夜月瓊花夢
海國蠻煙荔子謌落日麒麟猶草野滄江漚鳥亦風波
碧桃窗下聽春雨誰肯金衣換綠蓑

留別入上人

湘水湘山照眼新此行端不為湘蓴花邊稚子能迎客
葉底流鶯更可人自分布衣謌白石也勝席帽走黃塵

浮蹤聚散知無定明日孤舟野水濱

乙卯五月十二日東白放舟西陵見招舟中作

十里輕舟趂晚凉櫂謌深入水雲鄉江流不斷東西浙
野色迢連上下湘漫有蹇驢追賈島豈無一盞老支郎
解衣何處銷袢暑人在青林啓竹房

題雲門翠微深處

谿閣重重翠崦遮無時雲氣濕袈裟千峯樹色藏朝雨
六寺鐘聲送晚鴉華冢天寒收柿葉茶壇風落掃松花
倦遊每憶逍閑地早晚扁舟向若耶

過何氏山林

十年海國厭風波地老天荒此地過白髮幾人江左老

青山無恙越中多杜尋廬阜沙門遠詩愛楊州水部何
要看仙家棋局散不妨松下爛樵柯

次韻答劉宗顯

水雲堆裏亂山稠愛介西莊樂事優歸去已知張翰達
病多長爲馬卿憂種来新樹蔵溪屋吟送飛花過石樓
共說交遊星散盡相親唯有石鄉侯

題孟本中鳳山精舍卷

花谿相見孟雲卿爲說茅堂近構成六袠慈親須白髮
十年心事短長檠雷驚夜蟄蛟龍起月滿秋臺鼓吹清
欲結芳隣知未晚高岡須待鳳皇鳴

寄顧雲屋

浮丘山下見劉蕡每說交遊獨念君鼠尾謗誇狂博士
虎頭誰識舊將軍孤舟夜雪臨丹壑破屋秋風補白雲
我是玉山堂上客幾時呼酒細論文

荅倪元鎮

禪榻清談屢有期茶煙想見鬢絲垂春風水榭停蘭槳
夜雨何山寫竹枝甲煎沈香都入夢新蒲細柳總堪悲
鸊鵜飛處重相憶擬和樊川五字詩

吳友民平野堂

華屋高開似瀼西淨分流水出龍谿地環海國東維壯
天落昏城壯斗低倚柱雲邊看鶴去把杯花底聽鶯啼
白沙過雨平如掌消得支郎縱馬蹄

裴日英竹塢幽居

愛尒溪南有草堂翛然一谷似篔簹龍頭瀉酒春雲濕鶴背吹笙夜月涼歸計早圖三畝宅塵情都付午橋莊庭前更植梧桐樹會見丹丘下鳳皇

爲吳仲賦井南丹室

何處丹光起石林玉湫南畔草堂深天連碧水東西泖雲斷青山大小金百斛香泉供洗藥一簾疏雨入鳴琴庭前莫種長松樹半夜鶴聲動客心

寄上海令祝良英

堂上琴聲久不聞江花江草思紛紛珠光夜淨浮滄海蜃氣秋高化白雲漢室將軍雙玉斗郭家天馬五花文

上書欲叩天王陛願爲吳民借寇君

上虞魏仲遠福源精舍

愛汝高居越水濱陰陰喬木覆比隣不夸前代金章貴
正喜諸郎玉樹新龍起夏湖雲作盖鶴歸秋隴海揚塵
君看尚古亭前石亦有襄陽墮淚人

寄竺菴禪師

何處雲林可避名西丘巖壑有餘清藥苗暗緑山畦晚
菜葉浮黄野水平一嘿㘴来經小刦五言傳去失長城
陽坡檢點花開未正想追陪杖屨行

題張伯雨初陽臺倡和卷

笙管聲沉綵鳳飛朝陽出海散清暉一時文物推延祐

五夜丹先起太微歲月無情詩卷在山川如故昔人非
秪應湖上梅花月照見荒臺獨鶴歸

丙寅冬寄全室禪師

翩翩来雁自江東喜事傳来懟轉蓬天漢九重開霽色
山林無地不春風湖梅得意花都放淮水生鱗雪半融
一室全居紅日外諸天環繞綵雲中

次樸園韻送瑞雪牛赴龍河

一鉼一鉢上神州二水三山汗漫游鳳沼恩波餘可及
龍河妙語重難酧風清絡緯衆家月露白夫容个个秋
雲衲政同雲海鶴晚来都向上林投

登涂山聚勝樓

神禹僊遊不可招群山起伏尚趍朝三江雲氣平秋海七寺鐘聲送莫潮天馬負鞍來騕褭(山名)靈龜脫网去逍遥(毛宝白龜也在山下)普天何地非王土容得閒身作老樵

贈黄伯成

闢說幽栖近越臺竹扉相對小蓬萊行窮流水逢仙宅笑引青山落酒杯歲月無情雙鬢雪雲霄有路寸心灰道林亦動金庭興早晚封書寄鶴來

寄天界芳林禪師

玉麈横揮法運回金銀樓閣倚天開九重應念南陽老千歲飜疑寳掌來鐘鼓朝喧龍象窟香雲春繞鳳皇臺山林尚荷扶宗力叨沐恩波愧不才

次韻懷冷泉禪師

八年京國歷書沉毎見遊僧問好音已喜法支流日本
謄傳詩價到雞林馬嘶赤撥晨朝散花落氍毹午定深
今雨不来春又暮鷲峰煙樹緑成陰

次韻荅宋無逸二首

草堂東隔舜江煙送目情飛落雁先野水輕漚宜釣艇
秋山歸馬快吟鞭同鄉狗監何煩薦末路羊腸不可緣
細讀肅菴新著藁師門文統有人傳

師門文統有人傳直筆麐經二百年江海共推遺老在
山林𦒍屬宦情牽秋風落葉長門賦涼月荷花鏡曲船
莫話草玄身後事夜窻清涙濕遺編

題魏生白雲親舍畫卷

魏郎親舍鳳城隅，堂上看雲足自娛。鉅鹿春晴佳氣滿，太行天遠壯心孤。開蹤冉冉過庭慢，幽思重重入畫圖。老我正關慈母念，青山歸養欲編蒲。

送源無逸起關化

鳴榔秋浦發長謡，子去南鄉幾日過。眼底雲山吾老矣，夢中風雨夜如何。斗城兵後居民少，石鏡歸僧古刹多。重覓新題何處是，功臣堂在碧山阿。

送李大參致仕還朝

昭代賢臣老更成，近承優詔特還京。鶯啼省樹春將晚，船到淮河水正平。漢室由來推重厚，洛中從此見耆英。

茶煙白髮晴窻下一飯無忘荅
聖情

三月廿日舟過湘上

隆隆官皷發河津漠漠晴沙際海濵雲過青天一行鷺
船開春水兩三人山邊待月盃無念鏡曲移家亦有隣
東上沃洲書已達舵樓晚飯薦湘蓴

四月九日與斯道衍公登虎丘

紺宮高涌碧崔嵬曾是秦皇駐蹕来虎石半銷金氣盡
翠崕中斷劒池開巖僧掃月千峯淨山鬼吟風萬壑哀
老我登臨春已晚落花吹滿講經臺

寄宋無逸先生

草玄閣上楊夫子每説江南宋玉才鳳闕書来船北上蠻谿花發馬南迴青衫無淚沾歌袖白髮多情照酒杯處士一星雲霧裏客樓東望幾徘徊

次韻荅林澹菴見寄

永嘉處士高棲處竺國閒僧又獨来放鶴爲留湖上客品茶應倒雨前杯黃塵紫陌人人醉白髮青燈念念灰歲晩不忘蓮社約翻經同坐謝公臺

宿重玄寺簡淨土法師

海城一別三年後雨碣重玄四日留林蝶不知花事晩草蛙爭吠麥田秋人間白水無行路天畔青山是沃洲愛尒祖孫同骨肉一家鐙火話綢繆

次韻答戴雪樵

新谿勝女無多在，舊雨故人今復來。險步莫經龍伯國，虛名已付蟻王臺。小園芳樹迷青草，空屋殘花落紫苔。安道詩成情更苦，未容興盡泛舟迴。

贈醫生沈自牧爲張叙賦

髯張久病苦吟哦，瘦沈高情奈尔何。千杵玄霜分玉兎，一杯香露薦金鵞。黄花葉老秋風晩，丹杏花飛夜雨多。要使疲癃俱壽考，毘耶城裏問維摩。

六月四日宿丁生書舘不寐口號

江舘清談夜不眠，老懷忻見後生賢。烏聲已轉三更後，人事都非十載前。役役河鐙收布市，隆隆津鼓賣鮮船。

多情最是丁都護，一曲新謌莫浪傳。

題珉上人所藏嘉定曆

一從杭汴隔風塵，四見南朝鳳曆新。戰士淮襄悲割土，殘民河洛望頒春。淹留歲月周家統，牢落乾坤夏正寅。莫說當年郊祀地，吳山煙草更愁人。

題沈伯初度雲軒

度雲幽閣對南山，先壠高居縹緲間。王氣不隨龍劒化，佩聲長送鶴書還。蓼莪吟斷情何極，風木聽來鬢欲斑。老我無心重出岫，春暉寸草夢相關。

八月廿六日富陽道中

蕎麥收花驛樹黃，江村歲晚益荒涼。浪摧黿石鯨牙險，

山落雞籠翠尾長世事無窮塵袞袞光陰幾許鬢蒼蒼
何須直度桑乾水方歎并州是故鄉

哀徐童子為徐秘校作 童子八歲而亡

愛子如華蕋半開無情風雨遽相催擬承閥閱金魚蔭
不見庭堦竹馬回造化小兒真若戲死生大事亦堪哀
舊衣不忍俱焚送萬一他年得再来

題安上人松聲軒卷

為愛松聲滿耳清翠陰深處著幽亭潮音奏梵来滄海
雨腳吹笙過洞庭簾外飛花春正晚僧前落子夢初醒
相知只有陶弘景曾向茅山月夜聽

雙峰寻首座以楊先生所贈詩卷索和勉為耳

憶曾湖閣倚晴窻南北峯高玉髻雙妙論已知諸相泯
雄詞能使萬夫降秦川日落雲連海羅刹潮回月滿江
不見豪吟楊太史疎鐘清夜爲誰撞

十一月十九日崇福菴對雪

海城三日北風顛南雪今朝見臘前一色盡封閑草木
雙眸驚失舊山川逐臣愁絶藍關馬倦客思回剡曲舡
冷殺梅花吾不恨疲民多少望豐年

贈海上六如仙

衹陀園裏六如仙不住僧房卽市廛歲月消磨囊裏藥
雲山廢盡杖頭錢老來白雪秋盈鬢謫罷青天月滿舡
自説麻姑新有報海波昨日又桑田

題畊隱爲王子安作

讀殘書卷雨聲稀畊破春雲曉色微瓦缶自傾蒼朮酒
金貂不換綠蓑衣江花未落秧針短隴草初深繭栗肥
翻笑羲熙陶縣令田園荒後始知歸

九月八日喜具翁還山

大法從知付國王尚煩辛苦挈頹綱三經註就頭俱白
九日歸來菊未黃學不師安非正議教從入漢喜重光
餘波尚可蘇焦種鐙火山樓講夜長

次韻懷全室禪師

詔下都門促遠遊倉皇不爲故人留天寒雪領駝鳴隊
月黑流沙鬼嘯儔擊鉢有時謌去國憑軒何處賦登樓

王城只尺談玄處花雨香雲擁鷲頭

次龍門韻幷柬宋憲章鍾仲囦

雪後龍門步早春老禪風骨淨無塵鵾弦白雪吟山鬼
繭紙烏絲寫洛神天近可招牛渚客月明長送虎溪人
鍾繇宋玉工詞翰来往風流莫厭頻

二月二日早發湖口簡韓侯幷似孫廣文

煖風初散隔江煙黃帽催呼早發舡夜雨自添沙草色
春潮不動海漚眠已聞花縣良侯政更愛芹宫博士賢
生齒漸繁民俗化倦遊今日是歸年

二月六日書夕佳樓壁

已辦青鞋踏煖塵東風翻作曉寒新幽禽睍睆如留

碩鼠跳踉不避人白馬未歸天竺使青山誰買沃洲隣
憑闌望去春無際牢落乾坤一病身

月軒爲海盌庵作

故鄉昔日長看月見月還應憶故鄉不爲蟾光開淨室
政緣鶴髮夢高堂星河影落闌山曉風露聲沉海國凉
要識他年遺愛處清暉千古照甘棠

賦雪堂用千松老人韻寄能仁大徹法師

雪屋高開似玉堂下看世鼎沸如湯臨皋步屧人堪畫
剡曲回舟興亦狂華散翠微朝講歇詩成白戰午茶香
氷牀翻憶先宗事一滴醍醐莫謾嘗

二月八日過西湖孤山

漳水沈街墅半殘出門愈見客涂難浮雲頃刻成陰靄
落日千峯起莫寒師相宅前衰廣益將軍祠下論張韓
都將眼底乘除事付與山翁獨倚闌

龍井觀室成呈山容老人

元祐高僧迹未隙兵餘喜見草堂新風迴南磵迎天樂
雲散西窻送日輪投老幾爲同社客相逢多是半涂人
蓮華漏底光陰好不用千金別買隣

石蟹泉

神鼇駐水到禪家清出龍泓味更嘉晴帶谿雲穿曉斷
暗隨山雨走寒沙玉臍圓映波心月瓊沫香浮沼面花
疑待春風招社客焚香來試九溪茶

贈吳山隱夫

神武門前蚤挂冠吳山山下足盤桓東風花柳三千巻
上界樓臺十二闌去國有詩懷杜曲封侯無夢到槐安
一壺濁酒披雲卧未羨羊裘把釣竿

題富春山川臺

觀山臺殿壓春城下瞰群峯鎮百靈半石浮黿波影白
一沙横嶺燒痕青鐘魚水國催僧飯簫鼓江天送客星
自笑謾遊成底事又隨帰雁度前汀

宿富春郭

鐘動春城客到初蕭條官舍見兵餘登山氣力年隨減
涉世情懷日漸踈西上未疇臣阜約東帰先寄沃洲書

蓮花國外皆塵土莫認他鄉作故廬

二月廿日新港阻風與李子益同賦

東風未息又潮生四日舟行十日程積雨每愁春二月
怒濤偏愳夜三更此身只合青山老舉足方驚險處行
賴有故人能慰藉舵樓相對說鄉情

次韻荅南州二首

一卧滄江歲月深舊盟寥落不堪尋故人消息雙魚素
遊子衣裳寸草心界內有生漚起滅眼中何物瓠浮沉
州城幾擬同看月可奈寒雲作莫陰
蓬萊仙閣五雲東何處吹笙送玉童春夢喚醒秦吉了
歲華磨老石虛中晴風燕麥青連野煖雨鵑花血滿藂

傾盖論心頭欲白此懷今日幾人同

四明王起來以江皋草堂画卷徵題援筆猝就幷贈其行

醉脫烏紗寫練裙高懷未減右將軍霜晴水樹收紅葉風落庭松掃白雲有口不談身外事無錢惟賣篋中文峨眉山月秋無價半榻何時許共分

過張侯舊宅

畫戟門閒徧草新一過此地一沾巾歸来燕子驚新主開到梨花又莫春雨[illegible]無因連海曲星槎何處泊天津夢中相見猶平昔翻許傳来信未真

本空過芝雲未久東歸賦此識別

相望越絶兩經年既見何堪又别筵佛海聲光霄漢上
東湖煙水畫圖邊花深古院藏書屋柳濕春鐙載雪舡
祖席荒涼吾輩老臨風把臂一茫然

次劉林泉韻

五載分襟昨日同翻因相見感秋蓬靜謌元亮歸來賦
細校潛夫著述功鏡曲回舟波渺渺淮南招隱桂叢叢
此行無限依劉興已分看山老越中

寄湯德師

月旦曾評物外遊衣冠合數晉風流寧知後世非房琯
御評前身是惠休黃鳥催人謌伐木青山滿眼賦登樓
多情性有花谿水不厭年年送客舟

吳山觀潮次劉本中韻

誰扶砥柱障狂瀾謗向江亭酹酒看風力拔山鼉鼓震雨聲搖海蜃樓寒尋常漚鷺知何在多少魚龍不自安獨愛劉乂詞賦好伍王祠下更凭闌

次求永終韻

落落高情在磵阿淵淵才思瀉長河燈前夜雨三千牘花外春風十二窩滄海東廻濤浪惡稽山南下水雲多帰来早赴樓煩社奈此松聲月色何

題舒景常梅南卷

元輿孫子好栖遲占得梅南第一枝溪閣香清春到後山瓶酒盡月來時翰林應奉新修傳 國子先生舊賦詩

歷老氷霜心佀鐵此懷秖有廣平知

七月十八日重過何氏山林與張守約同賦

南隝新秋穀正花步從真侶入煙霞山林重過將軍宅天漢初回奉使槎滿地江湖身是客終宵風雨夢還家十年爲說燈前事卻望青雲路轉賒

次劉宗憲新秋喜雨

林館新晴爽氣多滿空靈籟雜商謌花溪水足收紅稻銀漢秋清見白波信史已知書大有明經未用擢高科亭成喜雨誰能記奈尒連州逆思何

百官環翠軒

曾軒繚繞綠雲堆坐挹空青落講臺一石負鼇三島去

九峯馳馬百官来越南翡翠無時見洞口薔薇幾度開何處重疃孤冢在蒼梧天遠鶴飛回

送吳文瑞富陽訓導

東書去作春庠教驛騎騑騑百里程喬木千家民俗古澄江一道縣官清霜晴鐘鼓喧晨殿風煖弦謌沸晚城望到客星祠下樹白雲無限故鄉情

送馮以清調成都衛知事

越客傳来浙上書故人關下拜新除荆門馬度霜晴後峽口猨啼月上初錢筋灰寒參畫外戈舡風動咲談餘清秋幕府多閑日爲訪文貞舊隱居

送江西慶藏主游台明諸剎

去歲西江別故丘今朝東浙事清遊谿回九曲花源窅木落千峯雁宕秋金地仙人招佛手碧巖尊者坐蛇喉松風澗水皆禪悅莫厭它山久滯留

送方藏主遊浙東

四明南上水雲寬振錫都忘道路難潮白小江過九堰天清大海望三韓頻伽聲落秋林晚設利光騰古塔寒佛地遍遊歸及蚤慈闈鶴髮久凭闌

次韻答唐虞士

長笑千金養客軀靜將雙眼閱乘除盡抛身外無窮事遍讀人間未見書鏡曲西風來欵段桂頭新水上鯿魚悲謌幾度懷同谷雪後黃精擬共鉏

題鄭元秉東山書隱

鄱陽先生墓木拱鄭公書舍舊題存好山圍座是賓客慈竹遶庭皆子孫鐵筯灰邊勞費盡青藜燈前重討論趁取霜晴收柿葉題詩我欲扣衡門

次韻答李思冕

江閣分襟又暮冬宫山如畫望來濃封書欲發難憑雁雙鯉深藏待化龍玉樹丰姿新照眼錦囊詩法舊傳宗緘情莫問疏閒客身是孤雲豈定蹤

題徐秘校墓銘卷

往矣徐卿寔可哀青城遺譜亦悠哉生芻有客過門去宰樹何人掛劍來上國春深花落盡南山雲晚鶴飛回

平生茂德誰傳述頭白山村董貫才

送宗一源住顯慶分得江字韻

壯年才力鼎堪扛一日聲名動越邦石室香雲晴靄靄
銅谿秋水夜淙淙涇南樵唱風回棹松頂鵂啼月到窻
因念吾翁勞餪饋送君愁思滿滄江

五月廿四日受誥奉天門

薰風金殿曉生涼紫誥新頒出尚方傍日捧來雲欲動
自天題處墨猶香千年雨露沾華梵一代文章邁漢唐
報荅
君恩知有地函經惟祝壽無疆

書胡隆成生冢銘後

菥軒久與世相志早買青山卜壽藏生輓已知元亮達
死埋堪咲伯倫狂歌殘小海秋無際夢破邯鄲日正長
回首鏡湖天浩蕩帰舟只有賀蘭塘

編蕭堂爲常首座作

采蕭日日澗之濱織屨孜孜爲養親古道久無黃蘗運
世家猶有睦州陳也知乳哺難忘愛自笑形骸果累人
想見清江江上屋慈烏啼處月華新

瞻匐堂爲獄藏主作

野水筠江走白沙堂開瞻匐似毘耶黃金要采霜前實
白玉須看雨後花靈種何年移竺國天香午夜襲袈裟
道人色相空來久一嘿林中坐結跏

送盜藏主東歸

王謝溪山壯一州送君重感昔年遊白雲流水荒城晚
黄葉空林古寺秋歸路先經神禹穴舊題多在儷王洲
卻斷不及秦淮水去逐東行月夜舟

送史星者東歸

袖拂烟霞出四明技遊吳楚得嘉聲東華冠蓋紅塵市
上界樓臺白玉京八表無雲黄道正六符有像泰皆平
相逢欲問平生事握手那堪遠别情

送衍斯道之北平

九月黄河水欲氷大舡搥鼓發金陵朝端政選無雙士
殿下親徵有道僧今日鐔津須輔教他年濟北要傳鐙

封書蚤託南来使莫遣離愁日夜增

送海龍門住持武昌洪山禪寺

天際洪山一髮青大江南上快揚舲浮鐘落日来滄海
廣樂清秋奏洞庭潭底蒼龍驚洗鉢樓中黄鶴聽談經
白頭政是扶宗日竚俟嘉聲到闕廷

送所無住新昌僧會

手握銅符下玉京身隨去雁入南明山川舊說煙霞古
草木新沾雨露榮書到沃洲頭欲白舟回剡曲興何清
力扶像教須君輩夙夜無忘荅　聖情

林炑平還松江次韻以餞

錦袍歸路壯風寒白首趨朝嬾拜官車上塵来天欲暝

舡頭月落夜初闌，故園舉目盤龍滙。往事傷心唳鶴灘，留得墨莊春意在，看花不必到長安。

寄聲伯遠法師

禁鐘初動趂朝班，翻憶高居獨掩關。潜子有書陳壯闕，亮公無意出西山。冥冥霄漢飛鴻遠，渺渺江湖白鷺閑。老我京城思見面，幾回翹首五雲間。

贈天平圭復菴

天平憶別當三月，京國重逢又四年。說法早驚桀石老，論交誰似范忠宣。踈鐘古寺同朝飯，落葉空山獨夜禪。他日賜歸應有約，舊題猶在白雲泉。

送楊知府之夔州

使君清白舊傳家夔府之官不憚賒蛇勢中流開八陣猿聲午夜落三巴蒼童不治庭前草紫馬時看陌上花戀闕丹心知更切定依南斗望京華

送泗洲龜山長老兼荅周伯虎

北望招提泗水湄天寒歸路尚遲遲淮流不阻東南瀆山勢遥分上下龜金臂道人留願力銅軀尊者好容儀濂溪若問先天易春在梅花第一枝

次周草庭韻

京國相逢散百憂十年重説舊交遊攤書旦夜對青藜杖踏雪寒披紫綺裘社客詩来頻有約府君碑在復何愁春申堂上賔賢士不比周南久滯留

雪夜聽琴爲王以中指揮賦

雪深吟壘夜寒多一曲陽春調更和仙佩初回瑶海鶴軍聲不動蔡池鵝玲玲玉帳生天籟歷歷氷弦瀉峽波好把豐年三白瑞早朝奏入太平謌

送僧還閩中

霜落江亭樹葉空冶城帰客思匆匆一宵清夢飛南宕十幅蒲帆挂北風閩海望来雲嶼白莆田到日荔枝紅長沙舊館今寥落好爲將詩吊銑公雲屿山名

送瓛瑩中住山東華嚴禪寺

恭承　王命出巖阿歲晏江亭奈別何天下好山齊曾勝濟南名士古今多帆將落日寒收濼馬蹴層氷曉度

河好播玄風參國化春城鐘鼓杳弦謌

題陳廷賓參政畊隱處

莆田昔日躬畊處茆屋翛然近翠微十畝香雲秔稻熟
漫山紅雨荔枝肥新篇製就題秋石濁酒呼来醉夕暉
坐向名藩懷舊隠他年有待賦東歸

立春日早朝次葉夷仲韻

雞鳴南埭九閽開馳道香塵逐馬来兩掖貔貅嚴夜直
五城鐘鼓報春回青陽有令行鑾駕洪澤無私被草萊
京尹陛前稱賀罷豐年生意徧遐垓

元日早朝次葉夷仲韻

阿閣彤樓縹緲間禁鐘催入紫宸班九重天上頒新曆

五色雲中識
聖顔風動旌旗閙日月春回花柳遍江山緇衣朝罷從
容處携得天香滿袖還

宜隱爲於知縣作

朝市由來足隱淪青雲人是白雲人投竿東海滄洲遠
拄笏西山爽氣新麈尾清風生紫綬馬頭飛雨洗紅塵
何須定擬陶彭澤帰著柴桑漉酒巾

世錦堂爲臨洮趙指揮作

隴西閥閲舊將軍世錦名堂表世勛象笏傳家千葉貴
龍駒随地五花文戰袍曾是君王賜織貝還從海客分
已喜諸藩俱欵塞三邉金鼓静無聞

送臨洮劉知府并柬趙指揮次全室韻

五馬騑騑出帝京西戎草木盡知名来朝不憚河山遠考績新承雨露榮驛路總傳劉寵去柳營還共亞夫行朱轓到日春應莫綠樹陰連塞外城

示雪厓画雲山圖并二詩見寄次韻荅之

巢虛閣下笑譚時每想臨風玉樹姿日落長淮歸雁盡天低平野大星垂看圖白晝懷青嶂待漏清晨上赤墀珍重故人頻有憶莫雲春樹望京師

十年江海重離憂千里將詩感舊遊急景每嗟流水去閑心已被白雲留煙歸柳色春城暗雪捲苕花古渡秋

見說延賓新揭扁欲從東老借西丘

送白水長老還蜀次靈隱禪師韻

天香滿袖早朝回歸路山花爛熳開萬里閑心龍象地
五雲回首鳳皇臺峩嵋翠色煙中見峽口猿聲月下来
整頓宗綱恢舊蹟普賢願力未全灰

送申菴之臨海僧會

空相招提石鏡東拜官歸去莫匆匆仙家樓閣煙雲外
春雨山川錦繡中赤手會看扶佛日丹心要在播
皇風太平弘教身難遇天下車書萬國同

朝陽軒為高府判作

上國求賢賦卷阿朝陽題扁有賡謌金烏浴海光初動

丹鳳鳴岡韻更和近砌梧桐承露重傍簷梅柳得春多
風流獨愛高京兆花底朝回響珮珂

慈谿主簿愛日堂

堂上慈親暮景臨人間白日去駸駸蹉跎每惜三竿影
報答難忘寸草心庭竹茂時春色好林鳥啼處午陰深
願將孝子忠臣意併寫陽和入舜琴

答華侯

乘閑幾度訪林丘獨愛山房靜者流武略喜看傳奕世
文詞端可贊皇猷紫騮行處香塵起黄鳥啼時緑樹幽
宴罷内庭多雅興詩篇爛熳見才優

寄方參政

悵望東城獨倚樓仙家池館近淮流溪雲白擁荊山曉
岸葉紅酣楚樹秋勝地幾時同淨社故鄉千里共弁州
若爲覓得莊周侶細論逍遥物外遊

哀馮介石

京國相望隔歲時重來不復話襟期獨松節後無多士
五桂林中第一枝身外田園俱長物眼前龍虎是佳兒
宋公不返楊公死史筆何人述墓碑

三月廿一日舟次瓜州次日至廣陵驛寄鎮江
禪友

長風挂席度瓜州及此春晴得勝遊山勢北來吞鐵甕
江波東去接淮流交情繾綣勞追送天語丁嚀敢滯留

恠底瓊花頻入夢月明三鼓到楊州

次韻伯眞郡馬

公子得名梁楚間相逢多士總懽顏夢回虎帳清宵靜講罷龍韜白晝閑日落西淮征鼓息天空南詔捷書還喜當偃武修文日論道時来叩竹關

宿州道中

宿城東望海煙空秦晋皆從此路通白水度来渰馬腹緑蒿行處没人胷恠應佛法無南北毎恠郷音有異同莫視平原忘險阻徐州西是吕梁洪

次韻答葉夷仲

大荒南去渺煙沙萬里曾乘奉使槎得句多留支遁室

藏書未減鄴侯家風清曉殿陳三策日靜秋庭判五花
怊悵西齋涼月夜山梓誰共薦槐芽

贈山東精禮長老

濟陽山水名天下精禮招提境更幽玉女機絲長弄月
金仙臺殿幾經秋雲生東嶽何曾定水到南沂不斷流
貞觀舊碑今在否會當乘興一来游

次韻贈儀知客

吳山南望白雲多十日輕舟到淛河天晚樵謌来霧領
月明清磬出煙蘿嗅餘薝蔔心還淨啜盡醍醐臉欲酡
老我京華身是客臨風無那别情何

題恵師霞城清隱

雙闕峩峩入畫屏勝遊彷彿記吾曾江流似帶東西遶
霞氣如雲日夜蒸華表未歸滄海鶴竹房還住翠微僧
題詩欲托新秋興却愧任翻兩度登

贈瑞光

吳城泰伯曾封地千載猶懷揖讓風短棹獨行秋浦外
亂山都入暮雲中赤烏舊塔祥光在麋鹿荒臺伯業空
會有白龜重聽法寄書須到大江東

天台吳思哲施田與瑄上人以成親塋

僧中孝行頌台瑄況復延陵助墓田金地方懷給孤氏
義莊猶說范忠宣山回海國青鸞舞日落松丘白兔眠
我有母塋千里外爲君含淚寫新篇

樗軒爲吳思掐賦

延陵宅外山椿樹拳曲枝柯日夜長每愛詩人謌蔽茇
誰云傲吏論荒唐庭槐雅共淩風雨社櫟應同老雪霜
但得天年全大竅掄材不必到明堂

題吉安胡氏揖清亭

楚水盤回挽永豐胡家亭子瞰湖中八窻夜氣浮明月
滿座寒光動碧空象笏拄来山遠近洞簫吹罷客西東
九江秀色堪同攬我亦巢松五老峯

壽方東軒

緑髮仙人下赤城漫遊琳舘學長生東軒日近春先到
南極星高夜轉明方朔来時桃正熟陶公帰後菊猶榮

傳家詩禮眞堪樂呼酒賡謌頌太平

賦東軒

不羨城南尺五天草堂宛在瀼東邊文星夜直圖書府旭日春明罨畫舡楚澤呑来雲似海蓬萊望去水如烟他年別築香山墅試倩王維寫輞川

正月二日徐璀見過

卧疾維摩戶倦開喜聞天上故人来梅邊雪到新年在柳外春從昨夜回聽雨久懸徐孺榻繙經合築謝公臺看花歸去長安道躍馬題詩屬俊才

嚴氏蒼雲樓

嚴子幽居直鳳山蒼雲高閣俯巑岏千岩爽氣浮吟碣

七里清風隔釣灘獨鶴歸来松市晚亂雅飛盡蕙江寒客星只在空濛外縱目何時共倚闌

寄李指揮

天上樓臺隔楚城每瞻雲樹想高情皇州二月鶯初轉岐麓千年鳳再鳴楊柳暖風調叱撥夫容秋水佩蒼精六韜講徹無餘事應有新詩頌太平

次韻荅蔣太守杰三首

騑騑五馬過都城行到香雲第一層金剎望来祇樹綠黄堂吟對楚山青也知賈誼曾為傳更愛房融解譯經正喜太平無事日煮茶石上說三生

香殘松下掩楞伽驚看詩篇爛綠霞寂寂衡門春欲半

隆隆衙鼓日初斜函開錦字新題誥帽插瓊林舊賜花
坐聽車聲吟思好擬從黃九賦煎茶
忠勤十載賛朝堂此日分符荷寵光花柵江山三楚地
蓬萊宮闕五雲鄉柏臺曾感靈烏集千仞重看綵鳳翔
獨愛王褒善稱頌長謌林下慶時康

送康郡馬北征

北望交河紫塞遥將軍聲鼓撼晴霄兵臨大漠雲初合
馬度陰山雪盡消中貴牵隨李驍騎胡兒驚見霍嫖姚
氏羌谷蠡無多種收取奇勳荅　聖朝

次韻荅樂善郡馬

傷春怕見柳飛綿聽雨譚兵夜不眠三楚聲名推季布

八公草木走符堅長謡擊缾銅龍吼小隊看花玉騎聯
自古貂蟬来武弁瀛洲風月快登仙
賜第中都重國親仙山樓舘淨無塵招賢政可從三笑
待士何曾受一嚬春雨紫騮行去穩薰風白苧着来新
金貂已見蟬聯貴尚欲重修後世因
次韻荅蕭菴四首
憶共承恩上赤墀暮雲回首隔京師風流合入鐔津傳
氷雪爭誇越上詩花落蒲團春寂寂香清蓮漏夜遲遲
懸知此外無餘事一飯跏趺祝
帝禧
南望杳山澹夕暉千峯如畫接京畿仙童献草頻敷座

天女吹花不染衣隄水恐流黃菜去捲簾長待白雲歸
綠陰時節偏相憶茶葉青青筍蕨肥
紫門不出又殘春鶴髮臞容入夢頻每閱世情如嚼蠟
翻嗟暮景似奔輪王厓已鑿荊山石金地重開梵刹新
不用耆英圖洛社卷中詩是畫中人
山花野鳥笑相迎勾引疲人入化城庄阜豈無同社客
并州猶有異鄉情坐空石室千林寂吟到氷壺萬籟清
書帶草荒春欲暮蕭條直學鄭康成

送劉翼南還越中

楚遊未久復南行聚散何如逐浪萍明月出時淮水白
暮雲低處越山青家人屋上占烏鵲兄弟原頭歎脊令

老徹平生最踈豁因君亦動故鄉情

贈畫士闞仲斌

浮玉山翁骨已仙松雲筆意得眞傳石田瑾草春迷路野水茗花月滿川無酒不過楊子宅有書都載米家船濠梁共說雙臺夢又是人間二十年

贈宗顯道兼致問僧録諸老

宗懿英才氣更雄飄然萬里駕長風解將癡絶囊中筆寫得維摩病裏容親舍白雲滄海壯歸帆落日大江東白頭僧録如相問爲說年来耳亦聾

送盧東牧

雨窻無那驛程催握手論心日幾回縱筆解圖金粟影

題詩眞許玉川才兩淮烟樹隨人遠百粤雲山入望来
吳楚一天同月色可無淸夢到莊臺

贈澹娛生

山水東南天下奇越中遊子澹忘歸緑陰一徑藤蘿合
白雨千岩筍蕨肥樂事好追王逸少詩情都付謝元暉
也知此地堪娛老卻嘆京塵未拂衣

贈孫子遹

淮州西北海瀕涘千里歸舟一葉輕梅子雨晴經白下
鵜花風起過臨平豈無詞賦追孫綽應有丹青到李成
最恨鳳城城外柳使人長動别離情

贈野癡

壺江漁老愛清奇手把蠻箋索賦詩盛世不同牛口隱
前身恐是虎頭癡二三童子斑衣舞八十慈親白髮垂
明日濠梁又相別碧雲紅樹晚離離

次閒字韻答康郡馬

聽雨蕭齋日日閒無因相見共開顏晚風亭上收歸鶴
新水池頭看浴鷴待漏每趨青瑣闥題詩長叩白雲關
登山幾望將軍府駿馬嘶來綠樹間

次韻答郡馬久雨見寄

六月淮西雨似傾新詩忽到解愁情梅前梅後炎風濕
江北江南野水橫楊柳階除車馬息芭蕉窗戶夢魂清
乘輿幾擬東華去曉視前灘又欲平

寄山東巘長老兼簡方伯修胡隆成

秋林禪月夜纖纖悵望令人別恨添千載麒麟悲魯史
四筵龍象讀華嚴方干可但工詩律胡廣從知起孝廉
賸種白蓮重結社東山今日有陶潛

詠康郡馬志學齋

蘄陽公子志英豪學勉攻書不憚勞豈謂文章齊賈董
要看勛業到蕭曹傳家象笏堆牀滿列屋牙籤插架高
誦徹孫吳秋夜永桂花涼月照金袍

贈李鎮撫晳工龍興

大唐名將李臨淮百葉諸孫出異才甲第中都宮闕近
金銀梵刹畫圖開遠公昔日成三笑玄度今生是再來

善勳且須畱佛地丹青曾見上雲臺

次韻答康郡馬

支許三生是舊遊遠征不必動新愁胡奴踸進蒲萄淥宛馬驕嘶苜蓿秋雪外屯兵開鸛陣月中飛箭落旄頭要知別後相思處但看長淮日夜流

次韻答靈隱禪師二首

風雨空林葉滿山歲闌相看有餘歡天花暮向簷前落霜鬢朝從鏡裏看祇苑重開金布地田衣新製紫羅襴十年重説錢唐夢一榻青燈坐夜寒

沉沉蓮漏滴初乾忽忽天涯歲又闌貝葉讀殘香篆盡梅花吹斷角聲寒舊文每許關人録新句寧容俗眼看

共喜太平林下客暮年生計託蒲團

送瞬上人還越

越城煙樹曉蒼蒼歲晏征車驛路長禹穴書存懷太史
曹娥碑斷吊中郎歸鶖半帶江雲黑佳菊都隨野草黄
政是叢林搖落際天台末葉好流芳

次韻沈文舉忽見梅花一首

看梅曾感故園情每到開時別恨生舊樹已從兵後盡
新枝忽見水邊横夢回山閣梨雲白月滿江城畫角清
欲寄西湖早春信楚天霜冷鴈無聲

悼貝菴法師

掌教京都荷寵榮四年禪榻坐忘情談經北闕天顔喜

送想西方日觀成夢覺夜空三際斷歸空幻海一漚輕門徒瘞玉南山下史筆何人爲勒銘

贈左闡教

左街新錄僧門事西域曾傳秘密文前代伽藍增氣象出出方眞教在音聞朱闌縹緲依紅日清梵悠揚起白雲老我同僚慙講職消矣未有荅明君

送如一菴之淞江楊林

試經已中甲科名簦笈飄然別我行松渚千年歸舊鶴楊林二月囀新鶯英聲自足追三大法道由來出四明東海故交應問訊爲言白髮老京城

夢觀集卷之三

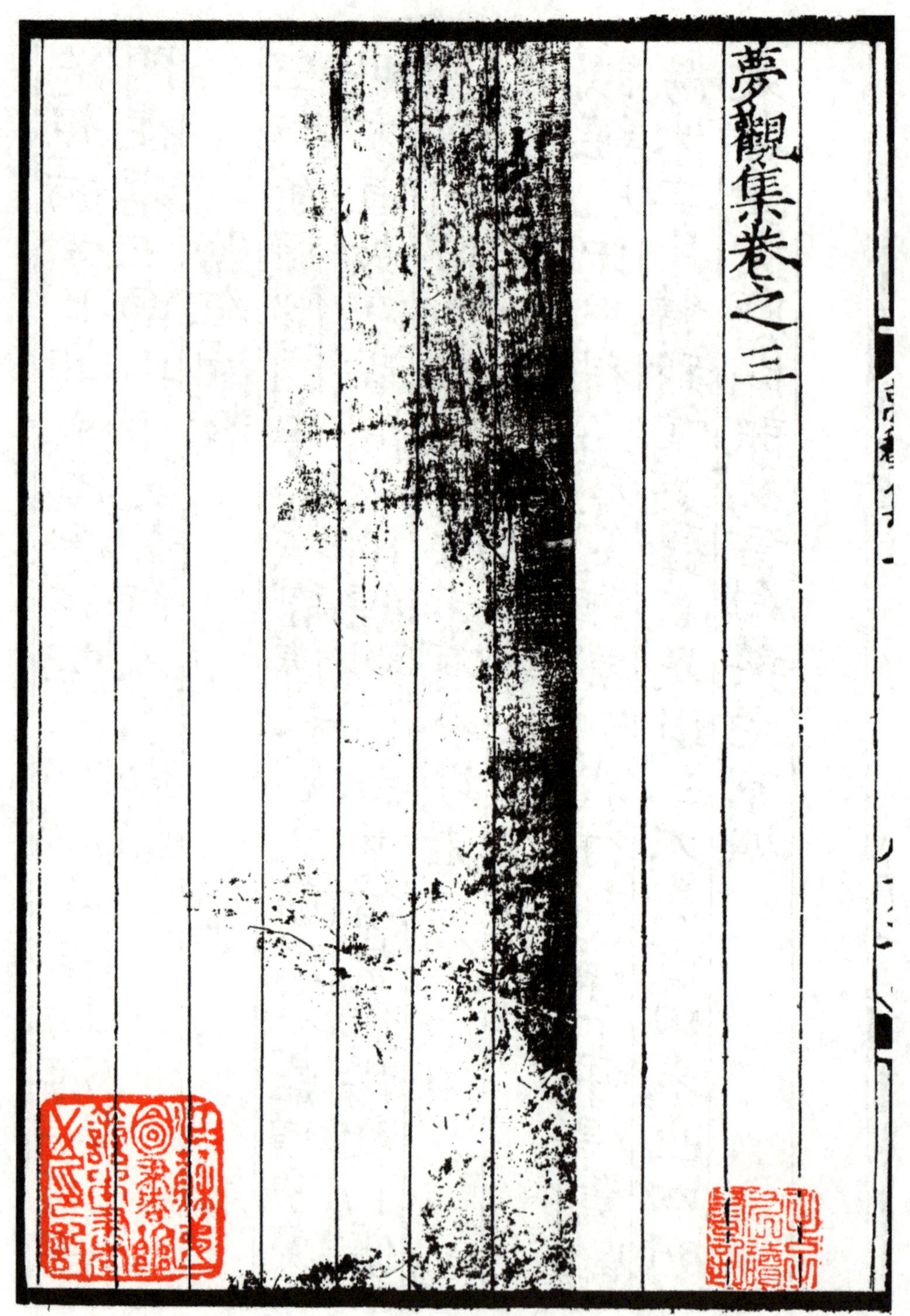